Douglas Rees war unter anderem als Tellerwäscher, Geschichtslehrer und professioneller Geschichtenerzähler tätig. Heute arbeitet er als Bibliothekar in der Abteilung »Junge Erwachsene«, wenn er nicht gerade schreibt. Er lebt mit seiner Frau und drei Katzen in Kalifornien.

Douglas Rees

Highschool der Vampire

Aus dem Amerikanischen
von Gudrun Likar

UEBERREUTER

Für Jo, die vor mir wusste, wie die Geschichte ausgeht,
und für die wunderbare Lektorin Karen Wojtyla.

ISBN 3-8000-5151-6

Aus dem Amerikanischen von Gudrun Likar
This translation of »Vampire High« is published by arrangement with
Random House Children's Books, a division of Random House, Inc.
Umschlaggestaltung von Nele Schütz Design, München,
unter Verwendung einer Illustration von Jakob Werth, München

Druck: Ueberreuter Print
1 3 5 7 6 4 2

Ueberreuter im Internet: www.ueberreuter.at

Gestrandet in New Sodom

Alles begann an jenem Tag, als ich lauter Sechsen nach Hause brachte. Eine Sechs in Englisch, eine Sechs in Mathe, eine Sechs in Sozialkunde, eine Sechs in Physik. Ich hatte es sogar geschafft, in Turnen und Klassenversammlung eine Sechs zu kriegen. Darauf war ich stolz.

Meine Eltern allerdings nicht.

»Was ist das?«, tobte mein Vater, als ich ihm meine Noten zeigte.

»Ein Zeugnis«, gab ich zurück. »Sie tragen diese Ziffern ein, siehst du, und das zeigt, was für Noten man bekommen hat.«

»Ich *sehe* die Ziffern«, sagte er. »Und die Anmerkungen daneben auch. ›Cody hat neun Wochen lang keine einzige Hausaufgabe gemacht.‹ – ›Cody kam in diesem Quartal jeden Tag entweder gar nicht oder zu spät zum Unterricht.‹ Oh, das hier ist ein Klassiker. ›Cody hat jeden Tag, den er in der Klasse war, zu beweisen versucht, dass Sir Isaac Newton sich in Bezug auf das Gesetz der Schwerkraft geirrt hat. Seine diesbezüglichen Experimente bestanden darin, wiederholt von meinem Pult zu springen und dabei mit den Armen zu flattern. Das wirkt sich störend auf die anderen Schüler aus. Ansonsten hat er nichts zum Unterricht beigetragen.‹ Und Klassenversammlung. Es gibt keine Anmerkung von deinem Lehrer für Klassenversammlung, also werde ich wohl dich selbst fragen müssen – wie, um Himmels willen, hast du es geschafft, bei Klassenversammlung durchzurasseln?«

»Das war leicht. Ich bin nie hingegangen«, gab ich zurück.

»Und was ist das da?«, fragte Dad. »Ein Sondervermerk des Direktors? Ja. ›Ihr Sohn hat die intellektuelle Entwicklung eines analphabetischen Leierkastenmanns und die Aufmerksamkeitsspanne von dessen Affen an den Tag gelegt. Es ist unmöglich, seine Leistung zu beurteilen, weil keine Leistung existiert. Er ist faul, durchtrieben und allgemein nutzlos. Ich bin überzeugt davon, dass er den Rest seines Lebens in der neunten Klasse verbringen wird. Ich hoffe bloß, an einer anderen Schule. Gehen Sie nach Kalifornien zurück.‹«

Dieser letzte Teil hörte sich für mich nach einem guten Rat an. Aber ich bezweifelte, dass Dad ihn befolgen würde.

Wir starrten uns auf jene Art an, die wir entwickelt hatten, seit er uns von unserem Zuhause in dieses Kaff namens New Sodom, Massachusetts, verfrachtet hatte. Er würde die Augen nicht senken und ich auch nicht.

Das war das Stichwort für Mom, mit ihrem erschrockenen leisen Luftschnappen und Wimmern aufzuhören und damit anzufangen, Entschuldigungen für mich zu suchen. Diesen Teil mochte ich.

»Es ist nicht seine Schuld, Jack«, sagte sie.

Richtig.

»Es ist dieser Ort hier.«

Und wieder richtig.

»Seit wir hierher gezogen sind, ist er unglücklich.«

Drei Richtige. Dad ist erledigt.

Aber Dad wusste nicht, dass er erledigt war.

»Beth, er schneidet sich ins eigene Fleisch«, sagte er. »Das kann ich nicht dulden.«

Ja, klar. Und du kannst auch nichts dagegen unternehmen.

Dad warf seinen Kopf in den Nacken, als würde er den Geschworenen erklären, warum nur ein Idiot die Dinge anders als er sehen und seinem Klienten verweigern würde, was er für ihn wollte.

»Jetzt hör mal gut zu, junger Mann«, sagte er. »Dieser Umzug ist das Beste, was uns je passiert ist. Bei Billings, Billings und Billings wäre ich nie weitergekommen. Jack Elliot war zwar gut genug, ihre wirklich schwierigen Fälle zu übernehmen, aber nicht gut genug, auch befördert zu werden. O nein – schließlich heiße ich nicht Billings, und das war's. Als sich diese Möglichkeit bei Leach, Swindol und Twist ergab, wusste ich, dass das die größte Chance war, die sich mir je bieten würde, um die Karriere zu machen, die ich wollte. Hier sind wir also. Und hier bleiben wir. Gewöhn dich gefälligst daran.«

In Ordnung. Und ich werde schön mit Durchrasseln weitermachen. Und daran kannst du dich gefälligst gewöhnen.

Ich sprach es nicht aus. Ich dachte es nur. Aber ich meinte es.

Dad warf noch einmal einen Blick auf mein Zeugnis.

»Klassenversammlung«, sagte er leise. »Mein Sohn ist in Klassenversammlung durchgefallen.«

Mom kam zu mir und schlang die Arme um mich.

»Es hilft nichts, wenn du jetzt wütend wirst, Jack«, sagte sie. »Diese Noten sind ein Hilfeschrei. Cody braucht in seinem Leben etwas, woran er sich festhalten kann. Etwas, was er lieben kann.«

Tolle Idee, Mom. Ich würde es lieben, nach Hause zurückzukehren.

»Außerschulische Aktivitäten vielleicht«, meinte Dad. »Nach der Schule ein Job bei einer Straßengang. Oder freiberuflicher Müllmann. Er muss etwas lernen, womit er seinen Unterhalt bestreiten kann, da das College jetzt wohl nicht mehr infrage kommt.«

»Das ist nicht fair«, gab Mom zurück. »Du hast uns dreitausend Meilen von zu Hause verschleppt um beruflich voranzukommen und erwartest von uns beiden, dass wir das akzeptieren, als wäre nichts passiert. Also, realistisch ist das nicht!«

Jetzt hieß es also »wir«. Das klang ziemlich gut. Besser als üblich. Vielleicht würden mich genug »Wirs« nach Kalifornien zurückbringen. Ich überlegte, ob ich noch einmal mit Starren anfangen sollte, senkte stattdessen aber den Kopf.

»Und noch was«, sagte Dad. »Dieser Hut ist einfach obszön.«

Mom musste einen wunden Punkt getroffen haben. Er wechselte das Thema.

»Dieser Hut verschwindet«, sagte er. »Zumindest aus diesem Haus.«

Es handelte sich um meine Black-Death-Baseballkappe, die ich immer verkehrt herum aufsetzte, weil Dad verkehrt herum aufgesetzte Baseballkappen hasst.

»Wechsle nicht das Thema«, meinte Mom. »Du bist

jetzt nicht bei Gericht. Cody braucht etwas in seinem Leben, für das er sich interessiert.«

»Okay, okay«, seufzte Dad. »Also, Cody, fällt dir irgendwas ein, was du gerne hättest und was dich glücklicher machen würde?«

»Tattoos.«

Dad zerknüllte mein Zeugnis.

»Beth, ich stimme teilweise mit dir überein«, sagte er. »Unser Sohn braucht tatsächlich etwas Neues in seinem Leben. Er braucht eine strengere Schule. Ich werde morgen anfangen Erkundigungen einzuziehen.«

Am nächsten Tag war ich so beunruhigt, dass die Cotton-Mather-Highschool mir beinahe zu gefallen begann. Die Risse in der Zimmerdecke, die Holzböden, die knarrten, als täte ihnen etwas weh; sogar das Jungen-Klo, das so finster war wie ein Grab und noch schlechter roch. Der Gedanke, dass ich all das vielleicht nie wieder sehen würde, ließ es im Rückblick in fast freundlichem Licht erscheinen. Nein, das stimmte nicht. Es war nur die Angst, weil – so schlimm das alles auch gewesen sein mochte – Dad fest entschlossen schien, etwas noch Schlimmeres zu finden.

Als er an diesem Abend nach Hause kam, lag ein schwaches Lächeln auf seinem Gesicht und er hatte ein paar große braune Umschläge in der Hand.

»Suchet und ihr werdet finden«, sagte er. »Ich habe herausgefunden, dass es nicht nur eine, sondern sogar zwei wirklich strenge Schulen in dieser ausgezeichneten Stadt gibt. Alle Informationen stehen hier drin.«

»Du arbeitest schnell«, sagte Mom und verschränkte die Arme vor der Brust.

»Es hat sich herausgestellt, dass in beide Schulen Kinder von Mitgliedern meines Anwaltsbüros gehen«, erzählte Dad. »Der Sohn und die Tochter von Clancy Kincaid gehen in ›Unsere Liebe Frau von den Immer Währenden Hausaufgaben‹. Er äußert sich sehr lobend darüber. Und es gibt eine staatliche Schule, die genauso gut und wo es sogar noch schwieriger ist, aufgenommen zu werden – die Vlad-Dracul-Magnet-Schule. Die Tochter von Hamilton Antonescu geht dorthin.«

Unsere Liebe Frau von den Immer Währenden Hausaufgaben?

Mein Magen zog sich zusammen. Ich hatte von diesem Ort gehört. Jedes Kind in der Stadt fürchtete sich davor, dorthin geschickt zu werden.

»Aber – aber wir sind ja nicht mal katholisch«, piepste ich.

»Das ist auch nicht notwendig«, antwortete Dad mit Genugtuung. »Viele ihrer allerschwierigsten Schüler haben einen anderen religiösen Background. Früher oder später kriegen die jeden klein. Zumindest hat Clancy Kincaid mir das versichert.«

Ich glaubte es. Ich hatte dort einmal vorbeigeschaut, als ich den Unterricht schwänzte. Man erzählte sich, dass man die Schreie durch die Mauern hindurch hören konnte. Das hatte ich zwar nicht, aber ich habe niemals die Worte vergessen, die in den Stein über dem Eingangstor eingemeißelt waren:

IHR, DIE IHR HIER EINTRETET, LASSET ALLE HOFFNUNG FAHREN – DANTE

»Aber – es ist teuer, nicht wahr?«, sagte ich. »Ich meine, eine Privatschule –«

»Leicht erschwinglich«, schnurrte Dad. »Ich verdiene hier einen Haufen mehr als bei Billings, Billings und Billings. Aber ich dachte mir schon, dass du lieber auf die Vlad Dracul gehst, wenn du die Bedingungen dort erfüllen kannst.«

Keine Ahnung. Ich kannte die Vlad Dracul, aber nur dem Namen nach. Die Kids in der Cotton Mather sagten nie viel darüber, außer so Sachen wie: »Die Football-Mannschaft tritt diesen Samstag gegen Vlad an. Betet für sie.«

Als ich das gehört hatte, fragte ich den Jungen, der das gesagt hatte, warum das so eine große Sache sei.

»Halt die Klappe«, hatte seine Erklärung gelautet.

»Jetzt komm schon – was ist da los? Schicken sie die Kids, die von Unserer Lieben Frau von den Immer Währenden Hausaufgaben fliegen, an die Vlad Dracul?«, hatte ich gefragt.

»Hör jetzt mal zu, du Blödmann«, hatte er geantwortet. »Sprich diese Worte niemals aus. Sag nie den ganzen Namen. Und, nein, sie schicken die Kids, die von der ULF fliegen, nicht dorthin. Keine echten Eltern würden ihr Kind jemals an die Vlad schicken.«

Und das war alles, was ich je darüber gehört hatte.

»Vlad Dracul! Was für ein Name für eine Schule!«, sagte Mom.

»Was meinst du damit?«, fragte Dad.

»Ich meine damit«, gab Mom zurück, »dass Vlad Dracul ein brutaler, grausamer rumänischer Herrscher aus dem fünfzehnten Jahrhundert war, der seine Gefangenen lebend auf Pfähle aufspießte. Was hat sich die Schulbehörde bloß dabei gedacht?!«

»Es scheint in dieser Stadt eine beträchtliche Anzahl rumänischstämmiger Amerikaner zu geben«, antwortete Dad. »Antonescu hat mir erzählt, dass Vlad der Pfähler für die Rumänen ein richtiger Held ist. Offenbar haben sie die Schule also aus Stolz auf ihre Abstammung nach ihm benannt.«

»Na, dem Rest von uns ist er besser als Dracula bekannt«, gab Mom zurück.

»Na und?«, sagte Dad. »Die Schule hat den höchsten Notendurchschnitt im ganzen Bundesstaat. Und nicht nur das – die Kids, die hier ihren Schulabschluss machen, gehen nachher an die Top-Universitäten. Nicht bloß ein paar von ihnen – alle. Und zwar jedes Jahr.«

»Ich möchte nicht, dass Cody diese Schule besucht«, sagte Mom.

»Dann wird es Unsere Liebe Frau von den Immer Währenden Hausaufgaben«, erwiderte Dad. »Für mich sind beide okay.«

»Darf ich auch etwas dazu sagen?«, fragte ich.

»Ich wüsste nicht warum«, sagte Dad, »angesichts der Tatsache, dass wir diese Unterhaltung hier wegen deiner hartnäckigen Weigerung führen, die akademischen Mindeststandards zu erfüllen. Aber nachdem ich das jetzt losgeworden bin, klar, schieß los. Was möchtest du sagen?«

Was möchte ich sagen? Tu mir das nicht an? Bring mich nach Hause? Ja, klar, aber das wird nicht passieren. Jedenfalls nicht heute Abend.

»Wie wäre es mit einer Privatlehrerin?«, sagte ich. »So um die fünfundzwanzig und gut aussehend?«

»Danke für deinen Vorschlag«, meinte Dad. »Morgen sehen wir uns ein paar Schulen an.«

Vlad-Dracul-Magnet-Schule

Von außen sah die Vlad-Dracul-Magnet-Schule fast normal aus, bloß besser als die meisten staatlichen Schulen. Okay – sie sah besser aus als irgendeine staatliche Schule, die ich je gesehen hatte. Aber denkt daran, ich rede hier von der Außenseite. Bloß von der Außenseite.

Erstens war der Campus riesig. Die Gebäude standen verstreut darauf herum und zwischen ihnen gab es eine Menge freien Platz. Und einen Haufen Bäume. Alle Gebäude waren aus leuchtend gelben Ziegeln erbaut und um sie herum führte eine Straße. Es gab zwei einstöckige Gebäude für die Grundschule und dazwischen irgendetwas Großes, von dem ich annahm, dass es die Cafeteria war. Und es gab eine ganze Menge teuer aussehender Schulhofgeräte zu sehen, die mit Schnee bedeckt waren.

Eine schmale Straße, die auf beiden Seiten von Bäumen gesäumt war, trennte den Schulhof von der Mittelstufe, die in zwei zweistöckigen Gebäuden untergebracht war. Dann gab es noch eine weitere Straße und die Highschool. Zu ihr gehörten fünf große Gebäude, über deren Eingangstüren Worte wie KLASSIKER, WISSENSCHAFT oder THEATER eingemeißelt waren. Ein Stück weiter standen noch drei Gebäude, die wie Villen aussahen und einander zugewandt waren.

»Ist das wirklich eine staatliche Schule?«, fragte ich Dad.

»Die beste im ganzen Bundesstaat«, antwortete er.

»Zumindest hat Antonescu das gesagt. Und wenn ich mir das hier so ansehe, glaube ich es gerne.«

Er parkte das Auto auf dem Schulgelände und wir steuerten auf das erste Gebäude zu. Auf einem Schild in der Nähe war zu lesen: DIE BÜROS BEFINDEN SICH GLEICH LINKS VON DEN EINGANGSTÜREN.

Diese Türen. Als wir die Stufen hinaufgingen, leuchteten sie wie Gold. Sie sahen aus, als würden sie eine Tonne pro Stück wiegen, aber als ich sie berührte, schwangen sie lautlos auf.

Was ich dann sah, ließ die Außenseite wie einen Slum erscheinen. Da gab es schwarze Marmorsäulen und rote Marmorsäulen und weiße Marmorböden und -wände. Es gab Kristallluster und riesige Ölgemälde, auf denen ein Haufen Typen zu sehen waren, die sich mit Schwertern bedrohten. Die Klassenzimmertüren waren aus ziemlich teuer wirkendem, wohlriechendem Holz.

Wir gingen durch die erste Tür zu unserer Linken. Dahinter saß eine silberhaarige Frau an einem Schreibtisch, der aussah, als wäre er groß genug für einen Flugzeuglandeplatz. Der Teppich war gemustert und wirkte, als würde er demnächst zu einem kleinen Flug abheben, und die Wände waren mit noch mehr von dem teuer riechenden Holz vertäfelt. Es gab sogar einen Kamin.

»Entschuldigen Sie bitte«, begann Dad. »Mein Name ist Jack –«

»Kommen Sie doch bitte herein, Mr Elliot«, sagte die Sekretärin. Sie erhob sich und ich glaube, sie muss über zwei Meter groß gewesen sein. »Direktor Horvath freut sich, Sie und Ihren Sohn kennen zu lernen.« Sie hatte einen wirklich weichen New-England-Akzent.

Sie wandte sich an mich.

»Und Sie sind also Master Cody? Willkommen. Ich bin Ms Prentiss, die Sekretärin von Mr Horvath.«

Sie streckte mir die Hand entgegen und ich nahm sie. Ich war überrascht. Ihr Händedruck war fest, wirklich fest.

Dann drückte sie einen Knopf auf ihrem Schreibtisch. »Mr Horvath, die Elliots sind jetzt da.«

Die Tür hinter ihr schwang auf – noch eine Tür, die sich lautlos öffnete – und Mr Horvath kam heraus.

Er war sogar noch größer als Ms Prentiss und schüttelte uns beide Hände, als wären wir alte Freunde, die er jahrelang nicht gesehen hatte.

»Mr Elliot und Sohn. Bitte treten Sie ein. Nehmen Sie Platz. Wir müssen uns unterhalten«, sagte er. Dabei legte er mir die Hand auf die Schulter und führte uns in sein Büro.

Es gab dort einen noch riesigeren Schreibtisch, einen noch größeren Kamin, ein Sofa, ein paar Polstersessel und ein mit schweren Gardinen verhängtes Fenster.

Auf dem Boden lag etwas, von dem ich annahm, dass es ein Hund war, weil es einen Kopf von der Größe eines Volkswagens hob, dabei ein Maul voller Steakmesser öffnete und einen Laut von sich gab, der irgendwo zwischen Lachen und Knurren lag.

Ich machte einen Satz.

»Das ist Charon«, sagte Mr Horvath. »Er mag Sie. Komm her, Charon.«

Das Ding erhob sich auf seine tellergroßen Pfoten

und kam zu mir herüber. Es schnüffelte mich überall ab, als würde es nach Drogen suchen. Dann starrte es mir aus riesigen gelben Augen ins Gesicht.

»Karo?«, sagte ich. »Braves Mädchen. Gutes Hundchen.«

»Nein, nein!« Mr Horvath lächelte. »Er heißt *Charon*. Die griechische Gottheit, die die Toten über den Fluss Styx in die Unterwelt rudert.«

Ich schaffte es, »Was – was für eine Rasse ist er?« zu flüstern. »Deutscher Schäferhund vielleicht?«

»Timberwolf«, gab Mr Horvath zur Antwort.

Charon sah Mr Horvath an, wedelte einmal mit dem Schwanz, ging dann wieder an seinen Platz zurück und legte sich hin.

»Er stammt aus einer besonderen kanadischen Rasse«, fuhr Mr Horvath fort. »Sie neigen dazu, größer zu werden als der Durchschnitt. Von irgendwo in Britisch-Kolumbien. Wie war doch gleich der Name? Ach ja – Tal der Kopflosen. Aber genug davon!«

Er deutete Richtung Sofa. »Nehmen Sie bitte Platz, Mr Elliot und Sohn. Wir sind schließlich hier, um schulische Fragen zu besprechen, nicht die Unterarten von Wölfen.«

Wir setzten uns. Mr Horvath nahm sich einen der Sessel und formte mit den Fingern eine Art Zelt. »Nun. Sie bemühen sich also um Aufnahme an unsere Schule, Master Cody«, sagte er.

»Ah – ja«, antwortete ich.

»Können Sie schwimmen?« Seine Augenbrauen gingen in die Höhe.

»Ein bisschen. Bevor wir hierher gezogen sind, habe

ich meinen Freischwimmer beim Roten Kreuz gemacht«, sagte ich.

»Ausgezeichnet. Das Rote Kreuz. Wir unterstützen diese Organisation sehr. Blutspendeaktionen.« Er sagte das, als wären sie die beste Idee, die jemals irgendwer gehabt hatte.

»Nun gut«, fuhr er fort, »wie Sie wissen, sind wir eine Schule mit sehr hohen Maßstäben. Freizeitaktivitäten sind ebenso wichtig wie schulische. Jeder Schüler muss daran teilnehmen. Hätten Sie Interesse daran, in unserer Wasserball-Mannschaft mitzumachen?«

Ich betreibe keinen Sport, also sagte ich nichts darauf. Wasserball – um Himmels willen!

Dad ergriff das Wort.

»Natürlich ist Cody bereit es zu versuchen«, sagte er.

»Ich würde gerne die Meinung von Master Cody hören«, erwiderte Mr Horvath.

»Nun, ich weiß nicht«, gab ich zur Antwort. »Ich mag Sport nicht wirklich. Ich glaube nicht, dass ich besonders gut wäre.«

»Das ist unwichtig«, sagte Mr Horvath. »Alles, was zählt, ist die Bereitschaft. Sieg oder Niederlage – was hat Whitman darüber gesagt? ›Schlachten werden verloren im selben Geist wie gewonnen.‹ Für uns ist es der Geist, der zählt.«

Von wegen! Das Einzige, worauf ein Schuldirektor je Wert legt, ist zu gewinnen. Jeder Jugendliche kapiert das in den ersten zehn Minuten Mittelstufe. »Mal angenommen ich versuche es und schaffe es nicht?«, fragte ich.

»Wie schon gesagt – Bereitschaft ist alles«, war Mr Horvaths Antwort.

»Wenn ich es versuche, werde ich also aufgenommen?«, fragte ich.

Horvath nickte.

Okay, ich hatte kapiert. Ich versuche es mit der Wasserball-Mannschaft, was mich an die Schule bringt, mir Dad vom Hals schafft und mich vor Unserer Lieben Frau von den Immer Währenden Hausaufgaben rettet. Dann verhaue ich die Wasserball-Probespiele, was nicht schwer sein sollte, weil ich nicht einmal weiß, wie das überhaupt gespielt wird, und versuche mich an etwas Leichterem. So was wie der Gameboy-Mannschaft zum Beispiel. Dad ist glücklich, Horvath ist glücklich und ich bin nicht schlimmer dran als vorher.

Also sagte ich: »Einverstanden.«

»Ausgezeichnet«, schnurrte Mr Horvath. »Ich freue mich Ihnen mitteilen zu können, dass Sie an diese Schule aufgenommen sind.«

Dad runzelte die Stirn. »Vielleicht möchten Sie seine Noten sehen?« Er hielt dem Direktor meine beiden letzten Zeugnisse hin.

»Das ist nicht nötig«, sagte Mr Horvath.

»Ich fürchte, seine Noten sind nicht besonders gut«, erwiderte Dad und wedelte mit den Zeugnissen.

»Nicht wie wir beginnen, sondern wie wir aufhören, zählt«, sagte Mr Horvath. »Viele Schüler kommen mit schlechten Noten zu uns. Aber keiner verlässt uns mit ihnen.« Er schüttelte mir wieder die Hand. »Willkommen an der Vlad Dracul, Master Cody«, sagte er. »Das Training beginnt um halb drei. Melden Sie sich heute in der Freistunde in der Schwimmhalle, um Ihre Ausrüstung in Empfang zu nehmen.«

Dad runzelte noch immer die Stirn. »Offen gesagt, Mr Horvath – als mir Hamilton Antonescu von dieser Schule erzählte, vermittelte er mir den Eindruck, dass die Aufnahmekriterien ziemlich streng seien.«

»Sie sind äußerst streng«, antwortete Mr Horvath.

»Aber Sie haben sich nicht einmal die Zeugnisse meines Sohnes angesehen!«

»Ich fürchte, ich sehe Zeugnisse der Cotton Mather High nicht als Hinweis auf das Potenzial eines Schülers an, Mr Elliot.« Mr Horvath lächelte. »Die Zeugnisse Ihres Sohnes in Kalifornien waren ziemlich gut.«

»Sie haben seine kalifornischen Zeugnisse?«, fragte Dad. »Wie das?«

»Indem ich um eine Abschrift gebeten habe«, war Mr Horvaths Antwort.

»Aber wir sind erst vor fünf Minuten bei der Tür hereingekommen«, sagte Dad. »Ich habe niemandem erzählt, dass ich mich an Ihre Schule wenden würde. Wir haben das erst gestern Abend beschlossen.«

»Sie haben sich bei Mr Antonescu nach uns erkundigt, oder?«, erwiderte Mr Horvath. »Er hat Ihr mögliches Interesse erwähnt. Wir haben unsere Bitte an die kalifornische Schule in der Hoffnung gerichtet, dass Sie sich an uns wenden würden.«

»Über Nacht?«

»Wir leben in einem wundervollen Zeitalter, Mr Elliot, nicht wahr?«, sagte Mr Horvath.

»Aber –«

»Mr Elliot, Mr Antonescu hat Sie uns als einen Kollegen empfohlen. Sein eigenes Kind besucht bereits unsere Schule. Er selbst hat sie ebenfalls absolviert. Diese Empfehlung, die Zeugnisse Ihres Sohnes – seine Zeugnisse insgesamt – und seine Bereitschaft, am Wasserball teilzunehmen, sind ausreichende Voraussetzungen für die Aufnahme an unsere Schule. Meinen Glückwunsch!«

Mr Horvath erhob sich. Dad auch. Und ich. Mr Horvath gab Dad wieder die Hand, öffnete die Tür seines Büros und sagte: »Ms Prentiss, haben wir Master Codys Stundenplan?«

»Hier ist er, Mr Horvath«, antwortete sie.

Auf ihrem Schreibtisch lag eine kleine weiße Karte mit goldenen Buchstaben drauf. Das ganze Ding war gedruckt, sogar mein Name.

ELLIOT, CODY
ERSTE STUNDE KLASSENVERSAMMLUNG
7:45–8:00 KOVACS
ZWEITE STUNDE MATHEMATK 8:05–9:00 MACH
DRITTE STUNDE ENGLISCH 9:05–10:00 SHADWELL
VIERTE STUNDE SOZIALKUNDE 10:05–11:00 GIBBON
FÜNFTE STUNDE TURNEN 11:05–12:00 LUCAKCS
SECHSTE STUNDE MITTAGESSEN 12:05–13:00
SIEBTE STUNDE PHYSIK 13:05–14:00 VUKOVITCH
FREISTUNDE 14:05–14:30
WASSERBALL 14:35–15:30 UNDERSKINKER

»Was genau ist eigentlich die Freistunde?«, fragte ich.

»Sie können am Ende des Schultages Ihre Lehrer aufsuchen und sie um Hilfe bitten, wenn Sie vielleicht im Unterricht irgendetwas nicht verstanden haben«, war Ms Prentiss' Antwort. »Oder Sie können in die Bücherei gehen. Oder sogar Ihre Freunde im Schülerklub treffen.«

»Schülerklub?«, fragte ich.

»Das ist das große viereckige Gebäude zwischen den Wohnheimen«, sagte Mr Horvath.

»Welche Art staatlicher Schule hat Wohnheime, Mr Horvath?«, fragte Dad.

»Eine von Weltruf, Mr Elliot«, gab Mr Horvath zurück. »Eine, die Schüler aus zahlreichen Ländern anzieht.«

»Und die Steuerzahler unterstützen so etwas?«

»Ich schätze mich glücklich, Ihnen sagen zu können, dass die Bürger dieser Gemeinschaft uns alles bewilligt haben, worum wir je gebeten haben – und das seit Generationen«, sagte Mr Horvath. »Gewöhnlich mit einer Gewinnspanne um die neunundneunzig Prozent.«

Dad sah mich an und ich wusste, was er dachte. Ich dachte es auch.

Was für eine Art Schule ist das?

»Nun, Mr Elliot, wenn Sie zufrieden gestellt sind, so unterzeichnen Sie bitte den Stundenplan Ihres Sohnes«, sagte Mr Horvath.

Dad holte seinen Füller heraus, unterschrieb aber nicht.

»Wir haben uns die ULF noch nicht angesehen«, meinte er.

»Dad, unterschreib jetzt«, sagte ich.

Wasserball musste einfach besser sein als immer währende Hausaufgaben. Außerdem würde ich ohnehin nicht lange in der Mannschaft sein.

Dad unterschrieb. Beim Gehen murmelte er: »Ruf mich an.«

Aus seinem Tonfall schloss ich, dass er meinte: »Ruf

mich an, wenn irgendetwas allzu Verrücktes passiert.« Ich fühlte mich ihm nahe wie schon seit Monaten nicht mehr.

Wie man in die Wasserball-Mannschaft aufgenommen wird ohne es darauf anzulegen

Als Dad weg war, wandte Mr Horvath sich mir zu. »Master Cody, ich möchte, dass Sie wissen, wie sehr ich mich über Ihren Entschluss freue, sich an unserer Schule einzuschreiben. Sie können sich jederzeit an mich wenden, wenn etwas an unseren Schulbräuchen Sie verwirrt oder verunsichert. Ich bin mir sicher, Sie werden ein paar davon zunächst merkwürdig finden, und ich möchte, dass Sie sich hier wohl fühlen.«

»Danke«, erwiderte ich.

Dann rief er »Charon!«, und der riesige Timberwolf schlich heran.

»Da das heute Ihr erster Tag bei uns ist, werde ich Charon damit betrauen, Sie zu Ihren Klassen zu bringen«, sagte er. »Keine Sorge. Er kennt sich in der Schule besser aus als ich.«

Darauf sagte er etwas zu Charon in einer anderen Sprache. Der Wolf ging zur Tür und sah sich über die Schulter nach mir um.

Ich folgte ihm nach unten in die Aula und versuchte dabei möglichst große Distanz zu ihm zu halten. Allerdings keine besonders große. Denn jedes Mal wenn ich mehr als ein oder zwei Meter hinter ihm war, blieb Charon stehen und wartete, bis ich ihn eingeholt hatte.

Nach ein paar Minuten stand ich vor der Tür meiner Matheklasse. Ich drückte die Türklinke hinunter – die Türen hatten goldfarbene Klinken, keinen Knauf – und trat, dicht gefolgt von Charon, ein.

In gewisser Hinsicht sah Mr Machs Matheklasse wie ein normales Klassenzimmer aus. In anderer Hinsicht war es anders als irgendeines, das ich je gesehen hatte. Es gab Tafeln, Fenster, Stühle und Pulte – so wie Klassenzimmer eben üblicherweise aussehen. Aber es waren echte Schiefertafeln – der Stein war so dunkel, dass die Kreidezeichen darauf glänzten. Die Stühle waren Lehnstühle; die Pulte waren echte Pulte mit Schubladen, einer Glasplatte und eigenen Lampen. Die wurden von den Schülern auch benötigt. Das Fensterglas war so dunkel getönt, dass es beinahe so war, als würde man versuchen durch eine vierte Wand zu sehen.

Natürlich drehten sich alle zu mir um, als ich das Klassenzimmer betrat. Es gab in der ganzen Klasse nur zwölf Kids und sie sahen fast alle gleich aus. Sie waren groß und blass und hatten glattes schwarzes Haar und dunkle Augen. Kaum jemand schien von durchschnittlicher Größe zu sein so wie ich.

Ein Junge mit braunem Haar und einer Brille fiel mir auf. Er schien wirklich klein zu sein und hieß Justin Warrener. Ich wusste das, weil an seinem Tisch ein Namensschild angebracht war. An jedem Tisch.

»Treten Sie ein, Elliot«, sagte Mr Mach. »Ihr Tisch steht da drüben beim Fenster. Bringen Sie Ihre Sachen in die Garderobe und schließen Sie sich uns dann an. Wir besprechen gerade ein paar bemerkenswerte mathematische Eigenschaften der äolischen Skala.«

Ich war mittlerweile kaum mehr überrascht, dass er meinen Namen bereits kannte.

Mr Mach war ein großer, schwerer Kerl mit buschigem schwarzem Haar und einem Bart, der so aussah, als wolle er gleich auf eigene Faust draufloswandern. Er hatte wunderbare, freundlich dreinblickende Augen. In der Hand hielt er eine Violine.

Während ich meine Kappe abnahm und meinen Mantel auszog und sie in die Garderobe räumte, die ein richtiges Zimmer mit verschiedenen Kleiderbügeln und Plätzen zum Hinsetzen war – und, ja klar, mein Name stand bereits auf einer der Schranktüren –, hörte ich, wie er mit dem Bogen über die Saiten strich und einen langen, reinen Ton erzeugte.

»Das ist natürlich ein B«, sagte Mr Mach. »Aber denken Sie einmal über Folgendes nach: Wenn ich meine Finger auf diese Weise halte und mit dem Bogen denselben Strich mache, wird es zu einem A. Was hat sich verändert? Es ist noch immer dasselbe Instrument und es wird noch immer vom selben Mann gespielt. Was also ist anders?«

»Die Schwingungsfrequenz?«, fragte ein Mädchen.

»Genau«, sagte Mr Mach. »Die Schwingungsfrequenz, die der Anzahl der Schwingungen in der Saite entspricht. Wir können sie zählen, sie in Halbe und Viertel teilen – tatsächlich sind sie unendlich teilbar – und die mathematische Grundlage jeder vorgegebenen Note berechnen.«

Ich nahm so leise, wie ich nur konnte, Platz. Charon saß neben mir und spitzte die Ohren, als würde er wirklich zuhören. Mir fiel auf, dass sich sein Kopf und meiner auf gleicher Höhe befanden.

»Lassen Sie mich den wichtigsten Punkt Elliot zuliebe noch einmal erklären«, sagte Mr Mach. »Ich demonstriere der Klasse gerade, warum die Musik von unseren Vorfahren – zu Recht – als Zweig der Mathematik angesehen wurde. Musik ist Mathematik zum Hören.«

»Hab's kapiert«, sagte ich.

Ein paar Kids kicherten und Charon warf mir einen angewiderten Blick zu.

Während Mr Mach redete, untersuchte ich leise den Inhalt meines Pults. Als ich die oberste Schublade aufzog, fand ich darin ein Mathebuch, ein Heft, Kugelschreiber, Bleistifte, Winkelmesser, Lineal und Taschenrechner – alles lag bereit und wartete auf mich. Es gab sogar Ersatzbatterien für den Rechner. Hätte ich etwas lernen wollen, wäre das hier der richtige Ort dafür gewesen.

Ich hatte keine Lust dazu, aber da Charon neben mir saß, fand ich es besser, interessiert zu wirken. Ich nahm das Heft und einen Kugelschreiber heraus und schrieb: *Musik ist Mathematik zum Hören.* Dann saß ich da und versuchte so dreinzuschauen, als wüsste ich, wovon Mr Mach und der Rest der Klasse redeten.

Am Ende der Stunde sagte Mr Mach: »Als Hausaufgabe für Freitag wählen Sie irgendeine Komposition von Mozart aus. Ordnen Sie den einzelnen Teilen der Komposition numerische Werte zu und zeigen Sie auf, wie sie mathematisch zueinander in Beziehung stehen, indem Sie Brüche – keine Dezimalzahlen – verwenden.«

Freitag? Heute war Mittwoch. Diese Kids erledigten eine Hausaufgabe wie diese in zwei Tagen? Das Einzige, was ich über Mozart wusste, war, dass es einen Film über ihn gab. Ich hatte ihn mir mit meinen Eltern angeschaut. Er hatte einen Haufen Musik geschrieben und dann war er gestorben.

Ich hörte einen tiefen, weichen gongartigen Ton durch den Flur hallen. Die anderen Kids standen auf und gingen leise hinaus.

Ich zögerte und wartete, bis der Letzte von ihnen verschwunden war.

»Mr Mach«, sagte ich dann. »Nur damit Sie es wissen – ich schaffe diese Aufgabe auf keinen Fall. In meiner früheren Schule waren wir gerade bei Algebra.«

Er lächelte und diese wunderbaren Augen sahen mich an.

»Sie können es versuchen. Wenn Sie es versucht haben, werden Sie mehr wissen als jetzt. Machen Sie sich deshalb keine Sorgen.« Er klopfte mir auf die Schulter. »Es ist schön, Sie in meiner Klasse zu haben.«

Also ging ich. Ich musste mich selbst daran erinnern, dass ich sowieso durchfallen wollte, zumindest solange ich es schaffte, dafür nicht an die gute alte Immer-Währende geschickt zu werden. Es sah so aus, als würde ich keinen Ärger kriegen.

Die Aula war voller Kids, aber es war abartig ruhig. Kaum jemand redete. Und wenn doch, dann flüsternd. Niemand drängelte, niemand rannte. Sie gingen bloß diesen wunderschönen Flur entlang zu ihren nächsten Klassen und traten durch diese stillen Türen.

Charon brachte mich zu einem Raum am anderen

Ende der Aula. Ich sah auf meinen Stundenplan. Englisch. Shadwell.

Als ich eintrat, kam ein Kasten von einem Mann mit einem riesigen Glatzkopf quer durch die Klasse auf mich zugesprungen und packte mich bei der Hand.

»Elliot! Ich freue mich dich kennen zu lernen, mein Junge! Setz dich da drüben neben Antonescu. Schau dir dein Pult an. Ich denke aber, du wirst alles an seinem Platz finden. Übrigens – irgendwie verwandt mit T. S. Eliot? Nein, wohl nicht. Wie ich sehe, schreibst du dich anders. Trotzdem – ein großer Dichter, was? Verzweiflung, Verzweiflung, aber auch Schönheit. ›Ich hätte ein Paar gezackter Scheren werden sollen/Hastig fliehend über das Parkett einsamer Meere ...‹ Großartiges Zeugs, das. Und Pound. O mein Gott, Pound! Hast du die *Cantos* schon gelesen?«

Er schubste mich irgendwie auf meinen Stuhl.

»Also, lass mich ganz kurz erklären, was in diesem Jahr von dir erwartet wird. Wir alle schreiben etwas. Ein Theaterstück, einen Roman, einen Gedichtband, vielleicht ein Epos. Ich selbst mag Epen sehr. Hab bis jetzt siebzehn davon geschrieben. Sind meiner Frau gewidmet. Sie liebt so was. Backt mir jedes Mal eine Lasagne, wenn ich eins vollendet habe. Muss dich mal am Abend zu einem Festgelage einladen. Aber genug davon. Die Hauptsache ist: Du kannst schreiben, wofür auch immer du dich entscheidest, aber es muss beendet und angemessen lang sein. Sagen wir – durchschnittlich dreihundert Seiten für einen Roman oder ein Epos, ein abendfüllendes Theaterstück, etwas in der Art. Aber ich sag dir jetzt was – da du in der Mitte des Schuljahrs anfängst, erlaube ich dir, ein paar deiner früheren Werke umzuarbeiten. Was genau schreibst du so?«

»Gar nichts«, murmelte ich.

»Sachbücher?«, brüllte Mr Shadwell. »Nun, warum nicht? Geschichtsbücher, Biografien, so was in der Art. Aber versuch ja nicht, mich mit irgendeiner wissenschaftlichen Abhandlung abzuspeisen. Ist nicht gerade meine Stärke. Trotzdem – wenn du mir was über tektonische Plattenverschiebung, Radioastronomie oder Paläontologie der Trias anbietest, werde ich mich schon irgendwie durchfinden.«

»Nein, ich sagte ›Gar nichts‹«, gab ich zurück.

»Ah«, meinte Shadwell. »Wasserball, nehme ich an?«

Ich nickte und hielt ihm meinen Stundenplan hin.

»Schon gut. Vergiss alles, was ich gesagt habe«, sagte Mr Shadwell und gab mir meinen Stundenplan zurück.

Noch ein tiefer gongartiger Ton war zu hören. »Zeit für den Unterricht«, meinte Mr Shadwell. »War nett, sich mit dir zu unterhalten, Elliot.«

Er wandte sich ab und ich hörte, wie er vor sich hin murmelte: »Wasserball. Warum haben sie mir das nicht gleich gesagt?« Dann tänzelte er zu einem Podest vor, auf dem ein riesiger gebundener Stapel Papier lag. Er war so dick wie drei Telefonbücher.

»Es gibt in der angelsächsischen Prosodie bestimmte Prinzipien, die ich für jene unter euch, die sich mit dem Schreiben von Poesie beschäftigen, für absolut unentbehrlich halte«, sagte Mr Shadwell. »Und sie sind für jeden Schriftsteller von Nutzen. Ich fand sie in meinem letzten vollendeten Werk – *Quetzal*, das, wie ihr wisst, den Lauf der mexikanischen Geschichte von der Errichtung von Teotihuacán um hundertfünfzig nach Christus bis zur Revolution von neunzehnhundertneunundzwanzig verfolgt – gut verkörpert. Ich werde also damit fortfahren, euch einen Abschnitt daraus vorzulesen, und dabei die Punkte veranschaulichen, die ich gerne erläutern würde.«

Er öffnete das Ding in der Mitte und begann zu lesen.

Ich hatte keine Ahnung, worum es ging. Ich schnappte etwas von einer Schlacht auf, was spannend klang, aber ich konnte nicht herauskriegen, wer wem was antat, und dann hörten die Kämpfe auf und alle begannen zu leiden. Ich gab den bloßen Versuch, zuzuhören, auf, obwohl das bei dem Gebrüll schwierig war.

Auch Charon schien kein so großes Interesse zu zeigen wie in Mr Machs Klasse. Er drehte Mr Shadwell den Rücken zu und rollte sich, den Schwanz über die Nase gelegt, zusammen. Ich war mir ziemlich sicher, dass er ein Schläfchen hielt.

Ich untersuchte mein Pult. Es war dem in Mr Machs Klasse sehr ähnlich. Es gab ein großes Buch – *Einige Sternstunden englischer Literatur, ausgewählt von Norman Percival Shadwell* –, ein Heft und einen Kugelschreiber. Der Unterschied bestand darin, dass jede Schublade dieses Pults mit Papier voll gestopft war – und es gab fünf Schubladen.

Was *schrieben* all diese Kids? Ich hatte nie in meinem Leben etwas Längeres als eine Geburtstagskarte geschrieben – es sei denn, ich wurde dazu gezwungen.

Ich blickte mich um. Die anderen Kids sahen so aus, als würden sie zuhören. Himmel, die nahmen das wirklich ernst. Ich entdeckte den kleinen braunhaarigen Kerl aus der Mathestunde, der sich wie verrückt Notizen machte. Dann sah ich auf das Pult neben mir.

»Setz dich neben Antonescu«, hatte Mr Shadwell gesagt. Nun, Antonescus Vorname war Ileana und sie war hinreißend. Sie hatte blasse Haut und langes schwarzes Haar wie die meisten an der Vlad Dracul, aber sie war klein und zart. Ihre Augen waren beinahe so gelb wie die von Charon. Wenn sie sich bewegte, war das so, als würde ein Vogel seine Flügel ausbreiten, selbst wenn ihre Finger nur den Kugelschreiber umfassten.

War sie Hamilton Antonescus Tochter? Das könnte von Vorteil sein. Wenn unsere Väter zusammenarbeiteten und ihr Vater mir schon behilflich gewesen war, an die Schule aufgenommen zu werden, würde sie vielleicht meine Freundin sein wollen. Ich konnte eine brauchen.

Also schickte ich ihr ein Zettelchen.

Hallo! Ich bin Cody Elliot. Ich wette, du bist Hamilton Antonescus Tochter, stimmt's? Mein Dad arbeitet mit deinem zusammen.

Ich ließ den Zettel auf ihr Pult gleiten, als Mr Shadwell den Kopf senkte, um Anlauf für neuerliches, besonders heftiges Gebrüll zu nehmen, aber sie bemerkte es nicht. Der Zettel lag einfach da, während sie, das Kinn auf die verschränkten Hände gestützt, Shadwell ansah.

Jedes Mal wenn er mit Vorlesen aufhörte, um irgendwas von der Bedeutung dieser Passage für die angelsächsische Prosodie zu schreien und wie toll das von ihm Geschriebene das zeige, nahm sie ihren Kugelschreiber und machte ein paar Notizen, legte ihn dann hin und richtete ihre wunderschönen Augen wieder auf Shadwell.

Als die Stunde aus war, stand Ileana auf und war schon am Hinausgehen, als sie den Zettel zum ersten Mal bemerkte. Sie las ihn, warf mir einen eigenartigen Blick zu, steckte den Zettel in ihre Tasche und spazierte hinaus.

Mir wurde zum ersten Mal bewusst, dass bis jetzt keins der Kids mit mir geredet hatte. Und dabei blieb es auch – in Sozialkunde, wo Mr Gibbon, der auch wie einer aussah (wie ein Gibbon, meine ich), geschlagene fünfundfünfzig Minuten über den Salzhandel in Europa während der frühen Karolingerzeit redete, und die Hausaufgabe darin bestand, gesalzenes Essen in den Unterricht mitzubringen. In Turnen, das zumindest auf normale Weise unterrichtet zu werden schien, mit Hampelmann machen, Laufen und einem Trainer, der uns unaufhörlich anbrüllte.

Dann war es Zeit fürs Mittagessen und Charon und ich gingen mit all den anderen Kids Richtung Schülerklub.

Als ich eintrat, erblickte ich ... einen Palast. Ich war nie zuvor in einem gewesen, aber das hier musste einer sein. Aschenputtel, Dornröschen und Schneewittchen mussten alle an einem Ort wie diesem hier gelandet sein.

Die Wände waren mit Gobelins und Holzschnitzereien bedeckt. An der Decke gab es gemalte Szenerien, die so aussahen, als würden sie aus einem von Mr Shadwells Epen stammen, und überall standen riesige vergoldete Möbelstücke, Rüstungen und Statuen herum.

Und das war bloß die Eingangshalle. Alle gingen nach links in den Speisesaal – nein, Bankettsaal – und nahmen Platz. Es gab Tische für jeweils vier Personen, mit Tischkarten, roten Tischdecken, schwarzen Tellern und Tassen sowie glänzendem Tafelsilber.

Charon führte mich zu einem Platz, auf dem mein Name stand. Dann bewegte er sich Richtung Küche. Ich sah, wie einer der Kellner – es waren Kellner in weißen Jacketts – nach dem Chefkoch rief. Dieser kam aus der Küche, bückte sich und Charon leckte ihn ab. Der Chefkoch lachte und eine Minute später fraß Charon ein riesiges Stück Fleisch von der Größe eines jungen Ochsen von einer silbernen Platte.

Sobald wir uns alle gesetzt hatten, schoben die Kellner Servierwagen herein, die mit zugedeckten Schüsseln beladen waren. Sie schwebten zu den Tischen, stellten das Essen vor uns hin, hoben die Deckel von den Schüsseln und machten eine kleine Verbeugung.

»Bon appétit«, flüsterte der Kellner an meinem Tisch.

Das Essen bestand aus Zeugs, das ich nie zuvor gesehen, gegessen und von dem ich auch noch nie was gehört hatte. Kleine Stücke Fleisch. Käsehäppchen. Gemüse, das wie vom Mars importiert aussah. Aber ich muss zugeben, dass alles großartig schmeckte. Vielleicht verwendeten sie eine geheime Sauce.

Ich saß am selben Tisch wie Ileana, Justin Warrener und ein großer Junge namens Brian Blatt. Er hatte total kurze Haare und starke Akne.

»Bist du der Neue?«, fragte er.

Endlich redete jemand mit mir.

»Ja«, gab ich zurück.

»Bist du in der Wasserball-Mannschaft?«

»Das nehme ich an«, antwortete ich. »Ich habe Horvath gesagt, ich würde es versuchen.«

»So ’n Mist!«, sagte Brian Blatt, brachte sein Gesicht in Tellernähe und begann sein Essen durch die Nasenlöcher hochzuziehen – na gut, jetzt übertreibe ich. Aber das war alles, was er sagte.

Sobald er seinen Teller leer geleckt und alle Brötchen aus dem Brotkorb in der Mitte unseres Tisches geklaut hatte – okay, okay, er hat seinen Teller nicht abgeleckt, aber er hat die Brötchen geklaut –, stand er auf und trollte sich.

Ein paar Typen an einem Ecktisch erhoben sich ebenfalls.

»He, Kumpels, mal langsam«, grölte Brian.

Sie grölten zurück: »Was is ’n, Alter?« und »Was läuft?«

Endlich mal eine normale Unterhaltung. Aber sie verließen gemeinsam den Raum und im Speisesaal kehrte wieder Ruhe ein. Das lauteste Geräusch kam vom Klirren des Tafelsilbers, welches das gedämpfte Gemurmel der anderen Kids übertönte.

Ileana legte ihre Gabel hin.

»Entschuldige bitte«, sagte sie.

»Hä?«, antwortete ich.

»Du hast mir heute ein Stück Papier auf mein Pult gelegt«, sagte sie. »Kannst du mir freundlicherweise erklären, wieso du das getan hast?«

Sie hatte irgendeinen kaum wahrnehmbaren Akzent. Ihre Aussprache war sehr deutlich.

»Es waren bloß … ein paar Zeilen«, gab ich zur Antwort.

»Ich verstehe. Und ist das bei Schülern anderer Schulen ein übliches Verhalten?«, fragte sie.

»Jeder tut es«, erwiderte ich.

»Ach so. Danke«, sagte Ileana und widmete sich ihrer Nachspeise. Irgendwas Eisähnliches, aber besser.

»Du bist also die Tochter von Hamilton Antonescu?«, fragte ich.

»Ja«, gab sie zurück.

»Ich bin Cody Elliot«, sagte ich. »Mein Vater arbeitet mit deinem zusammen.«

»Das stand auf deinem Zettel«, meinte sie.

Und das war's.

Nach ein paar Minuten machte der andere Junge, Justin, den Mund auf.

»Ich habe gehört, dass es in anderen Schulen laut zugeht. Alle unterhalten sich die ganze Zeit. Ist das wahr?«, fragte er.

»Ja«, war meine Antwort.

»Warum verschickt man dann Zettel?«, fragte er.

»Weil man nicht will, dass jemand anders weiß, was man sagt«, antwortete ich. »Zettel sind Privatsache.«

Justin schüttelte den Kopf. »Das ergibt für mich nicht viel Sinn. Sagen die Lehrer euch, dass ihr Zettel schicken sollt?«

»Nein«, antwortete ich. »Wir dürfen es gar nicht tun.«

»Das ergibt sogar noch weniger Sinn«, sagte er.

»Schickt hier denn nie jemand Zettel?«, fragte ich.

»Wozu?«, lautete Justins Gegenfrage.

»Nun, wie ich schon gesagt habe, damit du jemandem etwas mitteilen kannst, ohne dass irgendwer anders es erfährt«, antwortete ich.

»Zum Beispiel?«, fragte Justin.

»Nun, irgendwas eben«, sagte ich. Ich würde ihm

jetzt nicht erklären, dass man Zettel an Mädchen schickt, damit sie einem Zettel zurückschicken. Wenn er nicht imstande war, das von selbst herauszufinden, war es bestimmt nicht meine Aufgabe, es ihm zu erklären.

Nach dem Mittagessen standen wir alle auf und gingen wieder zum Unterricht. Ileana und Justin verloren sich in der Menge und Charon kehrte zurück. Wir waren von Leuten umgeben, die uns nicht zu beachten schienen.

Zunächst fragte ich mich, ob sie einander überhaupt beachteten. Dann, als ich sie länger beobachtete, sah ich, dass sie das sehr wohl taten. Sie unterhielten sich in Gruppen oder spazierten sogar Hand in Hand umher. Aber sie waren so leise, so einander zugewandt, dass sie wie Wasser um mich herumflossen.

Alle von ihnen, ausgenommen ein paar mit mausfarbenem Haar wie Justin, schienen groß, blass und dunkelhaarig zu sein. Und fast alle hatten sie Sonnenbrillen auf. Sie setzten sie auf, sobald sie nach draußen gingen.

»Was glaubst du also?«, fragte ich den Wolf. »Wird es mir hier gefallen?«

Charon blieb stehen. Er warf mir die gleiche Sorte Blick zu wie im Büro des Direktors. Dann beschrieb sein Schwanz einen kleinen Kreis.

Was hieß das? Ja? Nein? Alles?

Ich beschloss eine andere Frage zu stellen und abzuwarten, was passierte.

»He, Charon«, sagte ich. »Ist diese Schule genauso streng, wie sie aussieht?«

Er blieb wieder stehen und warf einen Blick über

seine Schulter. Sein Schwanz ging in die Höhe und bewegte sich von einer Seite zur anderen.

Konnte ein Ja sein, ein Nein oder gar nichts.

»Ist es heute heiß?«, fragte ich.

Sein Schwanz blieb unten, schwang hin und her und fegte dabei den Schnee. Er warf mir einen angewiderten Blick zu.

Wenn das irgendwas zu bedeuten hat, dann Nein.

»Charon, magst du mich?«

Der Schwanz bewegte sich nicht. Dann stieß Charon eine Art Schnauben aus, wandte den Kopf der Schule zu und begann draufloszumarschieren.

Ich folgte ihm.

Wenn Charon wirklich mit mir redete, so kannte ich jetzt wohl vier Worte: *ja, nein, vielleicht* und *geht dich nichts an*. Aber wie schlau war er wirklich? Schlau, ganz klar, aber so schlau?

Physik wurde von Ms Vukovitch unterrichtet, einer blauäugigen, blonden Riesin, die aussah wie all die Frauen in den alten Filmen, die sich meine Eltern so gerne anschauten. Sie betrat den Raum wie ein Supermodel den Laufsteg, sah mich ein einziges Mal an, warf uns allen ein elektrisierendes Lächeln zu und zog dann vierundfünfzig Minuten lang die Sterne durch den Dreck.

Schließlich erklärte sie uns: »Wie ihr wisst, ist der Stern Beteigeuze vier- bis sechshundert Lichtjahre von uns entfernt. Niemand ist sich da ganz sicher. Ihr denkt wahrscheinlich, dass das weit genug ist. Aber er ist ein Roter Riese und wird in einer dieser Äonen eine Supernova werden. Er kann nichts dafür, es ist bloß das, was solche Sterne eben machen. Explosion, Kollaps, Ende der Geschichte. Aber blicken wir den Tatsachen ins Auge – wenn das passiert, könnten wir getoastet werden. Ich möchte jedenfalls, dass ihr bis morgen berechnet, wie lange es noch braucht, bis das mit Beteigeuze passiert, wie lange es danach dauern wird, bis die ersten Auswirkungen auf der Erde spürbar werden, und wie weitreichend diese Auswirkungen sein werden. Und vergesst nicht, den Van-Allen-Gürtel in eure Berechnungen mit einzubeziehen. Dann also bis morgen!«

Ich blätterte mein Physiklehrbuch durch. Die Kapitel über Astronomie hätten genauso gut auf Schwedisch sein können.

Ich schüttelte den Kopf.

»Mann«, sagte ich zu Charon. »Ich würde es hier nicht mal schaffen, wenn ich wollte.«

Danach war Freistunde. Ich ging zum Schülerklub, wo ich mit Charon an der Wand gelehnt dastand und zusah, wie ein Raum voller Leute mich ignorierte. Als es schließlich an der Zeit war, führte der Wolf mich zur Turnhalle.

Die Schwimmhalle nahm einen ganzen Flügel der riesigen Turnhalle ein und hatte einen eigenen Eingang. Als ich eintrat, bemerkte ich, dass es keine Verbindung zwischen ihr und dem restlichen Turnhallenkomplex gab. Nur von außen sah es so aus, als wäre alles ein einziges Gebäude.

Es gab ein Schwimmbecken von olympischen Ausmaßen und ganz oben, nahe bei der Decke über den Umkleideräumen, war eine Zuschauertribüne. Sechs

Typen in schwarzen Badehosen mit roten Streifen vorne drauf lungerten in der Nähe der Sprungbretter herum. Es waren Brian Blatt und die anderen Jungs, mit denen er zu Mittag weggegangen war. Sie sahen mich bloß von der anderen Seite des Beckens her an.

Charon führte mich zum Umkleideraum. In einer Ecke gab es eine Art Büro. Dort standen ein vergammelter Schreibtisch und ein Drehstuhl, auf dem ein gigantischer Fettkloß saß. Das musste wohl Trainer Underskinker sein. Er schlief, neben sich eine Kiste Bier. Sie war leer.

Charon knurrte. Der Trainer machte ein Auge auf.

»Was willste denn?«

Charon knurrte noch einmal.

»Oh. Ja. Sie hamma gesagt, dass de kommn würdst, du Flasche. Okay, Wolf, ab hier übernehm ich.«

Er setzte seine Füße ab, fand Boden darunter und stieß sich vom Linoleum ab.

»Auf geht's, du Flasche!«, sagte er. »Muss dir deine Ausrüstung gebn.«

Ich folgte ihm in die Tiefen des Umkleideraums. Es gab dort hunderte Spinde, aber es sah so aus, als wären die meisten nie benutzt worden. Nur ein paar am hinteren Ende hatten Vorhängeschlösser. Der Rest stand offen und war leer.

Underskinker starrte auf die Spinde, als versuchte er sich zu erinnern, warum wir überhaupt hier waren. Dann wählte er einen aus.

»Sechs-neun-sechs is deiner«, sagte er. »Vergiss es nich!«

»Sechs-neun-sechs«, erwiderte ich.

»Also, mach'n auf«, sagte Underskinker. »Ich werd nich alles für dich erledigen, Himmel!«

In sechs-neun-sechs waren eine schwarze Tasche mit einem roten Streifen und alles, was ich brauchte: Badehose, Seife, Handtücher.

»Zieh dir 'ne Badehose an und dann ab ins Wasser«, sagte Underskinker und machte sich auf den Weg zurück in sein Büro.

»Muss ich nicht zuerst getestet werden oder irgendwas in der Art?«, rief ich ihm hinterher.

»Lass mich in Frieden«, antwortete er ohne sich umzudrehen. »Hab im Büro zu tun.«

Ich zog mich um und ging zum Becken.

Die Typen, die ich beim Hineinkommen gesehen hatte, lungerten noch immer dort herum. Charon war fort.

Ein paar Minuten lang standen wir einfach da und sahen uns an. Dann ging ich zu ihnen hinüber.

»He«, sagte ich.

Keine Antwort.

»Na, wie geht's?«, machte ich noch einen Versuch.

Nichts.

»Ich bin Cody Elliot«, sagte ich.

»Und?« Das war Brian Blatt.

Also standen wir alle einfach eine Zeit lang herum.

Endlich fragte mich ein dürrer, rothaariger Kerl, bei dem ein Elternteil ganz offensichtlich ein Wiesel war: »Was hat Underskinker denn gesagt?«

»Worüber?«, fragte ich.

»Na, was wohl – was hat er gesagt, nachdem er dir deinen Spind gegeben hat?«, brüllte das Halbwiesel.

»Er sagte: ›Lass mich in Frieden, hab im Büro zu tun.‹«

Die Jungs begannen sich abzuklatschen und zu brüllen.

»Keine Schule heute!«

»Mann, wieder mal davongekommen!«

»Nix mit Schwimmen!«

»Hurra!«

Sie machten sich auf den Weg zum Umkleideraum und klopften sich dabei gegenseitig auf den Rücken. Ich folgte ihnen.

Sie begannen sich alle anzukleiden und schrien herum, dass sie nicht schwimmen gehen müssten.

»War's das?«, fragte ich Brian.

»War's was?«, fragte er zurück.

»War das das Training?«, sagte ich.

Er legte mir seine Vorderpfote auf die Schulter. »Schau mal, du Flasche. Wenn du ins Wasser willst, geh ins Wasser. Wenn du nach Hause willst, geh nach Hause. Wenn du zur Hölle willst, geh zur Hölle. Es schert keinen. Mich schert's nicht. Uns schert's nicht. Underskinker schert's nicht. Kapiert?«

Nein. Ich kapierte es nicht. Aber ich kapierte, dass ich von Brian keine bessere Erklärung kriegen würde als diese.

Ich machte kehrt und betrachtete das Schwimmbecken. Es war grün und riesig und gehörte mir ganz allein, wenn ich das wollte.

Zum Teufel damit! Ich liebe Schwimmen.

Ich ging zum niedrigsten Sprungbrett und tauchte ein. Ich schwamm ans Ende des Beckens und wieder zurück.

Es fühlte sich großartig an – die Wärme in meinem Körper, schwimmen, etwas unter Kontrolle zu haben, mich, meinen eigenen Körper, im Wasser. Es war wie Kalifornien. Ich fühlte mich so wohl, dass ich am liebsten geweint hätte.

Stattdessen schwamm ich eine Länge nach der anderen, bis ich alle Tränen und einen großen Teil der Angst, die ich den ganzen Tag über empfunden hatte, weggeschwommen hatte. Vielleicht war das gar kein so schlechter Ort, wenn ich jeden Schultag so wie heute beenden konnte.

Als ich aus der Schwimmhalle hinausspazierte, war ich beinahe glücklich.

Wie man zu einem gezeichneten Gadjo wird ohne es zu beabsichtigen*

Charon war fort, okay. Ich sah ein paar seiner großen Pfotenabdrücke im Matsch ein Stück von der Turnhalle entfernt. Er war mit mir fertig.

Es war jetzt das Ende des Schultages und überall waren Kids. Einige gingen im Schülerklub ein und aus, einige wurden abgeholt.

Ich sah eine Reihe schwarzer Stretchlimousinen, auf deren Seite VLAD-DRACUL-MAGNET-SCHULE

* ein aus der Romasprache – dem Romani – stammender Begriff, der »Nicht-Roma« bedeutet (Sing. »Gadjo«, Pl. »Gadje«)

stand. Kids stellten sich davor an und warteten aufs Einsteigen.

Ich sah einen Haufen anderer Autos, wunderschöne Autos; Autos, wie ich sie noch nie zuvor gesehen hatte, alle mit Chauffeuren. Und in jedes stiegen nur ein oder zwei Kids ein.

Wow. Dad wird nie wieder mit seinem Mercedes zufrieden sein.

Hinter mir ertönte ein Schrei.

Es war der Schrei eines Jungen, aber hoch und klagend. Wer auch immer ihn ausstieß, hatte wirklich Angst.

Ich blickte mich um und entdeckte eine große, dunkle Mauer von Kids, die etwas anstarrten, und ging zu ihnen hinüber.

Der Schrei ertönte noch einmal.

Als ich die anderen Kids erreichte, sah ich Justin Warrener. Er schwebte über einen Meter über dem Erdboden und wand sich im Griff von vier riesigen bleichen, schwarzhaarigen Kerlen, von denen jeder ihn an einem Arm oder Bein gepackt hatte. Seine Brille war verschwunden, er war rot im Gesicht und ich nehme an, sie hatten ihm seinen Mantel weggenommen.

Aber was würden sie jetzt mit ihm machen?

Ein Stück hinter dem Schülerklub tröpfelte ein kleiner Bach dahin. Ich meine, ein *wirklich* kleiner. Ich bezweifle, dass er um diese Zeit des Jahres tiefer als dreißig Zentimeter war. Es sah so aus, als hätten diese Typen das Eis dort zerbrochen um Justin hineinzuwerfen.

Es sah nicht gefährlich aus – wie auch? Aber Justin brüllte, als hätte er soeben das letzte Rettungsboot der *Titanic* verpasst.

Und die Kids um ihn herum schauten einfach nur zu. Sonst nichts. Sie waren wie eine Mauer. Eine Mauer mit Sonnenbrillen.

Habt ihr je etwas getan, ohne darüber nachzudenken – ich meine: etwas, was ihr nie zuvor getan habt und vielleicht auch nie wieder tun würdet –, und hat es alles, was danach geschah, verändert?

Genau das tat ich jetzt. Ohne darüber nachzudenken bückte ich mich, formte rasch einen Schneeball und schleuderte ihn auf den größten der Kerle.

»He!«, sagte ich. »Lasst ihn runter.«

Der große Kerl drehte sich um.

»Wer war das?«, fragte er. Es klang nicht mal wütend.

»Ich werde dir einen kleinen Hinweis geben«, schrie ich und warf ihm den nächsten Schneeball mitten ins Gesicht.

Er ließ Justins Bein los und überließ es seinem Kumpel. Dann kam er zu mir herüber.

»Weißt du, wer ich bin?«, fragte er.

»Ja«, gab ich zur Antwort. »Du bist der Trottel, der Hilfe benötigt, um Justin Warrener zu vermöbeln.«

In der Menge hinter mir war ein leises Lachen zu hören. Nur eines.

Der Kerl überragte mich um Längen. Er sah so aus, als würde er nur aus Muskeln bestehen und hatte bereits einen Bart.

Ich begann nervös zu werden.

»Lasst ihn runter«, sagte der Kerl.

Die anderen drei ließen Justin in den Schnee fallen. Er rappelte sich hoch und huschte davon.

Dann packte mich der große Kerl – der aussah, als

würde er darüber nachdenken, ob er mich auffressen sollte oder nicht – mit einer Hand und hob mich hoch.

»Du weißt nicht, wer ich bin, Gadschi«, sagte er. »Und deshalb werde ich vielleicht Gnade vor Recht ergehen lassen. Du gestattest? Ich bin Gregor Dimitru.« Er warf seinen Kopf zurück und hielt mich auf Armeslänge von sich entfernt. »Nein, ich werde wohl doch nicht Gnade vor Recht ergehen lassen.«

Und er warf mich – ich meine damit wirklich *werfen* – dem nächsten Kerl zu, der mich mit einer Hand fing und mein Gesicht an seins heranzog.

»Vladimir Bratianu«, brüllte er und warf mich dem dritten Typen zu.

»Constantin Trifa«, schrie der und warf mich an den vierten weiter.

»Ilie Nitzu.« Der Kerl grinste und warf mich wieder zu Gregor zurück.

»Und wie heißt du, Gadschi?«, fragte er und hielt mich jetzt über seinen Kopf.

Ich schaffte es, »Lass mich runter« zu sagen.

Das hier war die Hölle und Albträume erwachten zum Leben. Diese Kerle behandelten mich so, als wäre ich nichts. Ich *war* nichts für sie. Ich spürte es.

»Lassmichrunter?«, sagte Gregor. »Ich glaube, ich habe noch nie jemanden getroffen, der Lassmichrunter hieß. Woher kommst du, Lassmichrunter?«

»Ich glaube, er meint, du sollst ihn runterlassen«, sagte der eine, der Vladimir hieß.

»Oh. Ja vielleicht, Vladimir«, sagte Gregor, als würde er darüber nachdenken. »Was meinst du, Lassmichrunter? Hat er Recht?«

Er schüttelte mich.

»Ja«, sagte ich mit klappernden Zähnen.

Im nächsten Moment flog ich durch die Luft. Ich landete unsanft auf Ilies Füßen. Er benutzte einen davon um mich zu treten. Ich hüpfte wie ein Fußball.

Ich konnte nicht glauben, was da ablief. Warum hatte ich bloß jemals diese Schneebälle geschmissen? Warum kam mir niemand zu Hilfe? Wo war dieser verdammte Wolf? Gab es überhaupt noch ein Entkommen?

Ich kam auf die Beine. Jemand stieß mich von hinten und ich taumelte gegen Gregor, der mich erneut hochhob und mir auf beide Wangen schlug, während ich mich drehte und wand.

Dann traf mein linker Fuß seinen Unterleib und plötzlich wurde er noch bleicher, als er ohnehin schon war.

»Argh«, sagte er und ließ mich fallen.

Ich hatte noch immer Angst, aber ich hatte den Kerl verletzt. Etwas Wildes kam über mich und ich fiel mit aller Kraft über ihn her.

Das funktionierte etwa eine Sekunde lang, bis einer der anderen mich von ihm wegriss.

»Tötet – tötet ihn«, keuchte Gregor.

Ich glaube, genau das hätten sie auch getan, aber auf einmal stand jemand neben mir. Jemand, der kleiner war als ich. Ich spürte eine feste Hand auf meinem Arm und dann zeichnete ein scharfer Fingernagel ein X auf meine Wange.

»Ich zeichne diesen Gadschi«, sagte Ileana Antonescu mit leiser Stimme.

Die vier Typen erstarrten, als hätte jemand den Stecker rausgezogen. Sie sahen Ileana an, als würden sie nicht glauben, was sie soeben getan hatte. Aber sie sahen auch so aus, als könnten sie nichts dagegen tun.

Gregor richtete sich auf.

»Wie du willst, Prinzessin«, sagte er und machte eine kleine Verbeugung vor ihr.

Gregor wandte sich ab und ging Richtung Schülerklub davon. Vladimir und Constantin legten ihm die Hände auf die Schultern und Ilie schloss sich ihnen an.

Die Zuschauermauer begann sich fast lautlos aufzulösen.

Ileana ließ meinen Arm los.

»Es ist jetzt alles in Ordnung«, sagte sie. »Du bist in Sicherheit.«

Dann war auch sie weg.

Ich wusste nicht, was ich sagen sollte. Ich wusste ja nicht einmal, was ich denken sollte. Das Ganze fühlte sich wie in einem Film an. Einem schlechten Film.

Was hatte diese Typen so stark gemacht? Was hatte Ileana damit gemeint, als sie sagte, sie würde mich zeichnen? Und was war ein Gadschi? Wirklich – was zur Hölle war ein Gadschi?

Meine Schulter schmerzte an der Stelle, auf der ich gelandet war, und mein Rückgrat dort, wo Ilie hingetreten hatte. Wenigstens hatte ich nicht um Hilfe geschrien. Und ich hatte Gregor verletzt. Eine Sekunde lang war ich der Sieger gewesen.

Aber als ich auf den zertrampelten Schnee und die sich von mir entfernenden Rücken blickte, fühlte ich mich vollkommen verloren, heimatlos und allein.

»O Gott. Gott«, sagte ich zu mir selbst.

»Danke«, war eine Stimme hinter mir zu hören.

Es war Justin. Er hatte seine Brille und seinen Mantel wieder. Auf seinem Gesicht lag so etwas wie ein Lächeln, als würde er es ausprobieren um herauszufinden, ob es ihm gefiel.

»Das war das Netteste, was jemals irgendwer für mich getan hat«, sagte er. »Ich hoffe, du bist okay.«

Nein, ich bin nicht okay. Ich war noch nie so weit davon entfernt, okay zu sein, wie jetzt.

»Ich schätze, ich werd's überleben«, erwiderte ich.

»Ach, du kriegst das schon wieder hin«, versicherte mir Justin. »Jetzt, wo Ileana dich gezeichnet hat, bist du in Sicherheit. Sogar vor ihnen.«

»Was meinst du damit – mich gezeichnet hat?«, fragte ich. »Was zum Teufel geht in dieser Schule eigentlich vor?«

Justin warf mir einen seltsamen Blick zu. »Du weißt es also wirklich nicht, Gadschi?«

»Nenn mich nicht Gadschi!«, sagte ich. »Ich weiß nicht mal, was es bedeutet, aber es gefällt mir nicht.«

Justin schüttelte den Kopf. »*Gadjo*, nicht Gadschi«, sagte er. »Es heißt einfach – es heißt, dass du keiner von uns bist.«

»Keiner von wem?«

Er holte tief Luft. »Es heißt, dass du nicht das bist, was manche Leute Vampire nennen.«

»Soll das ein Witz sein?«, sagte ich. »Es ist nämlich in etwa so witzig wie eine kaputte Krücke.«

»Es ist kein Witz«, sagte Justin. »Es ist einfach, was wir sind.«

»Ach, jetzt halt aber mal die Luft an!«, erwiderte ich.

»Ich soll dir also abnehmen, dass du und Gregor und diese Jungs ein Haufen Blut saugender Fledermäuse seid?«

Justin zuckte zusammen. »Es ist viel komplizierter als das.«

»Aber du möchtest, dass ich dir das abnehme.«

»Ich zeig dir was«, sagte Justin. Er kam ganz nahe an mich heran und machte den Mund auf. »Siehst du meine Zähne? Nichts Besonderes an ihnen, nicht wahr? Und jetzt schau her.«

Seine Eckzähne begannen zu wachsen. Sie kamen einfach so aus seinem Oberkiefer heraus und hingen in seinem Mund herum wie Stalaktiten. Dann gingen sie langsam wieder zurück.

»Hab keine Angst«, sagte er. »Ich würde dir niemals wehtun. Außerdem bist du ja gezeichnet. Bis morgen wird es die ganze Schule wissen.«

»Ich muss jetzt los«, sagte ich.

Vampire! Vampire waren real und einer von ihnen redete gerade mit mir. Sagte mir, ich solle mir keine Sorgen machen, weil ein anderer Vampir mich gezeichnet habe. Der einzige Grund, warum ich nicht einfach davonrannte, war der, dass ich mich nicht von der Stelle rühren konnte. Justin machte die ganze Zeit weiter und versicherte mir, dass ich mir absolut keine Sorgen machen müsse, dass ich in Sicherheit sei, dass mir nichts passieren könne, aber ich wollte nichts davon hören. Ich wollte nicht mehr in diesem immer schwächer werdenden schmutzigen Licht im Schnee stehen. Ich wollte an einen Ort, der sicher und warm und weit weg von hier war.

Als ich glaubte so weit zu sein, versuchte ich schließlich doch meine Füße in Bewegung zu setzen. Es funktionierte.

»Ich begleite dich zu deinem Trainer«, sagte Justin.

Ich wäre lieber mit einer Klapperschlange spazieren gegangen, aber das würde ich ihm nicht sagen. Ich würde alles tun, was er wollte, wenn ich nur lebend von hier wegkam. Also ging ich neben ihm her, meine Hand quasi an der Kehle. Ich konnte einfach nicht anders.

Als wir den Campus überquerten, sagte Justin: »Du kannst mich was fragen, wenn du magst. Ich glaube, das bin ich dir schuldig.«

»Ist jeder hier ein – Vampir?«, fragte ich. »Alle von euch?«

»Wir selbst nennen uns nicht so«, antwortete Justin. »Für uns ist das so was wie eine Beleidigung. Wir selbst nennen uns Jenti. Schon immer. Es bedeutet ›Menschen‹. Zum größten Teil sind hier V… Jenti. Aber es gibt trotzdem auch immer ein paar Gadje. Wir brauchen sie für den Wassersport.«

»Aber warum wollt ihr uns bloß für den Wassersport?«, fragte ich. »Das ergibt doch überhaupt keinen Sinn.«

Justin blickte zu Boden. »Das ist kompliziert. Es ist so: Jenti mögen Wasser nicht. Man könnte sogar sagen, wir hassen es. Aber Wassersport ist nun mal Teil des staatlichen Lehrplans.«

»Das heißt, die anderen Typen in der Mannschaft sind alles Gadje?«, fragte ich.

Justin nickte.

»Und Trainer Underskinker?«

»Der auch.«

»Aber sie gehen ja nicht mal ins Wasser!«, sagte ich. »Und Underskinker ist ein Säufer.«

»Das ist egal«, erwiderte Justin. »Ihr Jungs braucht bloß während der Saison ein paar Spiele zu verlieren und ihr habt für den Rest eures Lebens ausgesorgt.«

»Wie – ausgesorgt?«, fragte ich.

Justin schnaubte verächtlich: »Ich meine damit, dass du nie mehr in deinem Leben Hausaufgaben machen musst. Du musst es nicht mal versuchen. Du bestehst mit einem glatten Einserdurchschnitt. Wenn du die Schule abschließt, kommst du auf ein gutes College, das von uns kontrolliert wird. Du schließt dieses College ab. Vielleicht erhältst du ein Stipendium für Wasserball. Dann werden wir dafür sorgen, dass du einen guten Job bekommst. In Hollywood oder in irgendeiner großen Anwaltskanzlei. Und dann gibt es ja auch immer noch die Politik.«

Ich spürte, wie mir der harte, gefrorene Boden unter den Füßen weggezogen wurde. Das alles war völlig unwirklich. Musste es sein. Vampire waren etwas fürs Kino oder für Halloween. Aber alles, was Justin sagte, gab diesem seltsamen Tag einen Sinn, auch wenn nichts davon irgendeinen Sinn ergab.

»Seit wann geht das schon so?«, fragte ich und versuchte mich an den Gedanken zu gewöhnen.

»Oh, New Sodom gibt es seit mehr als dreihundertfünfzig Jahren«, antwortete Justin.

»Du meinst, die Pilgerväter waren Vampire? Ich meine – Jenti?«, sagte ich.

»Über die Pilgerväter weiß ich nichts«, erwiderte Justin. »Meine Familie waren Puritaner. Und wir waren von Anfang an hier. Jeder weiß, zu welcher Familie man gehört, und wir kommen ziemlich gut miteinander aus. Heutzutage.«

»Aber das war nicht immer so?«

Justin seufzte.

»Es gab ein paar schlimme Zeiten. In den vierziger Jahren des sechzehnten Jahrhunderts versuchten die Gadje uns auszurotten. Und in den Fünfzigern. Und den Sechzigern. Und sechzehnhundertsechsundsiebzig gab es eine Art Krieg zwischen uns. Die ganze Stadt wurde zerstört. Dann schauten alle nach, wie wenige von uns auf beiden Seiten übrig geblieben waren, und kamen drauf, dass keine Seite gewinnen würde. Also legten wir alle einen Schwur auf den neuen Vertrag von New Sodom ab. Die Gadje würden den Versuch aufgeben, uns auszurotten, und die Jenti würden nicht näher als in Boston – nun, du weißt schon, *trinken*. Alles war also ziemlich friedlich. Wir gingen alle in dieselben Schulen und so. Wir hatten bloß nicht mehr miteinander zu tun als unbedingt nötig. Im neunzehnten Jahrhundert kamen dann die neuen Jenti, die Transsylvanier und der Rest, her. Die Gadje kriegten es wieder mit der Angst zu tun. Also arbeiteten wir ein neues Abkommen aus. Wir sonderten uns nun mehr ab. Wir bekamen zum Beispiel unsere eigene Schule. Und wir kaufen ziemlich oft in getrennten Läden ein und so. Es klappt.«

Die Haare in meinem Nacken sträubten sich. »Also wissen es alle? Ich meine, im restlichen Bundesstaat?«

»Es ist kein Geheimnis«, sagte Justin. »Aber es spricht auch niemand darüber. So klappt es besser. Möchtest du sonst noch was fragen?«

»Wie – wie viele ungefähr?«, sagte ich. »Hier.«

»Vielleicht so an die fünfzehntausend«, antwortete Justin.

Fünfzehntausend Vampire in meiner neuen Heimatstadt. Und ich in ihrer eigenen speziellen Schule. Kein Wunder, dass die Kids an der Cotton Mather nicht über diesen Ort gesprochen hatten.

Ich musste von hier weg. Nicht einmal Dad würde mich in einer Schule voller Vampire lassen. Nein, das war nicht ganz richtig. Er würde mich nicht an einer Schule lassen, von der er glaubte, dass sie voller Vampire sei. Aber wie konnte ich ihm das klar machen? Ich war nahe daran, Justin zu uns nach Hause einzuladen und ihn zu bitten seine Vampirzähne vorzuführen.

Dann kam mir ein anderer Gedanke. Glatte Einsen ohne Arbeit. Eine gesicherte Zukunft. Und als Justin gesagt hatte, ich sei »gezeichnet«, hatte das nach einer guten Sache geklungen. Und dann gab es da auch noch das neue Abkommen von New Sodom. Vielleicht war ich ja wirklich in Sicherheit. Und vielleicht konnte ich einen echt guten Handel daraus machen. Ich begann ein ganz klein bisschen weniger Angst zu haben.

»Was Ileana da getan hat, mich zeichnen«, sagte ich. »Was hat das zu bedeuten?«

»Das fragst du sie besser selbst«, antwortete Justin und wurde rot.

»Jetzt komm schon«, drängte ich. »Du hast gesagt, du bist mir was schuldig.«

»Ich kann dir das nicht sagen«, erwiderte Justin. »Es ist bloß ein alter Brauch. Ileanas Familie ist ziemlich altmodisch.«

Es war nur noch eine einzige Limousine da. Als wir näher kamen, ging die Hintertür auf.

»Woher weiß ich, dass das meine ist?«, fragte ich.

»Sag dem Chauffeur bloß, wo du hinwillst«, erwiderte Justin.

Ich stieg ein.

»Nochmals danke«, sagte Justin. »Vielleicht magst du ja mal bei mir vorbeischauen.«

»Oh. Ja«, antworte ich schnell. Ich würde nichts sagen, was ihn enttäuschen könnte.

»Wohin soll es gehen, Master Cody«, fragte der Chauffeur, der aussah, als wäre er neunhundert Jahre alt, und es wahrscheinlich auch war.

»Penobscot Street 1727«, sagte ich.

Das Auto surrte leise los.

Ich blickte mich durch die Heckscheibe nach Justin um. Er stand noch immer da und sah mir nach. Dieses zerbrechliche kleine Lächeln kehrte in sein Gesicht zurück und er hob die Hand.

Aus irgendeinem Grund tat ich es ihm nach.

Zuckersüße Vampirträume

Als ich nach Hause kam, kochte Mom gerade das Abendessen. Ich roch, dass sie Cornedbeef ohne den Kohl machte. Cornedbeef ist eins meiner Lieblingsessen.

»Wie ist es heute gelaufen, mein Sohn?«, fragte sie. Sie

klang so fröhlich, dass ich wusste, sie machte sich Sorgen.

»Es ist wirklich anders?«, sagte ich.

»Gut anders oder schlecht anders?«, fragte Mom.

»Sehr anders«, gab ich zur Antwort. »Hab ich genug Zeit, um vor dem Essen ein Bad zu nehmen?«

»Haufenweise«, sagte sie.

Ich ging ins Badezimmer hinauf. Ich ließ so heißes Wasser einlaufen, dass ich es gerade noch aushielt, schüttete Bittersalz hinein und ließ mich ins siedend heiße Wasser gleiten.

Unsere Badewanne war riesig. Ich konnte bis zum Kinn eintauchen, ohne dass irgendwas rausschaute.

Ich musste wirklich, unbedingt, dringend nachdenken. Und hatte das Gefühl, dass gerade das im Augenblick nicht ging. Meine Gedanken rasten in meinem Kopf hin und her wie ein Kaninchen, das zwischen zwei Kojoten gefangen war. Mir fiel ein, was Justin darüber gesagt hatte, dass Vampire Wasser hassten, und das erinnerte mich an diesen scheußlichen Augenblick, als Gregor und seine Kumpel mich hin und her geworfen hatten wie beim Völkerball, und ich begann zu zittern.

Ich konnte nicht damit aufhören. Meine Muskeln übernahmen einfach das Kommando und machten, was sie wollten. Meine Zähne klapperten. Ich lag im Wasser und sah zu, wie es aus der Wanne schwappte. Vielleicht gab ich auch irgendwelche Geräusche von mir. Ich weiß es nicht.

Es war komisch. Als das Zittern aufhörte, ging es mir besser. Es war, als hätte mein Körper seine Angst abgeschüttelt, um mich auf die nächste Sache vorzubereiten, was auch immer das sein mochte.

Ich stieg aus der Wanne und wischte mit einem Handtuch den Badezimmerboden auf. Dann begutachtete ich meinen Rücken im Spiegel. Meine Schulter war bereits dunkelviolett, ebenso die Stelle, wo Ilie mich getreten hatte. Doch der Kratzer, den Ileana auf meiner Wange hinterlassen hatte, war fast verschwunden.

Ich nahm ein paar Aspirin, ging durch die Diele in mein Zimmer und zog eine Jogginghose und mein UCLA-Bruins-T-Shirt an. Dann ließ ich mich auf mein Bett plumpsen.

Ich hörte, wie Dad nach Hause kam. Er und Mom fingen an, sich zu unterhalten. Ein Teil davon klang so, als ginge es um mich. Ich musste ihnen vom heutigen Tag erzählen – aber was?

Ich ging nach unten.

»Hallo, Sohn«, sagte Dad. »Wie ist es heute gelaufen?«

»Ziemlich seltsam«, antwortete ich.

Dann klingelte das Telefon.

Mom reichte mir den Hörer und lächelte. »Es ist für dich, Cody«, sagte sie. »Ein Mädchen.«

Ich ging mit dem Telefon ins Wohnzimmer um ungestörter zu sein.

»Hallo?«, sagte ich.

»Hallo, Cody Elliot?«, hörte ich eine hohe, deutliche, wunderschöne Stimme sagen.

»Ja, hi, Ileana«, erwiderte ich.

»Als du heute Nachmittag die Schneebälle geworfen und Justin geholfen hast diesen Jungen zu entkommen, machte er sich auf die Suche nach mir und bat mich dir zu helfen. Ich tat das, was mir als Erstes einfiel, und möchte das jetzt erklären«, sagte sie. »Es ist ein alter Brauch meines Volkes – meiner ethnischen Gruppe – und ich möchte sichergehen, dass du es verstehst. Es bedeutet mir nichts – ich meine, es hat für mich nicht jene Bedeutung wie das, was du von anderen darüber hören wirst. Ich muss das also erklären.«

»Klasse!«, sagte ich.

»Justin hat mich angerufen und mir erzählt, dass du gefragt hast.«

»Ja?«, sagte ich.

»Früher konnten ein Jenti und ein Gadjo eine Art Partnerschaft schließen«, sagte sie. »Das Zeichen dafür war ein Kratzer auf der Wange des Gadjo. Es bedeutete, dass der Gadjo unter dem Schutz dieses einen bestimmten Jenti stand und alle anderen Jenti das respektieren würden. Das wird nicht mehr oft gemacht, aber wenn es passiert, halten wir uns nach wie vor daran. Du brauchst dir also wegen Gregor und den anderen keine Sorgen mehr zu machen. Das ist der Grund, warum ich angerufen habe. Das – und um dir zu danken, dass du versucht hast Justin zu helfen. Er ist mein ältester Freund.«

»Einen Moment noch«, sagte ich. »Heißt das, du hast mich gezeichnet, um mich zu beschützen, aber du hast es nicht so gemeint?«

»Nein, nein«, sagte sie. »Ich habe das schlecht erklärt. Diesen Teil meine ich ernst. Aber den Rest solltest du ignorieren.«

»Was für einen Rest?«

»Nun, wie ich schon gesagt habe, es ist ein sehr altmodischer Brauch.«

»Was ist mit dem Rest?«, fragte ich sie noch einmal.

»Das möchte ich lieber nicht sagen«, antwortete sie und seufzte.

»Justin hat gesagt, ich soll dich fragen. Also frage ich. Sag's mir.«

»Es ist nichts. Es ist bloß so, dass es früher, vor sehr langer Zeit, diesen Schutz für den Gadjo gab und auch der Jenti etwas dafür erhielt.« Sie sprach jetzt sehr rasch.

»Und was war das?«

Es gab eine lange Pause. Schließlich sagte sie: »Blut.«

Es war, als hätte ich es bereits gewusst. Das letzte Puzzlestück. Ich hatte nicht einmal Angst.

Aber Ileana fuhr fort. »Das ist jener Teil, der dich nicht zu beunruhigen braucht. Ich möchte nicht, dass du je wieder daran denkst. Bitte nicht.«

»Okay«, sagte ich. Als könnte irgendjemand nicht daran denken, dass er die private Blutbank einer anderen Person war! »Aber ich muss unbedingt noch etwas wissen.«

»Was?«

»Seid ihr zusammen, Justin und du?«, fragte ich.

»O nein«, war Ileanas Antwort. »Wir sind nur von Kindesbeinen an befreundet, das ist alles.«

»Dann ... möchtest du vielleicht einmal mit mir ausgehen?«

Es gab eine Pause, die etwa eine Woche zu dauern schien.

»Eine Beziehung?«, sagte sie schließlich. »Vielen Dank, aber nein. Ich denke nicht. Ich glaube nicht, dass wir vom gleichen Schlag sind. Aber ich mag dich. Ich halte dich für einen guten Gadjo. Du warst an diesem Nachmittag sehr mutig. Danke, dass du meinen Freund gerettet hast.«

Klick.

»Nichts zu danken«, sagte ich zu niemand Bestimmtem.

Ich legte auf und ging ins Esszimmer zurück.

Mom trug gerade das Essen auf. Wir setzten uns und sie zündete die Kerzen an.

Es waren die Kerzen, die mich dazu brachten, nicht viel von dem zu erzählen, was in der Schule passiert war. Kerzen bedeuteten, sie war glücklich. Es war zu lange her, dass ich sie so erlebt hatte.

Auch Dad bemerkte es. Er holte eine Flasche von seinem besten Wein und öffnete sie. Er und Mom erhoben die Gläser.

»Auf dich, Cody«, sagte Dad. »Auf das Ende eines langen Tages.« Er beugte sich zu mir herüber und schenkte mir ein bisschen Wein in mein leeres Glas.

Ich hatte schon vorher ein paarmal Wein getrunken, aber nie Dads edles Zeug. Ich kostete ihn und schmeckte Eichenholz, Staub und die Sonne eines Sommertages, der schon viele Jahre zurücklag.

»Nicht schlecht«, sagte ich.

»Hundertzwanzig Dollar die Flasche – und er sagt ›nicht schlecht‹«, meinte Dad. »Wir ziehen da einen Connaisseur groß.«

»Wer war das am Telefon?«, fragte Mom.

»Ileana Antonescu«, antwortete ich. »Etwas wegen der Schule.«

»Habt ihr irgendwelche Stunden gemeinsam?«, fragte Dad.

»Ein paar.«

Dad beugte sich vor. »Wie ist es dort überhaupt? Was ist passiert, nachdem ich weg war?«

»Nun, es ist so ziemlich wie eine ganz normale Schule«, sagte ich. »Sie arbeiten härter und die Lehrer sind seltsamer als an der Cotton Mather.«

»Klingt viel versprechend«, meinte Dad.

»Hat dich wenigstens jemand herumgeführt?«, fragte Mom.

»Ja.«

»Glaubst du, es wird dir dort gefallen?«, fragte Dad.

»Kann ich nicht sagen«, war meine Antwort. Ich trank den Wein und spürte, wie er meine Zunge streichelte. Als mein Glas leer war, hielt ich es Dad hin.

»Nur noch ein kleines bisschen«, sagte er.

Aber dieses kleine bisschen genügte. Mein Kopf begann zu dröhnen. Ich konnte die Augen kaum mehr offen halten. Und obwohl ich Hunger hatte, war mir einfach nicht nach Essen. »Entschuldigt bitte«, sagte ich und stand auf. »Ich gehe ins Bett.«

»Ich lass dir eine Kleinigkeit da für den Fall, dass du später noch mal wach wirst«, sagte Mom.

Ich wurde tatsächlich später wieder wach. Ich weiß nicht, wie viel später es war. In meinem Zimmer war es stockdunkel, im Haus war es ruhig und der ganze Himmel war von Wolken bedeckt.

Ich lag einfach da, spürte meine Blutergüsse und hörte zu, wie der Wind die Bäume ein wenig zum Seufzen brachte.

Es war, als wäre die Zeit stehen geblieben. Es fühlte sich so an, als würde der Morgen nie kommen, und es spielte keine Rolle. Ich war jetzt in Sicherheit.

Jetzt konnte ich nachdenken.

Ich konnte mich nicht entscheiden, ob ich gerade den besten oder den schlechtesten Handel meines Lebens abgeschlossen hatte.

Ich würde mir für den Rest meines Lebens keine Sorgen mehr über Noten oder Arbeit machen müssen. Ileana hatte mich vor jedem anderen Vampir an der Vlad Dracul geschützt. Alles, was ich zu tun hatte, war, Däumchen zu drehen, bis die Vampire mich aufs College brachten – eines in Kalifornien, dafür würde ich sorgen –, und danach würde ich nie wieder von zu Hause wegmüssen.

Was also machte mich daran krank?

Ich wälzte mich im Bett herum. Ganz gleich wie sehr ich es auch versuchte, ich konnte nicht herausfinden, was an der ganzen Sache falsch war. Ich dachte wieder und wieder darüber nach. Ohne Anstrengung Einsen bekommen. Ohne Anstrengung aufs College. Sogar ohne Anstrengung einen Job kriegen. Wo war da der Haken?

Nach einer Weile begann ich mich zu fragen, ob ich am nächsten Tag nicht zu Hause bleiben sollte, da ich einfach keinen Schlaf fand. Mir kam das absolut einleuchtend vor.

»Warum nicht?«, sagte ich mir schließlich. »Es spielt keine Rolle, ob ich hingehe oder nicht.«

Und dann schlief ich ein, gerade noch rechtzeitig um zu hören, wie mein Wecker zu läuten begann.

Ich kann heute nicht dorthin.

Ich wankte zum Telefon hinunter. Der Prospekt der guten alten Vlad Dracul lag gleich daneben und die Telefonnummer stand vorne drauf.

»Vlad-Dracul-Highschool«, meldete sich Ms Prentiss' sanfte Stimme.

»Hallo, hier ist Cody Elliot«, sagte ich. »Ich melde mich für heute krank.«

»Ach du meine Güte«, antwortete Ms Prentiss. »Na, dann erholen Sie sich gut, Master Cody.«

So kinderleicht war es also, einen Tag zu Hause zu bleiben.

»Ist dir nicht gut, Cody?«, fragte Mom und sah besorgt aus.

»Ich bin bloß müde. Ich hab nicht geschlafen«, antwortete ich.

»Ehrlich gesagt, Cody, hatte ich zu hoffen angefangen, dass du eine Schule gefunden hast, wo du dich endlich hinsetzt und mit Lernen anfängst«, sagte Dad.

»Lass mich in Ruhe!«, erwiderte ich. »Ich habe alle meine Hausaufgaben. Und wenn ich in den nächsten neun Wochen nicht lauter glatte Einsen kriege, kannst du mich auf eine Militärschule schicken.«

Ich knallte meine Zimmertür zu und warf mich aufs Bett. Dann schlief ich wieder ein.

* * *

Am frühen Nachmittag wachte ich auf und streckte mich. Ich hatte noch immer Schmerzen, aber die Stellen, die nicht wehtaten, fühlten sich gut an.

Ich hatte etwas Blödes von Horvath zusammengeträumt. Ich hatte in seinem Büro gesessen und er war direkt vor mir gestanden, hatte gelächelt und mich mit Süßigkeiten gefüttert. Es waren weiche, kleine, sehr süße Bonbons und er steckte mir eins nach dem anderen in den Mund. Es war bloß so, dass ich ihren Geschmack nicht mochte. Ich war aufgewacht, denn nachdem ich die ersten paar hinuntergeschluckt hatte, hatte ich die anderen einfach im Mund behalten und der war jetzt voll.

Ich lachte. Ich wette, Horvath hätte das wirklich für mich getan, solange er mich in seiner Schule brauchte.

Ich kam drauf, dass ich jetzt hungrig war, und stand auf.

Das Haus war leer. Auf dem Tisch lag eine Notiz. Mom war einkaufen gegangen.

Ich spazierte durch die Zimmer und fühlte mich wohl. Heute konnte ich tun, wozu auch immer ich Lust hatte.

Ich musste herausfinden, wann die Wasserballspiele stattfanden. Abgesehen davon konnte ich frei über meine Zeit verfügen. Vielleicht konnte ich von zu Hause aus arbeiten. Nicht dass ich überhaupt irgendwas arbeiten musste.

Ich fragte mich, an welchen Colleges in Kalifornien genügend Vampire im Vorstand saßen oder was auch immer, dass ich dort einfach so antanzen könnte. Und Stipendien. Ich würde mich um ein paar bewerben müssen, damit alles seine Richtigkeit hatte.

Ich blickte aus den Fenstern zum Garten. Der Himmel war noch immer grau, der Boden nach wie vor weiß und die Bäume schwarz. Ich spürte, wie diese Szenerie mich irgendwie umfing, in mich eindrang. Ich sah diese Wolken an und es war, als könnte ich viele Jahre in meine Zukunft blicken. Bloß Wolken und noch mehr Wolken, aber ich würde einfach durch sie durchschweben, mich treiben lassen. Ich brauchte überhaupt nichts zu tun.

Justin und Ileana hatten jetzt wohl gerade ihre siebte Stunde und gingen wahrscheinlich ihre Hausaufgaben über Beteigeuze durch. Ich hätte wetten können, dass sie gestern bis Mitternacht auf gewesen waren um ihre Aufgaben zu machen.

Aber, he, sie waren Vampire! Wahrscheinlich zogen sie Mitternacht vor.

Ich würde trotzdem morgen wieder zur Schule gehen und Ms Vukovitch ein leeres Blatt Papier abgeben. Vielleicht würde ich *Beteigeuze* draufschreiben, damit sie wusste, welche Aufgabe das sein sollte. Ich würde es mit der Note Eins zurückbekommen. Ich würde Mr Mach ein Blatt Papier geben, auf dem stand: *Ich weiß überhaupt nichts über Mozart*, und eine Eins kriegen. Shadwell – Shadwell würde ich am Ende des Jahres ein Stück Papier aushändigen, auf dem genau in der Mitte *Das ist ein Epos* stand und ich würde eine Eins darauf kriegen. Sozialkunde: eine Eins. Turnen: eine Eins. Wasserball – wen kümmerte es? Sie konnten mir jede Note geben, die sie wollten. Es spielte keine Rolle.

Das ungute Gefühl kehrte zurück.

Mittagessen. Ich brauchte unbedingt was zu essen.

Also machte ich mir ein Sandwich und schenkte mir Milch ein. Ich aß einen Apfel, der von irgendeinem Ort kam, an dem die Sonne schien. Ich fühlte mich satt, aber nicht besser. Es war so, als würde ich noch immer diese Bonbons schlucken.

Was war mein Problem? Ich hatte alles, wovon man träumen konnte. Garantiert glatte Einsen, garantiert einen Platz am College, sogar garantiert einen Job. Und ich brauchte nichts weiter dafür zu tun, als hin und wieder ein paar Spiele zu verlieren. Ich selbst würde in jedem Fall gewinnen. Egal was passierte. Nichts, was ich tat, war wichtig.

Nichts, was ich tue, ist wichtig.

Das war's. Nichts, was ich tat, machte irgendeinen Unterschied. Die Vampire hatten alles, was sie von mir wollten. Alles, was sie brauchten, waren ein paar Gadje, die für sie im Wasser spielten. Das ermöglichte ihnen, die Marmorhallen auf ihre ruhige Art auf und ab zu schreiten, diese unglaublichen Hausaufgaben zu machen und in ihrer Schule einfach zu tun, was sie wollten, während ein paar von uns ihnen die nötige Deckung gaben. Was sie uns dafür zurückgaben, war für sie ein Nichts. Sie verachteten uns.

Sie saugten vielleicht nicht unser Blut aus, aber unseren Stolz.

Vielleicht war dieser Handel gut genug für Brian Blatt und den guten alten Trainer Underskinker. Aber für mich war er es nicht. Morgen würde ich in diese Schule zurückkehren und irgendeinen Weg finden, um wirklich durchzukommen. Und ich würde Wasserball spielen um zu gewinnen, und wenn ich damit der Einzige in der Mannschaft war.

Ein paar Minuten später kam Mom nach Hause. Ihre

Nase war von der Kälte gerötet und sie stieß kleine Atemwölkchen aus.

»Geht's dir jetzt besser, Cody?«, fragte sie.

»Mir geht's großartig«, erwiderte ich. »Haben wir irgendwelche CDs von Mozart?«

Ms Shadwell verwandelt sich wieder zurück

Natürlich schaffte ich die Hausaufgaben nicht. Ich hörte mir etwas von Mozart an, das *Eine kleine Nachtmusik* hieß, und alles, was ich mitkriegte, war ein Durcheinander von Noten. Ich hörte es mir noch zweimal an – mit demselben Ergebnis. Schließlich schlug ich im Lexikon und im Internet unter Mozart nach. Dann schrieb ich:

Wolfgang Amadeus Mozart wurde 1756 geboren und starb 1791. Dazwischen komponierte er hunderte Musikstücke, darunter Eine kleine Nachtmusik. *Sie besteht im wahrsten Sinn des Wortes aus tausenden Noten und hat eine Köchel-Nummer von 525.*

Ich habe keine Ahnung, was eine Köchel-Nummer ist, aber ich hoffe, sie ist Teil der Antwort auf diese Frage. Aber selbst wenn sie das nicht ist, geben Sie mir bitte eine echte Note, Mr Mach. Ich will Ihre gefälschten Einsen nicht.

Dann versuchte ich es mit Physik.

Wie wir im Unterricht gelernt haben, ist der Stern Beteigeuze ein Roter Riese, der vier- bis sechshundert

Lichtjahre von der Erde entfernt ist. Eines Tages wird er explodieren. Die erste radioaktive Strahlung davon wird vier- bis sechshundert Jahre später bei uns ankommen. Niemand kann genau vorhersagen, wie viel oder was passieren wird, aber es könnte ungünstig für das Leben auf der Erde sein.

Sie haben uns gesagt, wir sollen den Van-Allen-Gürtel nachschlagen, was ich auch getan habe. Das sind Schichten aus radioaktivem Material um unsere Erde, die vom Magnetfeld der Erde in unserer Umlaufbahn gehalten werden. Ich weiß nicht, was sie mit der Frage zu tun haben, aber bitte geben Sie mir eine echte Note, Ms Vukovitch. Ich will keine Ihrer gefälschten Einsen, nur weil ich ein Gadjo bin.

Sozialkunde war leicht. Ich brauchte bloß ein Stück luftgetrocknetes Rindfleisch in die Schule mitzunehmen.

Sehr geehrter Mr Gibbon, es tut mir Leid, dass ich gefehlt habe. Hier ist etwas gesalzenes Essen. Bitte benoten Sie es so, wie Sie auch ein Stück luftgetrocknetes Rindfleisch eines Jenti benoten würden. Ich möchte keine gefälschte Eins.

Es war jetzt elf Uhr nachts. Mom und Dad waren schon schlafen gegangen. In Englisch hatte ich keine Hausaufgaben, aber ich wollte trotzdem mit etwas anfangen.

Ich hatte nie zuvor ans Schreiben gedacht. Wie machten die Leute das? Setzten sie sich einfach hin und begannen draufloszuschreiben? Wie wussten sie, wann sie aufhören mussten? Wo bekamen sie ihre Ideen her?

Genau das brauchte ich jetzt – eine Idee. Ich dachte an

alle Bücher, die ich gelesen hatte. Aber die waren ja bereits geschrieben worden. Ich dachte an Dinge, von denen ich gehört, die ich im Fernsehen gesehen oder mir vorgestellt hatte. Nichts davon brachte mich auf eine Idee.

Um 23:05 beschloss ich schließlich, ein Epos zu schreiben. Shadwell mochte Epen. Abgesehen davon war ein Epos Dichtung und das hieß, die Zeilen waren kürzer als in einer normalen Geschichte. Das war ein guter Grund, eins zu schreiben.

Ich nahm ein leeres Blatt Papier und schrieb.

Die.

Weiter kam ich nicht. Das Epos von *Die*. Ich starrte nur dieses Blatt Papier an, bis Dad aufstand und mir sagte, ich solle ins Bett gehen.

Nun gut, es war erst in siebzehn Wochen fällig. Bis dahin würde ich auch den Rest fertig haben.

Meine Lehrer sahen ein bisschen bestürzt aus, als ich am nächsten Tag meine Hausaufgaben abgab. Und was die Kids angeht – die sahen mich alle an, als wäre ich eine Art Rieseninsekt, dem sie noch nie zuvor über den Weg gelaufen waren. Sie musterten dauernd meine Wange, was seltsam war, denn soweit ich es beurteilen konnte, war Ileanas Kratzer verschwunden. Vielleicht konnten Vampire ihn noch immer sehen. Ein paarmal erwischte ich Leute dabei, wie sie *Ileana Antonescu* und *Stoker* flüsterten.

Was Ileana betraf, so schien sie mich überhaupt nicht zu bemerken, nicht einmal beim Mittagessen. Und sobald sie fertig war, stand sie vom Tisch auf und verschwand.

Von Justin bekam ich allerdings ein Lächeln und ein »Hallo«. Ich hatte das Gefühl, er wartete ab, ob ich mit ihm befreundet sein wollte. Ich war mir nicht sicher, also sagte ich ebenfalls bloß »Hallo« zu ihm.

Ich sah weder Gregor noch einen von seiner Clique, außer einmal auf der Treppe. Sie kamen vom Dachgeschoss herunter, was bedeutete, dass sie mindestens im vorletzten Schuljahr waren. Sollten sie mich gesehen haben, so ließen sie es durch nichts erkennen.

Als ich zum Wasserball kam, begannen die Typen aus der Mannschaft »Sto-ker, Sto-ker, Sto-ker, Sto-ker« zu singen und Brian brüllte: »He, hier kommt ein Privatvorrat.«

Es war nicht besonders schwierig, zu kapieren, was er mit *Privatvorrat* meinte. Doch aus dem *Stoker* wurde ich nicht schlau. Aber diese Typen würde ich bestimmt nicht danach fragen. So blöd war ich nicht.

Underskinker kam mit einer Dose Old-Aroostook-Bier in der Hand aus seinem Büro und starrte uns an, als wäre er überrascht, dass wir überhaupt hier waren.

Schließlich sagte er: »Okay. Wir ham also wieder 'ne Mannschaft. Ab ins Wasser mit euch, ihr Flaschen!«

Die anderen Jungs sprangen ächzend ins Wasser.

»He, Trainer«, sagte das rothaarige Halbwiesel. »Wo ist der Ball?«

»Schnauze, Lapierre«, antwortete Underskinker. »Schwimm einfach rum, bis ich dir sag, dass de aufhören kannst.« Und er wandte sich zum Gehen.

»Trainer, ich hab ein paar Fragen«, meldete ich mich.

Underskinker blieb stehen, drehte sich um und dachte über meine Aussage nach. Schließlich sagte er: »Was?«

»Zum Beispiel – wie sieht unsere Spieltabelle aus?«, fragte ich.

»Is im Büro angeschlagen«, antwortete er. »Schau nach und stör mich nich.« Er machte sich auf den Weg zurück zum Umkleideraum und zu seinem Biervorrat.

»Okay, wann ist also unser nächstes Spiel?«, rief ich ihm hinterher.

»Schau nach«, sagte Underskinker. »Ich hab echt nich die Zeit, euch Flaschen alles zu erklärn.«

»Ich weiß, wann's ist, ich weiß, wann's ist!«, rief Lapierre und hüpfte dabei handwedelnd auf und ab wie ein kleines Kind. »Nächsten Dienstag nach der Schule, stimmt's, Trainer? Stimmt's? Hä? Hä? Stimmt's?«

»Wurscht«, antwortete Underskinker.

Aber ich hatte noch eine Frage.

»Trainer, hat diese Mannschaft einen Namen?«

Er drehte sich so rasch um, dass er fast über seine Füße fiel. »Wer kennt den Namen dieser Mannschaft nich?«, brüllte er.

»Entschuldigung, Sir, niemand hat ihn mir gesagt«, antwortete ich.

»Ellison, du blöde Flasche, wir ham denselben Namen wie alle Mannschaften an dieser Schule«, sagte Underskinker. »Sagt's ihm, ihr Flaschen!«

Lapierre kratzte sich am Kopf und wandte sich an Brian Blatt. »Kannst du dich erinnern?«, fragte er.

»He, Mann, du bist derjenige, der sich an den Mannschaftsnamen erinnern soll«, sagte Brian. »Ich kann mich nicht um alles kümmern!«

Ein Junge, der wie eine Landschildkröte aussah, sagte: »Es ist Guns N' Roses, nicht?«

»Das ist eine Rockband, Tracy. Wir sind eine Mannschaft«, gab Lapierre zurück.

»Oh, stimmt«, sagte Tracy, als hätte er soeben eine Entdeckung gemacht. »Jetzt erinnere ich mich.«

»Ich finde trotzdem, dass es ein cooler Name ist«, meinte der Fünfte, der dünn und hinterhältig wie ein Barrakuda aussah. »Lasst uns Guns N' Roses sein!«

»Ihr blöden, dummen, blöden, dummen, blöden, dummen Flaschen!«, tobte Underskinker. »Wir sin die Pfähler! Kapiert?!«

»Danke, Trainer«, sagte ich. »Übrigens: Ich glaube, mein Name ist Elliot. Ich werde zu Hause nachfragen.«

Zwei Jungs lachten. Einer hatte blaue Augen und Aknenarben, die wie Krater von der Schattenseite des Mondes aussahen. Der andere war klein und sah irgendwie weich aus.

»Ihr – Elliot, Pyrek, Falbo. Los jetzt – zeigt ma, was ihr draufhabt!«, sagte Underskinker und steuerte auf sein Büro zu.

»He, Falbo«, sagte der blauäugige Junge mit den Aknenarben, »zeig mir, was du draufhast!«

Falbo, der mollige kleine Typ, sagte irgendwas darüber, wie Pyrek das herausfinden könne, und wieder brachen alle in Gelächter aus.

Wir hielten uns ein paar Minuten am Beckenrand fest und genossen das Gefühl, Underskinker geneckt zu haben. Ich fragte mich, ob das bedeutete, dass ich dazuzugehören anfing.

Dann sagte der Barrakuda: »Weißt du, Stoker, das hier war eine echt tolle Mannschaft, bis du aufgetaucht bist.«

»Das sehe ich«, gab ich zurück, als hätten seine Worte mich nicht verletzt.

Er glitt wie eine Schlange aus dem Becken, schlich zum Umkleideraum und spähte hinein.

Dann kam er zurück und hob den Daumen.

»In Ordnung, Barzini«, sagte Lapierre.

»Halt den Mund«, gab Barzini zurück. »Oder willst du ihn aufwecken?«

Alle anderen verließen das Schwimmbecken und nach einem Moment tat ich es ihnen nach. Ich wäre gerne ein Weilchen allein geschwommen, aber noch lieber wollte ich Justin finden und ihn fragen, was ein Stoker war.

Nach dem Unterricht trieb sich ein Haufen Kids im Schülerklub herum. Es war nicht schwierig, jemanden zu finden, der mir sagen konnte, wo Justin war.

»Freitagnachmittag arbeitet er in der Bibliothek, wenn ich mich nicht irre«, sagte mir ein Jenti-Junge, der Anatol hieß und in meiner Englischklasse war. »Weißt du, wo das ist, Stoker?«

»Ich werd's schon finden«, gab ich zurück.

Man konnte die Bibliothek kaum verfehlen. Sie befand sich am anderen Ende des Campus und war riesig. Sie bestand aus zwei großen Flügeln, die sich von einem Eingang aus erstreckten, der wie ein römischer Tempel aussah. Über dem Tor stand: DER HÖCHSTE RUHM EINES VOLKES LIEGT IN SEINEN AUTOREN.

Die Bibliothek war leer. Ich schätze, nicht einmal Vampirkids treiben sich an einem Freitagnachmittag in einer Bibliothek herum. Aber ich hörte ein paar gedämpfte Geräusche aus dem linken Flügel, also ging ich dorthin.

Es war Justin, der neben einem mit Büchern beladenen Holzkarren stand und sie sorgfältig in die Regale einordnete.

Er war überrascht mich zu sehen, vielleicht sogar verlegen.

»O hallo, Cody«, sagte er irgendwie zu laut für eine Bibliothek. »Einen Moment. Ms Shadwell, es ist jemand hier.«

Plötzlich bog eine Ratte um die Ecke der Bücherregale. Und ihr auf den Fersen war ein riesiger, geduckt laufender roter Wolf, der knurrte.

Ich schrie auf und machte einen Satz, doch der Wolf stürmte an mir vorbei hinter der Ratte her und außer Sicht.

Justin errötete. »Das ist Ms Shadwell«, sagte er. »Sie wird gleich da sein, sobald sie sich angezogen hat.«

Die Ratte quiekte, Kiefer schnappten zusammen und ein Knurren ließ die Bücherregale erzittern. Oder vielleicht auch bloß mich.

Ein heiseres Knurren war zu hören: »Tschldgung, daff ich hia effe.«

Ich hörte ein Rumsen und Rascheln. Einige Augenblicke später sah ich eine große rothaarige Frau mit einem breiten weißen Lächeln und ausgestreckter Pfote – ich meine Hand – auf mich zukommen.

»Hallo«, sagte sie mit einer bedeutend netteren, aber wirklich kräftigen Stimme. »Sie müssen der neue Gadjo aus der Englischklasse meines Mannes sein. Willkommen, Master Cody.«

»Guten Tag, Ma'am«, sagte ich so höflich wie nur irgend möglich.

»Entschuldigung bitte wegen des Wolfs gerade«, fuhr sie fort. »Ich versuche seit einer Woche diese Ratte zu fangen und das geht bedeutend leichter, wenn man ein Wolf ist.«

»Klingt so, als hätten Sie sie erwischt, Ms Shadwell«, schaltete Justin sich ein.

Ms Shadwell leckte sich die Lippen.

»Das war das letzte Buch, das sie je angenagt hat«, erwiderte sie.

Mir drehte sich der Magen um.

»Also, wie kann ich Ihnen helfen, Master Cody?«, fragte Ms Shadwell.

»Oh, ich wollte bloß Justin was fragen«, antwortete ich und versuchte nicht daran zu denken, dass ich einem Werwolf gegenüberstand.

»Schön«, sagte sie und lächelte noch breiter. »Wenn Sie irgendetwas brauchen, ich bin dort drüben am Schreibtisch. Fragen Sie nur. Ich *liebe* es, Leuten dabei zu helfen, etwas zu finden.«

»Vielen Dank, Ma'am.«

Sobald sie außer Hörweite war, sagte ich: »Mein Gott, Justin, warum hast du mir nicht gesagt, dass es hier Werwölfe gibt?«

»Werwölfe? So was gibt es nicht«, antwortete Justin. »Meines Wissens nach jedenfalls nicht. Ms Shadwell ist einfach eine gute Lykanthropistin.«

»Jetzt komm schon! Du weißt doch genau, ich hab keinen Schimmer, was das bedeutet!«

»Es bedeutet einfach, dass sie sich in einen Wolf verwandeln kann, wenn ihr danach ist«, sagte Justin. »Viele von uns können das.«

»Ich dachte, Vampire – ich meine Jenti – verwandeln sich in Fledermäuse«, erwiderte ich. »He, könnt ihr euch in alles verwandeln?«

»Nun, es ist kompliziert«, antwortete Justin. »Schau mal, wenn du dich in etwas anderes verwandelst, bleiben dein Gewicht und deine Masse gleich. Das heißt, niemand kann sich tatsächlich in eine Fledermaus verwandeln. Ich meine – warum würde jemand so was machen? Eine Fledermaus mit siebzig Kilo kann nicht mal fliegen. Nun gut, einige von uns können sich in etwas verwandeln, das einer Fledermaus ähnlich ist.«

»Aber größer, stimmt's?«, fragte ich.

»Sehr viel größer.« Justin konzentrierte sich ganz auf seine Bücher und wich meinem Blick aus. »Darum ziehen viele von uns Wölfe vor. Es ist bequemer.«

»Ja, ist ja irgendwie auch klar«, sagte ich. Ich stellte mir Justin vor, wie er im Licht des Vollmonds über New Sodom flatterte. »Und was ziehst du vor?«

»Nun, es braucht eine Menge Übung«, meinte Justin. »Und Talent. Nicht alle von uns können es.«

»Sehr schade.«

Justin zuckte mit den Achseln. »Ist nicht so wichtig. Früher war die Verwandlung in einen Wolf oder in eine Riesenfledermaus eine gute Möglichkeit, unseren Feinden zu entkommen. Heutzutage brauchen wir es kaum noch. Mein Vater war wirklich gut darin. Er hatte manchmal eine Flügelspannweite von vierzehn Metern.«

»Toll!«

»Was wolltest du mich eigentlich fragen?«, sagte Justin.

»Ich möchte wissen, was ein Stoker ist.«

Justin nickte. »Hat dich jemand so genannt?«

»Praktisch jeder.«

»Es ist eine Beleidigung«, meinte Justin seufzend. »Versuch, nicht daran zu denken. Es stimmt jedenfalls nicht. Es ist bloß, weil du mir am Mittwoch geholfen hast.«

»Aber was bedeutet es?«

»Hast du je von einem Buch mit dem Titel *Dracula* gehört?«, fragte Justin.

»Klar. Hat doch jeder«, gab ich zur Antwort.

»Na schön, *Dracula* wurde von einem Mann geschrieben, der Bram Stoker hieß«, sagte Justin. »Er traf ein paar Jenti auf seinen Reisen durch Europa. Und durch Amerika. Er kam sechsmal hierher. Einer meiner Großväter hat mit ihm gesprochen. Er schien wirklich nett und freundlich zu sein. Einige von uns erzählten ihm ein paar Dinge darüber, was es bedeutet, ein Jenti zu sein. Er nahm alles, was wir ihm erzählten, und schrieb dieses verdammte Buch. Hat alles verdreht, was wir gesagt haben. Seit damals wird immer irgendjemand sagen, dass ein Gadjo, der sich mit einem Jenti anfreundet, ein Stoker ist. Es gibt nur eine Bezeichnung, die noch schlimmer ist.«

»Und die wäre?«

»Ein Bram. Es bedeutet, du hast den Jenti in irgendeiner Weise verletzt. Wenn das passiert, ist das ganz, ganz schlimm. Sollte das Gerücht umgehen, dass du ein Bram bist, wird dich irgendjemand dafür drankriegen.«

»Und wenn du ›drankriegen‹ sagst –«, begann ich.

»Meine ich das, was du denkst, dass ich meine«, vollendete Justin. »Jedenfalls ist praktisch alles an *Dracula* zumindest halb gelogen. Und es gibt eine Menge Sachen, die er hineinnehmen hätte können und ausgelassen hat – alles, was positiv an uns ist.«

»Und wer hat Stoker selbst drangekriegt?«, fragte ich.

»Niemand«, antwortete Justin. »Viele von uns wollten es, aber Dracula hatte ihn gezeichnet und der sagte Nein. Sagte, es sei sein Fehler gewesen, Stoker überhaupt zu vertrauen, und dass es am besten wäre, die ganze Sache einfach einschlafen zu lassen. Du siehst ja, wie toll das geklappt hat.«

»Moment mal«, sagte ich. »Willst du damit sagen, dass es Dracula wirklich gegeben hat?«

Justin warf mir einen seltsamen Blick zu. »Na klar.«

»Du denkst also, ich bin ein Stoker?«, fragte ich.

»Nö. Ich denke, du gehörst zu den Leuten«, antwortete Justin.

»Und das heißt?«

»Leute sind Gadje, denen man trauen kann«, erwiderte Justin.

Plötzlich entschied ich, dass ich Justin sehr gern hatte.

»Wann hast du aus?«, fragte ich.

Justin sah auf seine Uhr. »In fünfzehn Minuten.«

»Möchtest du nachher noch abhängen?«

»Klar«, sagte Justin und schenkte mir ein schwaches, kleines Lächeln.

»Ich seh mich hier mal um«, sagte ich. »Bis gleich dann.«

»Okay«, erwiderte Justin.

Die Bibliothek war wie alles andere an der Vlad Dracul – prächtig. Bücherregale, die vom Fußboden bis an die Decke reichten, überall Computer, Lehnstühle, große Tische, Pulte. Das Licht der Lampen war warm, die Teppiche dick. Ich konnte meine eigenen Schritte nicht hören.

Über den Nischen an den Wänden waren große Schilder mit Goldbuchstaben angebracht: GESCHICHTE, GEOLOGIE, AMERIKANISCHE GESCHICHTE. Dann kam ich zum letzten: DRACULA.

Jedes Buch dort war eine Ausgabe von *Dracula*. Regal um Regal in Englisch, aber es gab auch einen Bereich mit Ausgaben in anderen Sprachen. In *jeder* anderen Sprache, wie es schien.

»Finden Sie alles, was Sie brauchen?«, fragte Ms Shadwell, die hinter mir aufgetaucht war.

»Oh, ich sehe mich nur um«, antwortete ich. »Warum haben Sie hier so viele Exemplare von diesem Buch?«

»Es gehört zur Pflichtlektüre jedes Schülers an der Vlad Dracul«, sagte Ms Shadwell. »Es wird in der fünften und achten Klasse sowie in der Highschool behandelt – genau wie Amerikanische Geschichte.«

»Vielleicht sollte ich es dann jetzt lesen«, sagte ich. Ich versuchte sie zu beeindrucken.

Ms Shadwell tat so, als hätte ich ihr gerade einen Cadillac geschenkt. »Wunderbar!«, sagte sie. »Hier, versuchen Sie es mit dieser Ausgabe. Nein, diese hier. Sie hat sehr gute Anmerkungen. Oder vielleicht doch diese hier; sie hat eine wirklich wunderbare Schrift.«

Sie überschüttete mich mit *Draculas*, bis ich die Bücher kaum mehr festhalten konnte.

»Danke«, sagte ich. »Ich werde wohl dieses hier nehmen.« Ich stellte die Bücher auf einem Regal ab und zog eines aus dem Stapel heraus, als hätte ich es mir genau überlegt.

»Kann ich Ihnen sonst noch irgendwie behilflich sein?«, fragte sie.

»Nein danke«, erwiderte ich. »Ich gehe noch mit Justin mit.«

»Das ist *großartig!*« Sie brüllte praktisch. »Sie können jederzeit wiederkommen, Master Cody.«

Justin und ich gingen zu ihm nach Hause. Keine Limousine.

»Ich wohne in der Nähe«, sagte Justin.

Nach ein paar Blocks bogen wir in eine lange, schmale Straße ein, über der sich die ineinander verschlungenen Zweige von Bäumen wölbten.

Am anderen Ende der Straße stand ein windschiefes, baufälliges Haus, das aussah, als wäre es an die hundertmal auf beinahe hundert verschiedene Arten umgebaut worden. Es ging rauf und dann noch weiter rauf und schien überhaupt kein Ende mehr zu nehmen. Und es sah so aus, als müsse es in jedem Stockwerk spuken. Drinnen war es finster, abgesehen von einem Licht, das durch ein Fenster neben der Haustür drang.

»Das ist es«, sagte Justin und ließ mich ein.

Einen Moment lang fragte ich mich, ob ich je wieder die Außenwelt erblicken würde.

Als Justin die Tür aufstieß, sah ich einen warmen Raum mit niedriger Decke. Es gab eine Ecke, wo wir unsere Stiefel und Mäntel ausziehen konnten, bevor wir hineingingen. Als wir das taten, schlug eine große Wanduhr leise viermal.

Irgendwo aus dem Hintergrund hörte ich wunderbare Klaviermusik. Ich erkannte die Melodie. Es war *Eine kleine Nachtmusik*.

»Meine Mutter gibt Klavier-Unterricht«, sagte Justin. »Lass uns nach oben gehen. Ich stelle dich später vor.«

Wir gingen eine Treppe hinauf, die so alt war, dass sie Wellen schlug wie das Meer. Trotzdem knarrte sie kaum. Wer auch immer sie gebaut hatte, hatte wohl gewusst, was er tat.

»Das ist mein Bereich«, sagte Justin. Er öffnete eine Tür im zweiten Stock.

Es war eine kleine Wohnung mit zwei Räumen. Der eine Raum war ein gewöhnliches Schlafzimmer, der andere voller Aquarien. Es gab darin auch noch anderes Zeug – ein Fernrohr etwa, ein paar Sessel und einen Tisch –, aber der Rest waren Aquarien. Und die Aquarien enthielten nur eine Art Fisch.

»Ich züchte Segelflosser«, sagte Justin.

Alles sah alt, gemütlich und gebraucht aus, sogar die Fische.

»Das ist echt cool«, sagte ich.

»Magst du Fische?«, fragte Justin.

»Ich denke schon«, erwiderte ich. »Ich weiß nur nicht viel über sie.«

»Ich habe alle Arten von Segelflossern, die es gibt«, sagte Justin. »Schwarze, marmorierte, goldene. Natürlich auch die normalen silbernen und gestreiften. Die überzähligen verkaufe ich an Tierhandlungen. Ich habe Kunden bis nach Oregon.«

Ich sah bloß diese ganzen Fische, die sich alle fast vollkommen glichen, in dem grünlichen Wasser an, wie sie in ihrer kleinen Welt langsam auf und ab schwammen, stumm und schön.

Aus irgendeinem Grund dachte ich an die Kids an der Vlad Dracul.

»Magst du mir beim Füttern helfen?«, fragte Justin.

»Klar«, sagte ich.

In der einen Ecke des Raums stand ein winziger Kühlschrank. Es waren eine Menge Tüten mit schlaffen braunen Würmern, so fein wie ein Haar, darin.

»Tubifexwürmer«, sagte Justin. »Sie sind so was wie eine Nahrungsergänzung.«

Er nahm eine Tüte aus dem Kühlschrank und begann Klümpchen von Würmern in die Aquarien fallen zu lassen. Sie trieben an der Oberfläche und in jedem Häufchen versuchten ein paar, sich aus der Masse herauszuwinden.

Jedes Mal wenn Justin das machte, verwandelten sich die Segelflosser. Plötzlich waren sie wie Falken, die auf ihre Beute niederstießen. Sie stürzten sich so blitzartig auf die Würmer, dass ich ihnen mit den Augen nicht folgen konnte. Dann fingen sie an, die Klümpchen auseinander zu reißen. Sie inhalierten die Würmer und holten sich dann Nachschub.

»Bitte schön«, sagte Justin und gab mir eine eigene Tüte. »Das ist alles.«

Es fühlte sich merkwürdig an, als ich meinen ersten Schwung Tubifexwürmer herauszog. Sie waren kalt, glitschig und schlaff. Sie bewegten sich erst, als sie im Wasser waren. Und dann waren die Segelflosser hinter ihnen her.

Als wir fertig waren, waren es auch die Segelflosser in

ihren Aquarien. Sie schwammen hin und her und hielten nach weiteren Würmern Ausschau. Wenn man in diese Aquarien blickte, war das so, als würde man lebende wissenschaftliche Schaubilder betrachten: *Fische kurz vor der Fressorgie. Fische während der Fressorgie. Fische nach der Fressorgie.*

Einer nach dem anderen, in fast perfekter Reihenfolge, hörten die Segelflosser zu fressen auf und kamen zur Ruhe. Bald ließen sie sich wieder in ihren Aquarien auf und ab treiben, wie die Kids in den Fluren der Vlad Dracul.

Vampire? Was um Himmels willen fiel mir eigentlich ein, mit Vampiren abzuhängen? Selbst wenn jedes einzelne Wort von Justin stimmte und egal wie nett sie auch waren, wenn sie einen mochten – kam nicht irgendwann der Moment, wo sie Blut trinken mussten? Was passierte dann? Was tat Justin? Oder Ileana?

Ich muss ganz schön geschockt ausgesehen haben, denn Justin fragte: »Alles okay mit dir? Du siehst ziemlich blass aus.«

»Ja, mir geht's gut«, antwortete ich. »Ich hab bloß noch nie Fische gefüttert.«

Justin sagte: »Schon okay, Cody. Es ist ganz anders. Zumindest heutzutage.«

Es war, als könne er meine Gedanken lesen. War das noch so eine Fähigkeit von Vampiren?

»Wenn du es wissen möchtest«, fuhr Justin leise fort, »wir kaufen es hauptsächlich ein. Jeweils einen halben Liter. Es kommt teuer, aber wir müssen es haben. Für uns ist es wie Luft.«

»Was passiert, wenn ihr es nicht bekommt?«, fragte ich.

»Wir sterben.«

»Ich dachte immer, ihr wärt unsterblich«, sagte ich.

»Und wo ist dann mein Vater?«, brach es bitter aus Justin heraus. »Wir sterben genau wie ihr. Wir können sehr viel länger leben, wir sind stärker und können unsere Gestalt verändern – einige von uns –, aber wenn einer von uns von einem Laster erwischt wird oder sich eine Krankheit einfängt, dann stirbt er.«

»Ist deinem Vater so was zugestoßen? Falls du es mir erzählen magst«, sagte ich.

Justin zuckte mit den Achseln. »Er wurde bei einem Einsatz der Sondereinheiten im Ausland getötet. Er gehörte einem Spähtrupp an, der nur in der Nacht operierte und aus Jenti-Freiwilligen bestand. Alles ganz geheim. So geheim, dass er von den eigenen Leuten niedergeschossen wurde. Sie wussten nicht, was er war. Offiziell ist das natürlich nie passiert.«

»O Mann, das tut mir Leid«, sagte ich und es stimmte.

»Meine Mutter bekommt von der Armee eine Hinterbliebenenrente«, sagte Justin. »Und das Haus gehört uns. Seit Jahrhunderten. Aber das ist so ziemlich alles, was wir haben. Man verdient mit Klavierstunden nicht besonders viel Geld in New Sodom.«

»Ich hatte schon angefangen zu glauben, dass ihr alle reich seid«, meinte ich.

»Die meisten Jenti hier sind es«, erwiderte Justin.

Urplötzlich wurde mir etwas Schreckliches klar. »Justin, du hast noch nie jemanden mit nach Hause gebracht, nicht wahr?«

Nach einem Moment kam seine Antwort: »Nö. Ich meine, außer Ileana. Wir sind irgendwie zusammen aufgewachsen. Sie hat früher nebenan gewohnt. Wir haben Sandkuchen gebacken und so Zeug. Aber du weißt ja, wie es ist. Wir sind keine kleinen Kinder mehr und sie hat nach der Schule immer einen Haufen zu tun.«

Ja, ich wusste, wie das war, wenn man keine Freunde hat. Ich dachte an Justin, wie er zur Schule ging und um die Noten bettelte, die ich umsonst haben konnte, und wie er in ein Zimmer voller Fische als einziger Gesellschaft nach Hause kam. Zum ersten Mal seit langem tat mir jemand anders außer mir selbst Leid.

»Weißt du was, Justin?«, sagte ich. »Du bist ganz schön cool.«

»Danke«, erwiderte er.

Unter uns verstummte die Musik. »Auf geht's«, sagte er. »Ich stelle dich meiner Mutter vor.«

Als wir die Treppe hinuntergingen, trafen wir Mrs Warrener, die mit ihrer Schülerin gerade aus dem Musikzimmer kam.

Es war Ileana.

»Oh, hallo«, sagte Ileana, als sie uns sah. »Das ist eine Überraschung.«

»Justin zeigt mir seine Fische«, sagte ich. Schon bei ihrem bloßen Anblick spürte ich eine Art Kribbeln.

»Sie sind wunderschön, nicht wahr?«, meinte sie.

»Und wild«, fügte ich hinzu.

»Mom, das ist Cody Elliot«, schaltete sich Justin ein.

Mrs Warrener umfing meine Hand mit einem starken, warmen Griff. »Danke, Cody«, sagte sie. »Ileana hat mir erzählt, was diese Woche in der Schule vorgefallen ist.«

Mrs Warrener war wirklich schön und ihre Augen strahlten, als sie mich ansah.

»Oh. Okay. Keine große Sache«, murmelte ich.

»Es war eine größere Sache, als dir vielleicht bewusst ist«, sagte sie. »Würden du und Ileana gerne zum Essen bleiben?«

Ich zögerte. Ich konnte Justin gut leiden, aber was aßen Vampire zu Hause, wenn kein Gadjo zusah?

»Ich rufe meine Eltern an und frage um Erlaubnis«, sagte Ileana. »Es ist lange her, dass Justin und ich außerhalb der Schule Zeit miteinander verbracht haben.«

Wenn sie blieb, war es mir egal, was ich essen musste.

»Ich rufe auch an«, sagte ich.

Mom erlaubte es mir umgehend.

»Natürlich, mein Schatz. Viel Vergnügen!«, sagte sie. »Ruf einfach an, wenn ich dich abholen soll.«

Ileana unterhielt sich mit ihren Leuten in etwas, das sich wie eine Kombination aus plätscherndem Quellwasser und einem Auto im falschen Gang anhörte. Ich verstand die Worte »Justin« und »Cody Elliot« und »okay … okay … okay«.

Sie drehte sich zu uns um. »Ich kann bleiben«, sagte sie.

Justin lächelte.

Illyrien im Keller

Wollt ihr wissen, was Vampire zu Abend essen? Kartoffelsuppe, Salat und Apfelkuchen. Kein halber Liter Blut in Sicht; nicht einmal ein Tubifexwurm.

Aber das Beste am Essen waren die Gespräche. Mrs

Warrener brachte uns dazu, miteinander zu reden. Sie stellte mir ein paar Fragen über meine alte Schule, und das machte Ileana und Justin neugierig und sie stellten ebenfalls Fragen. Sie wollten auch etwas über Kalifornien wissen. Und Justin und Ileana kannten eine Menge Geschichten über die Vlad Dracul. Als wir mit dem Apfelkuchen fertig waren, hatte ich das Gefühl, dass ich wirklich anfing sie kennen zu lernen.

Nach dem Essen wusch Justin das Geschirr ab, ich erledigte das Abtrocknen und Ileana räumte es ein. Um uns bei Laune zu halten, wie sie es ausdrückte, las Mrs Warrener uns aus einem Buch von einem gewissen James Thurber vor. Er hatte einen Haufen verrückter Verwandter in Ohio und von ihnen handelte das Buch. Die Geschichten hatten Titel wie »Der Hund, der die Leute biss« und »Die Nacht, in der das Gespenst kam«. Über diese letzte Geschichte musste ich so lachen, dass ich die Salatschüssel fallen ließ. Zum Glück war sie aus Holz.

Nachdem wir fertig waren, fragte Ileana Justin: »Hast du Cody schon Illyrien gezeigt?«

»Oh. Nein«, antwortete Justin. »Ich dachte, es würde ihn nicht interessieren.«

»Ist es noch immer dort unten?«, fragte Ileana.

»Ja klar«, meinte Justin.

»Was ist das?«, fragte ich.

»Bloß so ein Spiel, das wir immer gespielt haben«, erwiderte Justin.

»Es ist das beste Spiel der Welt!«, sagte Ileana. »Eigentlich *ist* es eine Welt. Komm, Justin, zeigen wir es Cody.«

»Na ja, ich weiß nicht«, sagte Justin. »Ich bin eine Weile nicht unten gewesen.«

»Jetzt mach schon«, sagte ich. »Wenn es wirklich so toll ist, möchte ich es spielen.«

»Hört sich für mich nach einer guten Idee an«, fügte Mrs Warrener hinzu. »Warum geht ihr drei nicht eine Stunde nach unten und ich mache euch eine heiße Schokolade, wenn ihr wieder zurück seid?«

»Also gut«, sagte Justin. Er ging zur Kellertür und knipste das Licht an. »Aber wir müssen nicht bleiben, wenn es niemanden interessiert.«

Wir gingen noch mehr alte Stufen hinunter, aber diese waren aus Stein. Auch die Kellerwände waren aus Stein. Es war ein riesiger Raum mit einem Haufen Regalen an den Wänden, auf denen sich Berge von altem Zeugs stapelten. Starke Holzbalken stützten die Zimmerdecke und in der Mitte des Raums war ein steinerner Bogen. Es sah aus, als würde das Ganze zu einer Burg gehören.

Aber der beste Teil war der Boden. Er war mit Flaschen, Schachteln und allem möglichen Zeug bedeckt, das zu Spielzeugstädten arrangiert war. Da gab es ganze Wälder, die aus Lehmklumpen bestanden, in die Zweige gesteckt waren, und Berge und Hügel aus Gips und Hühnerdraht. Es gab mit blauer Kreide gemalte Flüsse und mit grüner Kreide gemalte Wiesen. Und wo ich auch hinschaute – überall waren Spielzeugsoldaten.

Es waren keine modernen Soldaten. Sie waren handbemalt und aus Metall. Sie ritten auf Pferden und trugen Schwerter. Einige waren flach. Hier und da gab es ein paar wenige Prinzessinnen- und Hofdamenfiguren.

»Das ist es also«, meinte Justin.

»Illyrien«, sagte Ileana glücklich.

Sie bahnte sich ihren Weg zu einer der Städte am anderen Ende des Kellers.

»Das ist meine Stadt«, sagte sie. »Neu Florenz. Stadt der Dichter, Musiker und Schauspieler. Soldaten verboten.«

Ich ging hinüber und sah mir ihre Stadt an.

»Das hier ist die Rotunde«, sagte Ileana und zeigte auf einen großen Kuchenteller mit einer Glasglocke. »Hier werden die Theaterstücke aufgeführt und die Dichter tragen ihre Werke vor.«

»Das ist die Kathedrale«, fuhr sie fort und deutete auf eine geschnitzte Holzschatulle, auf der eine blaue Flasche stand. »Hier ist das Krankenhaus, dort die Bibliothek, dann das Café und das da ist das Museum.«

Die Gebäude in Ileanas Stadt waren durch Parks voneinander getrennt oder um Plätze herum verteilt, die ineinander übergingen. Es war großartig, aber irgendetwas daran ergab keinen Sinn. Die Straßen und Plätze waren voller Soldaten.

»Ich dachte, du hättest gesagt, Soldaten sind hier verboten«, meinte ich.

»Schau sie dir an«, erwiderte Ileana. »Haben sie Waffen?«

Hatten sie nicht. Jedes Gewehr, jedes Schwert und jede Pistole waren abgebrochen worden. Manchen der Soldaten fehlten sogar Arme oder Beine.

»Kein Soldat darf nach Neu Florenz, bevor er sich nicht von seinen Waffen getrennt hat«, sagte Ileana. »Das ist Anaxander«, erklärte sie und überreichte mir einen der unbewaffneten Soldaten, einen Kavalleristen in schwarzer Uniform. »Er ist unser größter Dichter. Da drüben ist sein Freund Vasco. Der zweitgrößte Dichter, aber der größte Sänger.«

Mir fiel auf, dass sowohl Vasco als auch Anaxander nur einen Arm hatten.

»All diese Männer haben den Krieg aufgegeben und ihre wahre Berufung gefunden«, erzählte mir Ileana.

»All diese Männer sind kaputtgegangen«, erwiderte Justin. »Die unversehrten sind in den anderen Städten.«

»Welche ist deine?«, fragte ich.

»Die da«, sagte Justin. »Ich nenne sie Drei Hügel.«

Drei Hügel war die größte Stadt von Illyrien. Sie war auf drei von Justins Hühnerdraht-Hügeln und dem Platz dazwischen erbaut. Der große Unterschied zwischen ihr und den anderen Städten lag darin, dass eine Mauer mit Wachtürmen und Kanonen um sie herumführte.

»Das ist total cool«, sagte ich.

»Früher sind wir jeden Tag hier heruntergekommen«, erzählte Ileana. »Bis ich weggezogen bin. Aber du hast nicht daran weitergebaut, Justin.«

»Ich hab's ein paarmal versucht«, antwortete Justin. »Aber ohne dich hat es nicht viel Spaß gemacht.«

»Warum heißt es eigentlich Illyrien?«, fragte ich.

»Weil es ein schöner Name ist«, gab Ileana zurück.

»Klingt so ähnlich wie deiner«, sagte ich. »Ileana, Illyrien.«

»Nein, nein«, meinte Ileana. »Diesen Ort gibt es wirklich. Oder gab es wirklich. Es war eine Provinz des Römischen Reiches. Auch Napoleon hat sie eine Zeit lang wieder aufgebaut. Und Shakespeare hat darüber geschrieben.«

»Aber Shakespeare hat nur den Namen verwendet«, sagte Justin. »Er hat nichts über das wirkliche Illyrien gewusst.«

»Darum ist es so vollkommen«, meinte Ileana. »Weil es real und gleichzeitig auch nicht real ist.«

»Wie spielt ihr es?«, fragte ich.

»Wir haben bloß Sachen erfunden«, sagte Justin.

»Wir haben alles erfunden«, sagte Ileana. »Wir haben ihnen Gesetze gegeben, ihre Literatur geschrieben und in ihren Stücken gespielt. Wir haben ihre Geschichte zum Leben erweckt und sie dann niedergeschrieben. Und die Leuten erlebten Dinge. Abenteuer.«

Justin wurde rot. »Es war bloß kindisches Zeug«, sagte er.

Ich sah mir Illyrien an und wünschte, es wäre real und ich wäre mit Justin und Ileana dort.

»Das ist großartig«, sagte ich.

»Justin, lass uns Cody zeigen, was wir damit gemacht haben«, meinte Ileana.

»Na ja ...«, kam es von Justin.

»Bitte?«, sagte ich.

»Okay«, meinte er. »Die Stadt dort drüben gehört dir. Sie heißt Palmyra, aber du kannst den Namen ändern, wenn du willst.«

Palmyra war ein kleiner Ort mit bloß drei großen Gebäuden und etwa einem Dutzend Soldaten. Aber es hatte einen guten Hafen und rundherum war eine Menge Platz für neue Gebäude.

»Palmyra ist cool«, sagte ich.

Als es Zeit zum Aufhören war, hatte ich ein paar olivgrüne Schalen aus Pressglas gefunden und Frachtschiffe daraus gemacht. Sie transportierten Salz und ich bewahrte es in zwei Reihen von Salzstreuern auf, die ich auch dafür verwendete, eine lange gerade Straße zu säumen, die Palmyra mit Neu Florenz verbinden sollte.

Ich hatte auch damit begonnen, gleich neben dem neuen Rathaus – einer alten Saftdose, die wie eine Blockhütte aussah – einen Park anzulegen.

Justin baute einen Vorort für Drei Hügel. Er nahm ein paar Walnussschalen von den anderen Städten und verstreute sie ein Stück außerhalb der Mauer.

»Das sind die Häuser für jene Leute, die nicht mehr in Drei Hügel wohnen wollen, weil es dort zu viele Vorschriften gibt«, erzählte er uns. »Sie sind loyal, aber sie wollen entspannter leben. Sie verkaufen Blumen und Früchte an die Stadt.«

»Es sollte ein Gasthaus oder etwas in der Art geben«, meinte ich. »Damit Leute kommen können, um ihre Freunde zu besuchen.«

»Gute Idee«, sagte Justin und fügte einen umgedrehten Blumentopf hinzu.

»Im Vergleich zu den Häusern ist das aber ziemlich groß«, meinte ich.

»Na ja, vielleicht haben diese Leute einen Haufen Freunde«, gab Justin zurück.

Ileana führte in ihrer Ratsversammlung eine Debatte darüber, ob vor der Rotunde eine Statue aufgestellt werden sollte oder nicht. Ihre beiden Dichter nahmen gegensätzliche Positionen ein. Sie diskutierten hin und her, bis sie schließlich zu uns sagte: »Meine Herren, wir können in dieser Angelegenheit zu keiner Entscheidung kommen. Was empfehlen Sie?«

Also schalteten wir uns in die Debatte ein, ich auf der einen und Justin auf der anderen Seite, bis Mrs Warrener uns nach oben rief.

Ich wollte nicht aufhören. Seit wir nach Massachusetts gekommen waren, hatte mir nichts mehr so viel Spaß gemacht.

Dann kam mir eine großartige Idee.

»Hat je wer ein Epos über Illyrien geschrieben?«, fragte ich.

»Du meinst ein shadwellsches Epos?«, sagte Justin.

»Genau.«

»Nein«, war seine Antwort.

»Habt ihr was dagegen, wenn ich es tue? Ich muss mir was für Englisch einfallen lassen.«

»Nein, musst du nicht«, sagte Justin. »Erinnerst du dich, was ich dir gesagt habe? Du musst überhaupt nichts machen.«

»Ich erinnere mich«, gab ich zurück. »Aber ich werde es trotzdem machen. Ich habe heute meine Hausaufgaben abgegeben und allen Lehrern gesagt, dass sie mir echte Noten geben sollen.«

»Im Ernst?«, sagte Justin.

»Glaubst du, ich schaffe das nicht?«, fragte ich.

»Es wird sehr schwierig«, schaltete Ileana sich ein. »Die Gadje-Schulen haben dich nicht darauf vorbereitet.«

»Dann werde ich eben härter arbeiten müssen«, sagte ich. »Aber ich werde mich nicht durchschwindeln.«

»Okay«, meinte Justin. »Wenn du willst, helfe ich dir. Ich bin ziemlich gut in der Schule.«

»Danke«, sagte ich. »Ist es also in Ordnung, wenn ich das Epos schreibe?«

»Du musst es schreiben«, sagte Ileana. »Ich werde dir alle Geschichten erzählen, die du hören willst.«

Oh, Junge! Shadwell würde das längste Epos kriegen, das er je zu Gesicht bekommen hatte.

Während wir unsere heiße Schokolade tranken und uns über das Epos unterhielten – das ich *Das Epos von Illyrien* nennen wollte –, kam Hamilton Antonescu um Ileana abzuholen.

Er war ein gepflegt aussehender kleiner Mann, nicht viel größer als Ileana. Er hatte freundliche Augen, tief wie das Wasser, und einen grauen Schnurrbart.

»Wie geht's?«, sagte er und schüttelte mir die Hand. Trotz seiner mangelnden Größe hatte er einen festen Händedruck. Diese Vampire schienen alle ordentliche Muskeln zu haben.

»Ich hoffe, du kommst an der guten alten Vlad Dracul zurecht«, sagte er mit einem Lächeln.

»Bis jetzt ist sie mir lieber als die gute alte Cotton Mather«, gab ich zur Antwort. »Danke, dass Sie mir geholfen haben dort aufgenommen zu werden.«

»Oh, das hast du dir selbst zu verdanken«, sagte er. »Ich habe den ganzen Prozess höchstens etwas beschleunigt. Dürfen Ileana und ich dich nach Hause bringen?«

»Sicher, vielen Dank«, sagte ich.

Als wir gingen, schneite es wieder. Große, zarte Flocken, die sich wie Zuckerguss über den alten Schnee legten und auf den Zweigen der Bäume glitzerten. Ich kam drauf, dass das wunderschön aussah. Und ich kam auch drauf, dass ich eindeutig in Ileana verliebt war.

Seltsam war nur, wie ich mich dabei fühlte. Ängstlich und glücklich zugleich. Ich freute mich, dass sie mich gezeichnet hatte. Ich hatte das Gefühl, sie habe die Schönheit der Nacht hervorgebracht, als hätte sie diese riesigen Schneeflocken gemacht. Natürlich, sie war ein Vampir! Vielleicht hatte sie das ja wirklich!

Sie saß neben mir auf dem Rücksitz, genoss einfach den Schnee draußen und sagte kein Wort. Ich fragte mich, ob sie wusste, wie ich mich fühlte. Und ich fragte mich, ob ihr Vater wusste, dass sie mich gezeichnet hatte. Mr Antonescu unterhielt sich den ganzen Heimweg über mit mir. Ich trug meinen Teil zur Unterhaltung bei und plauderte über die Schule, während ich an Ileana dachte.

Als wir bei mir zu Hause ankamen, sagte ich: »Würden Sie gerne mit hineinkommen?«

Ich war stolz auf mich, dass ich daran gedacht hatte, zu fragen, aber Mr Antonescu sagte: »Danke, doch ich glaube, wir sollten deine Familie so spät nicht stören. Gute Nacht, Cody. War nett, dich kennen gelernt zu haben.«

»Gute Nacht«, sagte Ileana. »Denk dran, mich anzurufen, wenn du irgendwelche Geschichten von Illyrien brauchst.«

»Das werde ich. Versprochen«, antwortete ich.

Als ich heimkam, sahen sich Mom und Dad gerade eine DVD an, einen dieser alten Schwarzweißfilme, die sie so lieben.

»Na, schau mal, wer da kommt«, sagte Mom und lächelte. »Nett von dir, ein kleines bisschen von deinem bewegten Sozialleben abzuzwacken, um uns Gesellschaft zu leisten.«

»War's schön?«, fragte Dad.

»Großartig«, antwortete ich. »Und Mr Antonescu hat mich nach Hause gebracht.«

»Das war nett von Hamilton«, sagte Dad.

»Hast du ihn hereingebeten?«, fragte Mom.

»Natürlich«, erwiderte ich. »Ich bin schließlich kein Blödian.«

»Auf keinen Fall«, stimmte Mom mir zu. »Du bist ein durchaus edler Rittersmann.«

»Was?«, sagte ich.

Dad stoppte die DVD.

»Ich verstehe. Mr Bogart und Ms Bacall werden wohl warten müssen, um ihre Beziehung weiterzuverfolgen«, sagte er. »Okay, Beth, erklär's ihm.«

»Der durchaus edle Rittersmann ist eine Figur aus den *Canterbury-Erzählungen* von Geoffrey Chaucer«, erklärte Mom. »Das ist eine Sammlung von Geschichten, die von ein paar Reisenden erzählt werden, die gemeinsam auf dem Weg zur Kathedrale von Canterbury sind. Jeder von ihnen soll auf der Hin- und Rückreise je zwei Geschichten erzählen.«

»Ist es so was wie ein Epos?«, fragte ich.

»So was in der Art«, war ihre Antwort.

Also fragte ich: »Haben wir ein Exemplar?«

»Zwei«, sagte Dad. »Eins in modernem Englisch und eins im originalen Mittelenglisch.«

»Das Moderne haben wir besorgt, damit dein Vater

auch was versteht«, sagte Mom. »Aber die ganze Musik liegt in der Originalfassung.«

»Whan that Aprill with his shoures soote
The droghte of March hath perced to the roote,
And bathed every veyne in swich licour
Of which vertu engendred is the flour;
Whan Zephirus eek with his sweete breeth
Inspired hath in every holt and heeth
The tendre croppes, and the yonge sonne
Hath in the Ram his half cours yronne,
And smale foweles maken melodye,
That slepen al the night with open yë,
(So priketh hem nature in hir corages),
Thanne longen folk to goon on pilgrimages ...«

Mom machte so weiter, bis sie zum Ritter kam. Ich las in der modernen Fassung mit.

»Wenn milder Regen, den April uns schenkt,
Des Märzes Dürre bis zur Wurzel tränkt
Und badet jede Ader in dem Saft,
Sodass die Blume sprießt durch solchè Kraft;
Wenn Zephyr selbst mit seinem milden Hauch
In Wald und Feld die zarten Triebe auch
Erweckt hat und die Sonne jung durchrann
Des Widders zweite Sternbildhälfte dann,
Wenn kleine Vögel Melodien singen,
mit offnen Augen ihre Nacht verbringen
(So stachelt die Natur sie in der Brust),
Dann treibt die Menschen stark die Wallfahrtslust ...«

Es ergab in der modernen Fassung auch nicht viel mehr Sinn.

»Wo hast du das gelernt?«, fragte ich. »Und warum?«

»Auf dem College«, sagte Mom und zuckte mit den Achseln.

Es ist seltsam, wenn einen die eigenen Eltern überraschen. Und das war ein dickes Buch. Über dreihundert Seiten.

»Kannst du das ganze Zeug aufsagen?«, fragte ich.

Sie lachte. »Nur den Prolog«, antwortete sie. »Wir mussten ihn alle lernen.«

Das war erstaunlich. Nicht nur dass meine Mutter uralte Dichtungen kannte, nein, mein Dad hatte auch mal die moderne Fassung gelesen! Und außerdem hatte Geoffrey Chaucer einen Weg gefunden, das zu tun, was auch ich wollte – ein Epos zu schreiben, das sich aus Geschichten zusammensetzte.

»Ich glaube, die werde ich lesen«, sagte ich.

Mom und Dad warfen sich einen Blick zu.

»Drei Tage an dieser Schule und er liest freiwillig Chaucer«, sagte Dad. »Gesegnet sei Graf Dracula.«

»Während seine Mutter und sein Vater DVDs von alten Filmen anschauen, die schon damals, als sie herauskamen, schlecht waren«, sagte Mom. »Wir werden als Eltern untauglich!«

»Bogart und Bacall haben nie einen schlechten Film gemacht«, meinte Dad. »Höchstens vielleicht einen mit unbedeutenden kleinen Mängeln.«

»Ich gehe in mein Zimmer rauf«, sagte ich. Die beiden *Canterbury*-Bücher nahm ich mit.

Ich legte die Bücher auf meinen Schreibtisch und kam

mir wie ein Genie vor. Ich würde Chaucer lesen; dann würde ich bereit sein, mein eigenes Epos zu schreiben. Und dann würde Ileana es lesen, sehen, wie toll ich war, und sich in mich verlieben.

Ich ging ins Bett und lauschte dem sachten, leisen Zischen des Schnees, der in dieser durchaus edlen Nacht fiel.

Noten für Gadje

Am nächsten Tag fing ich nach dem Frühstück mit der Arbeit an.

Ich legte die beiden Fassungen der *Canterbury-Erzählungen* nebeneinander und las sie parallel. Zuerst eine Zeile in modernem Englisch, danach eine in Chaucers.

Nach einer Stunde war ich bereit aufzugeben. Es war, als würde ich versuchen mit zwei Eimern Zement an den Füßen zu laufen.

Und außerdem war Chaucer nicht besonders interessant. Er stellte jeden Einzelnen seiner Geschichtenerzähler vor und allein das nahm schon achtundzwanzig Seiten in Anspruch. Und das meiste davon ergab keinen Sinn. Ich wusste, was ein Rittersmann war, aber was war eine Priorin? Oder ein Kirchenbüttel oder ein Ablasskrämer? Nur die Liebe brachte mich dazu, bis zum Ende des ersten Teils durchzuhalten. Bis dahin war es Zeit zum Mittagessen.

Als ich mich wieder an die Arbeit machte, war ich selbst auf ein paar Ideen gekommen. Es würde in meinem Epos zwei Dichter geben, die in dieselbe Prinzessin verliebt waren. Sie würden Anaxander und Vasco heißen. Und sie sollten sich einen Wettstreit liefern. Jeder von ihnen würde in ihren Palast gehen, um ihr Geschichten zu erzählen, und der mit der besten Geschichte sollte sie heiraten.

Ich fand diese Idee so großartig, dass ich auf meinem Stuhl herumhüpfte, während ich sie niederschrieb. Alles, was ich jetzt brauchte, waren die Geschichten, die sie erzählen sollten, und Ileana hatte gesagt, dass sie mir die liefern würde.

Ich nahm das Blatt Papier, auf das ich vor ein paar Nächten *Die* geschrieben hatte und fügte *Illyriade* hinzu. In die Zeile darunter schrieb ich *von Cody Elliot.*

Ich war so begeistert, dass ich mit meinem Prolog anfing:

»Wenn im August mit seinen heißen Tagen
Der Dichter Pferde auf den staub'gen Weiden traben,
Dann Anaxander und sein Freund Vasco
Gen' Ileanas Burg begeb'n sich froh,
Sie mit Geschichten zu berauschen,
Während sie dasitzt und ihnen lauscht
Und draußen hinterm Fenster glitzert Schnee.
Beide woll'n zur Frau sie nehm'n, o weh.
Doch einer nur wird sie erringen,
Vom hohen Turme fort sie bringen,
Wo Stund um Stund sie lebt,
Zu seiner eig'nen starken Burg.

Und da in Freundschaft sie verbunden,
Nicht kämpfen können sie viel Runden,
Auf andre Art gilt's zu buhl'n um sie.
Erzählen woll'n sie kurzweil'ge Geschichten
Und dann möge die Schöne richten,
Entscheiden sich mit ihrem Hirn,
Welcher der beiden Ritter gefallet ihr.«

Kein Wunder, dass Shadwell gern Epen schrieb! Ich hatte schon fast eine Seite fertig. Ich würde ein paar Änderungen vornehmen müssen, das sah ich schon. Um nur eine zu nennen: Die Prinzessin konnte nicht Ileana heißen. Aber das war leicht. Das große Problem war, wie ich erklären sollte, warum mitten im August draußen Schnee glitzerte. Aber ich wollte jetzt nicht aufhören um das zu lösen. Ich war in Fahrt.

* * *

Der Montagmorgen fing ziemlich gut an. Zehn Seiten von meinem Epos waren fertig. Ich hatte für alle meine Hausaufgaben etwas gemacht. Und ich war gespannt, welche Noten ich auf die bereits abgegebenen bekommen hatte, und freute mich Ileana und Justin zu sehen. Und außerdem freute ich mich auf die Schwimmhalle. Das Leben war nicht leicht, aber es begann interessant zu werden.

Dann, etwa fünf Minuten bevor Mom mich zur Schule bringen wollte, klopfte es an der Tür. Als sie öffnete, stand dort ein Chauffeur.

»Master Cody?«, sagte er.

Mom hatte ihre alte Jogginghose an und der Chauffeur war wie ein deutscher General angezogen. Sie starrte ihn bloß an. Sie hatte noch nie einen Jenti aus der Nähe gesehen und dieser Typ war schon was. Groß, bleich, ein längliches Gesicht und eine ach so sanfte Stimme.

»Äh … ja. Er wohnt hier«, war alles, was sie herausbrachte.

»Wiedersehn, Mom«, sagte ich und schlüpfte an ihr vorbei.

Ich drehte mich um und blickte zurück, als der Chauffeur mir die Autotür öffnete. Mom lächelte und winkte, aber ich wusste, dass sie sprachlos war.

Ich winkte zurück, rief »Bis später« und stieg ein. Es fühlte sich gut an, sie so überrascht zu sehen.

Das hielt vielleicht eine Sekunde an.

Es saßen bereits vier andere Kids im Wagen, die Kaffee aus der kleinen Espressomaschine im hinteren Teil der Limousine tranken. Sie waren alle älter als ich.

Sie musterten mich von oben bis unten und kehrten dann zu ihrem Gespräch – worüber auch immer – zurück, das sie in ihrer eigenen Sprache führten. Manchmal klang es wie knirschende Felsen. Manchmal wie Wasser, das über Steine plätscherte. Mittendrin hörte ich zwei Worte, die ich erkannte: *Gadjo* und *Stoker*.

»Nur für den Fall, dass irgendjemand in diesem Auto Englisch spricht – ich bin kein Stoker«, sagte ich.

Alle vier sahen mich mit ausdrucksloser Miene an und unterhielten sich dann einfach weiter. Wenigstens hörte ich diese beiden Worte nicht noch einmal.

Doch als ich durch die großen goldenen Türen ging, stand dort Ms Prentiss und wartete auf mich.

»Master Cody«, sagte sie lächelnd. »Kommen Sie bitte mit mir mit. Direktor Horvath würde gerne mit Ihnen sprechen.«

»Was hab ich denn angestellt?«, fragte ich.

»Oh, nichts dergleichen, Master Cody«, sagte sie und lächelte noch breiter, während sie mich mit starker Hand zum Büro geleitete. Sie hatte knallrot lackierte, wirklich lange Fingernägel.

Horvath saß vor dem Kamin, in dem ein Feuer brannte. Auch Charon war dort und beobachtete, den Schwanz um seine Füße gerollt, die Tür. Das taten auch alle meine Lehrer. Zwischen Horvath und Charon war ein Platz frei.

»Kommen Sie herein, Master Cody«, sagte Horvath, während er aufstand und mir die Hand schüttelte. »Nehmen Sie bitte Platz.«

Also setzte ich mich zwischen den Direktor und seinen Wolf.

»Master Cody, erinnern Sie sich daran, wie ich Ihnen an dem Tag, als sie zu uns kamen, gesagt habe, dass Sie unsere Schulbräuche am Anfang vielleicht merkwürdig finden würden?«, fragte Horvath. »Und dass ich Ihnen vorgeschlagen habe, mit jeder Frage, die Sie vielleicht haben würden, zu mir zu kommen?«

»Klar, ich meine – ja«, gab ich zur Antwort.

Das Feuer warf Schatten an die Wände. Die von Mach, Vukovitch, Gibbon und Shadwell sahen aus wie Geister oder tanzende Monster. Und der von Charon wie ein Teufel.

»Nun, ich wünschte, Sie hätten das auch getan«, sagte Horvath und beugte sich vor.

»Nach dem, was Ihre Lehrer mir erzählen, haben Sie vielleicht Informationen aus Quellen erhalten, die sie in die Irre führen werden, wenn Sie nicht vorsichtig sind. Darum sind wir jetzt hier. Das ist es, was wir verhindern möchten.«

Ich blickte mich um und sah ihre Gesichter. Alle außer Charon lächelten mich an.

»Bitte fahren Sie fort, Mr Mach«, sagte Horvath.

Mach griff in seinen Mantel und zog meine Hausaufgabe heraus.

»Was mich beunruhigt. ist die Anmerkung, die Sie da unten hingeschrieben haben«, sagte er. »Es klingt so, als würden Sie davon ausgehen, dass Sie in meiner Klasse garantiert eine Eins bekommen.«

»Das habe ich gehört«, sagte ich.

»Ich verstehe. Nun, es ist ein kleines bisschen komplizierter«, meinte er.

»Wenn ich etwas einwerfen darf – wir benoten hier den ganzen Schüler, Master Cody«, sagte Mr Horvath, »im Gegensatz zu gewöhnlicheren Schulen, wo die Schularbeiten und Hausaufgaben isoliert betrachtet werden, abseits von der Gesamtpersönlichkeit des Schülers.«

»Aber benoten Sie Gadje- und Jenti-Kids gleich?«, fragte ich.

Horvaths Augenbrauen gingen in die Höhe. »Diese Ausdrücke verwenden wir hier niemals«, sagte er. »Sie werden nicht mehr benötigt, da – wie ich Ihnen gerade erklärt habe – jeder Schüler als das Individuum behandelt wird, das er oder sie ist.«

»Wenn also ein Jenti-Junge meine Mathe-Hausaufgabe abgegeben hätte – welche Note hätte er bekommen?«

»Er hätte die Note bekommen, die er aufgrund seiner früheren Leistungen und seines Werdegangs verdient hätte«, erwiderte Mach.

»Welche Note habe ich bekommen?«, fragte ich.

»Eine Eins minus«, sagte Mach. »Ich finde Ihre Arbeit viel versprechend.«

»Und was ist mit meiner Physiknote?«, fragte ich Ms Vukovitch.

»Eine Eins natürlich«, schnurrte sie und legte ihre Finger aneinander. »Im Grunde hast du völlig Recht; niemand weiß wirklich, was passieren wird, wenn Beteigeuze zu einer Nova wird. Eine andere Note wäre gar nicht möglich gewesen.«

»Und wie sieht es in Sozialkunde aus?«, fragte ich Gibbon.

»Eine Eins plus«, sagte er. »Sie haben nicht nur die Aufgabe erfüllt, es war auch noch das beste Stück luftgetrocknetes Rindfleisch meines Lebens. Danke.«

Ich wandte mich an den letzten Lehrer in der Runde. »Wissen Sie was, Mr Shadwell? Da Sie Epen so sehr mögen, werde ich eins verfassen. Ich hab an diesem Wochenende zehn Seiten geschrieben und ich wette, dass ich bis Juni locker dreihundert schaffe.«

»Ich bin mir sicher, was immer du machst, wird sehr annehmbar sein«, meinte er. »Bitte überanstreng dich nicht.«

»Einen Moment«, sagte ich. »Letzten Mittwoch haben Sie gesagt, dass Sie bis zum Ende des Schuljahres dreihundert Seiten von uns erwarten.«

»Über den Daumen gepeilt«, erwiderte Shadwell. »Es ist ganz gut möglich, dass die Aufgabe mit den zehn Seiten, die du bereits geschrieben hast, erfüllt ist. In der Kürze liegt die Würze, weißt du. *Multum in parvo.* All so was.«

»Jeder Schüler trägt etwas Wertvolles und Einmaliges zur Vlad Dracul bei«, schaltete Horvath sich wieder ein. »Das ist der Grund, warum jeder von Ihnen hier ist. In Ihrem Fall ist es nur fair, zu berücksichtigen, dass Sie nicht die Vorteile einer Grundschulausbildung an unserer Schule hatten. Dennoch haben Sie Talent auf Gebieten, wo wir es brauchen. Wasserball zum Beispiel.«

»Aber Sie haben keine richtige Mannschaft«, sagte ich. »Diese Kerle wollen nicht mal ins Wasser! Und Underskinker ist ein Säufer.«

Alle bis auf Charon lachten.

»Ich glaube, da unterliegen Sie einem Irrtum. Wir haben alles, was eine Mannschaft braucht – Uniformen, einen Namen, die Schwimmhalle. Und was Mr Underskinker betrifft – er ist hier fast so etwas wie eine Institution. Vielleicht haben Sie ihn bis jetzt bloß noch nicht in Bestform erlebt.«

»In Wirklichkeit wollen Sie mir also zu verstehen geben, dass diese Schule nur für Jenti-Kids ist und Sie sich einen Dreck um die Gadje scheren, solange wir für Sie ins Wasser hüpfen.«

»Ich gebe Ihnen zu verstehen«, erwiderte Horvath, wobei er mir die Hand auf den Oberschenkel legte und ihn leicht drückte, »dass Ihre Noten Sache Ihrer Lehrer sind. Und dass sie um Sie besorgt sind. Wie wir alle.«

Er erhob sich. Und mit ihm auch alle anderen. Das Lächeln kehrte auf ihre Gesichter zurück. Charon verließ die Runde und legte sich wieder hin.

Ich war so wütend, dass ich kaum sprechen konnte. Ich hasse es, angelogen zu werden. Es macht mich verrückt. Und ich befand mich in einer seltsamen Höhle von einem Raum, in dem jeder außer dem Wolf log, dass sich die Balken bogen.

Horvath schüttelte mir wieder die Hand. »Ich denke – ich hoffe –, dass Sie uns jetzt besser verstehen«, sagte er. »Aber kommen Sie jederzeit zu mir, wann immer Sie verwirrt sind. Oder zu jeder anderen Zeit. Und denken Sie daran, Master Cody, Vlad Dracul ist keine gewöhnliche Schule.«

Es war das Erste, was er zu mir sagte, das keine Lüge war.

Fragt mich nicht, was wir an diesem Tag in Mathe, Englisch oder Sozialkunde durchgenommen haben. Ich war zu wütend zum Zuhören. Und in Turnen machte ich schließlich hundert Hampelmänner, weil ich vergaß aufzuhören, als die anderen aufhörten.

Als ich zum Mittagessen ging, saßen Justin und Brian Blatt bereits am Tisch und ignorierten sich. Aber als ich mich setzte, nahm Brian sein Gesicht aus dem Teller und sagte: »Was 'n los, Stoker?«

Jetzt reichte es.

»Hör mal, Pizzagesicht«, sagte ich. »Nenn mich nicht Stoker, es sei denn, du möchtest ohne deine Vorderzähne weiteressen.«

Brian stand auf und sagte etwas, was kurz, gemein und – meines Wissens nach – unmöglich war.

»Wenn ich du wäre, würde ich mich dafür entschuldigen«, sagte Justin ruhig.

»Und wer bringt mich dazu – du?«

»Nun, wenn ich es müsste, könnte ich es vermutlich«, gab Justin zurück. »Was meinst du?«

»Oooh, ich hab ja soooo eine Angst«, sagte Brian. Aber er verließ den Tisch ohne fertig gegessen zu haben. Er vergaß sogar die Brötchen zu klauen.

Sobald er weg war, sagte Justin: »Jetzt habe ich zum ersten Mal erlebt, dass du dich wie ein Gadjo benimmst.«

»Wenn du wie ein Gadjo behandelt wirst, fängst du vielleicht auch an, dich wie einer zu benehmen.«

»Was ist los?«, fragte Justin. »Du hast den ganzen Vormittag über wütend ausgesehen.«

Ich nahm meine Mathearbeit aus meinem Rucksack und zeigte sie ihm.

»Was würdest du wohl für eine Note kriegen, wenn du das abgibst?«

Justin sah sich das Blatt näher an.

»Ich schätze, ich würde eine Sechs bekommen.«

»Kann ich deine Arbeit sehen?«, fragte ich.

Justin holte sie heraus. Er hatte seitenweise Gleichungen geschrieben. Es gab sogar ein paar Skizzen mit Musiknoten, die offenbar seine These rüberbringen sollten. Überall waren Anmerkungen von Mach und am Ende stand die Note: eine Zwei minus.

»Justin«, sagte ich, »ihr Typen seid anders als wir. Ihr seid stärker. Ihr könnt fliegen. Ihr könnt eure Gestalt verändern. Seid ihr auch schlauer als wir?«

Justin dachte eine Weile nach.

»Glaub ich nicht«, meinte er schließlich. »Ich glaube, wir strengen uns bloß mehr an. Es wird irgendwie von uns erwartet.«

Ileana setzte sich.

»Du warst heute lange in Mr Horvaths Büro«, sagte sie.

Ich erzählte ihr, was passiert war.

»Würde es dir was ausmachen, mir etwas von deinen Arbeiten zu zeigen?«, fragte sie.

Ich zeigte ihr meine Hausaufgaben.

»Alles zusammengenommen würde ich sagen, du arbeitest etwa auf dem Niveau der dritten Klasse«, sagte sie schließlich. »Das bedeutet, du bist sechs Jahre hinterher. Du hast also noch ein ganz schönes Stück aufzuholen, aber ich bin mir sicher, dass du es schaffen kannst.«

»Dritte Klasse«, sagte ich. »Ich bin erledigt.«

Als ich zum Wasserball kam, stand Underskinker auf seinen Hinterbeinen beim Sprungbrett.

»Ihr Flaschen habt morgen ’n Spiel«, verkündete er. »Das heißt zweierlei. Erstens: Wenn ma gegen St. Biddulph antreten, dann hätt ich gern, dass ihr Flaschen es wie ’n Spiel ausschaun lasst. Keine Schwimmhilfen und kein Verlassen des Beckens vor Spielende. Zweitens: Ihr werdet diese Badekappen tragen. Is mir wurscht, ob ihr damit blöd ausschaut. Ihr schaut sowieso blöd aus. Drittens: Die Ersatzmannschaft wird auch hier sein. Kommt ihnen nicht in die Quere. Viertens …«

Underskinker hörte auf zu reden. Seine Stirn runzelte sich wie ein nasses Handtuch. Für einen Moment blickten seine Augen beinahe klar. Schließlich sagte er: »Und viertens: Vergesst nich, was ich euch gesagt hab.«

Er vollführte eine seiner langsamen Drehungen und schlurfte in sein Büro zurück.

Sobald er weg war, machten die anderen, dass sie aus dem Wasser kamen. Ich schwamm mit geschlossenen Augen hin und her und genoss einfach das Wasser.

In der Schwimmhalle wurde es immer ruhiger, als die Jungs einer nach dem anderen verschwanden. Ziemlich bald war da nur noch das Geräusch, das ich im Wasser verursachte, und das angenehme, warme Gefühl kehrte zurück. Das Gefühl, nicht in Massachusetts zu sein, nirgendwo zu sein, bloß genau hier und jetzt.

Dieses Gefühl hielt an, bis ich die Augen aufmachte.

Charon hockte neben dem Becken. Seine riesigen gelben Augen starrten mich geradewegs an.

»Ich glaube, Underskinker ist in seinem Büro«, sagte ich zu ihm. »An deiner Stelle würde ich unter dem Schreibtisch nach ihm suchen.«

Charon rührte sich nicht von der Stelle.

»Bist du wegen mir da?«, fragte ich ihn.

Charon stand auf.

»Okay, einen Augenblick. – Möchte Horvath mich noch einmal sehen?«, fragte ich, als ich aus dem Becken kletterte.

Charon wedelte schwach in Bodennähe.

»Das heißt Nein, stimmt's?«, sagte ich.

Der Schwanz wedelte hoch in der Luft.

»Okay, was ist es dann?«

Als Antwort drückte er seine Nase an meine. Ich machte einen Schritt zurück. Er folgte mir.

Was sollte das? Würde er mich angreifen, weil ich bei Horvath den Mund zu voll genommen hatte? Ich machte noch einen Schritt zurück. Er folgte mir wieder.

»Ist es wegen meiner Noten?«

Ein Wedeln, ganz hoch in der Luft.

Noch zwei Schritte und ich stand mit dem Rücken zur Wand.

»Hör mal«, sagte ich, »einen Moment ...«

Charon stellte sich auf die Hinterbeine und legte mir seine riesigen Pfoten so schwer auf die Schultern, dass ich fast umgefallen wäre.

Er senkte den Kopf und leckte mir übers Gesicht.

Dann ließ er sich wieder auf alle vier fallen und trottete zur Tür hinaus ohne sich umzublicken.

Spielregeln

Der nächste Tag war ein Dienstag. Das bedeutete, die Pfähler hatten ein Spiel. Da wir nie trainiert hatten und ich nicht einmal die Regeln kannte, nach denen gespielt wurde, war ich ziemlich neugierig, was passieren würde.

Um halb drei hielt ein kleiner gelber Bus bei der Schwimmhalle. Auf der Seite stand BISCHÖFLICHE SCHULE ST. BIDDULPH GEHENNA-OST.

Es stiegen fünfzehn Typen aus. Dreizehn Jungs und zwei Männer. Sie begaben sich in Zweierreihen zur Schwimmhalle, fast im Marschschritt. Sie gingen Richtung Umkleideraum und verhielten sich dabei beinahe so ruhig wie Jenti.

Ich fragte mich, warum es so viele waren. Die Männer schienen die Trainer zu sein, aber warum so viele Jungs? Waren ein paar von ihnen Fans? Nein, alle hatten Sporttaschen mit, auf denen seitlich DIE HEILIGEN VON ST. BIDDULPH stand.

Ich folgte den Heiligen in die Schwimmhalle.

Das Schwimmbecken war für das Spiel vorbereitet worden. Auf beiden Seiten des Beckens gab es schwimmende Käfige für den Ball und weiße Linien an den Längsseiten, um die Mittellinie zu markieren. Auf der einen Seite des Beckens stand ein Tisch, an dem vier Männer saßen, zwei weitere Männer standen an der Vier-Meter-Linie und noch mal vier bei den Ecken des Schwimmbeckens; alle waren mit Pfeifen und Fähnchen ausgerüstet. Das Ganze sah sehr offiziell aus.

Ich ging in den Umkleideraum.

Underskinker wanderte in den Gängen auf und ab und sah verrückter aus, als ich ihn je erlebt hatte. Natürlich hielt er eine Bierdose in der Hand, aber er schenkte ihr keinerlei Aufmerksamkeit.

Louis Lapierre sah ihn kommen und brüllte: »Trainer, wegen dem Spiel – wir brauchen nicht nass werden, oder?«

Underskinker zerdrückte die Dose und Bier spritzte über seine Füße. Beide Mannschaften lachten.

»Ihr Flaschen seid alles Flaschen, ihr Flaschen!«, brüllte Underskinker und verschwand.

Jason Barzini setzte sich die kleine blaue Gummibadekappe auf, die wir tragen mussten.

»He, Barzini, süß siehst du damit aus«, frotzelte ich ihn.

»Halt's Maul, Stoker, oder du bist tot«, war Master Barzinis Antwort.

Brian Blatt meinte: »Mach schon, Barzini. Zeit für echte Männer, von hier zu verschwinden, bevor die Vampis auftauchen.« Die beiden folgten den anderen Pfählern zum Schwimmbecken hinaus.

Ich sah mir meine Kappe näher an. Außen blau, innen weiß. Eine Wendekappe. Ich drehte die blaue Seite nach außen und setzte sie auf.

Um mich herum zog sich die Mannschaft von St. Biddulph um, so schnell und leise sie konnte.

»Sagt mal, warum sind von euch so viele da und von uns nur so wenige?«, fragte ich.

Keine Antwort.

»Ihr seid also die Heiligen, was?«, sagte ich.

Wieder keine Reaktion. Sie setzten ihre weißen Badekappen auf, ohne nach links oder rechts zu schauen. Einen Augenblick später war ich allein.

Als ich hinauskam, alberten die Pfähler im tiefen Ende des Beckens herum. Sieben Jungs von der St.-Biddulph-Mannschaft waren im Wasser und sechs saßen auf der Reservebank an der Hinterwand. Jetzt kapierte ich. Sie waren Ersatzleute. Sie hatten Ersatzleute und wir nicht. Was für ein Beschiss.

Dann kam eine Reihe Jenti in Mannschaftsbadehosen und Gummikappen herein.

Jenti in Badehosen? Einen Augenblick später begriff ich. Unsere Mannschaft brauchte eine bestimmte Anzahl Spieler, aber es gab nicht genug Gadje. Damit also alles normal aussah, hatte Horvath sechs Jenti-Jungs als Ersatzspieler für die Mannschaft bestimmt. Sie konnten natürlich nicht ins Wasser. Ersatzleute – bloß würden sie nie jemanden ersetzen.

Ich sah Gregor am Anfang der Reihe. Hinter ihm waren Ilie, Vladimir und Constantin. Danach kam ein Junge, den ich nicht kannte. Alles große, bleiche, grimmig aussehende Kerle. Am Ende der Reihe war Justin, wie ein Punkt am Satzende.

»He, Mann!«, rief ich.

»Hallo«, erwiderte Justin.

Sie wurden von den Jungs von St. Biddulph ignoriert und die Typen von unserer Mannschaft, außer mir, machten sich über sie lustig, als sie zu ihrer Reservebank marschierten.

Ich stieg aus dem Becken und ging zu Justin hinüber. Ich blieb ein paar Schritte von ihm entfernt stehen, um ihn nicht voll zu tropfen.

»Ich wusste nicht, dass ihr in der Mannschaft seid«, sagte ich.

»Sind wir auch nicht. Mr Horvath hat uns allen aufgetragen hierher zu kommen.«

»Aber ihr geht nicht ins Wasser, stimmt's?«, fragte ich.

»Natürlich nicht. Können wir ja nicht«, gab er zur Antwort.

Ich fragte mich, ob Horvath von der Rauferei letzte Woche wusste und es als eine Art seltsamer Scherz gemeint war, dass er Justin zusammen mit Gregor aufstellte.

»Mensch, ich würde Horvath am liebsten eins überziehen«, sagte ich. »Dieser Typ ist echt ein totaler Schwindler!«

»Wer würde das nicht gern? Aber so ist es eben.« Justin zuckte mit den Achseln.

»Na gut, vielleicht können wir nach dem Spiel ja gemeinsam abhängen«, sagte ich.

»Vielleicht«, meinte Justin.

Die anderen Jenti sahen mich noch nicht mal an. Sie hatten ihre Augen starr geradeaus gerichtet. Sie unterhielten sich auch nicht miteinander. Sie wirkten wie erstarrt, selbst für Jenti, und mir wurde klar, dass sie Angst hatten.

Die Punktrichter waren jetzt mit ihren Fähnchen an ihrem Platz, also kehrte ich ins Wasser zurück.

Brian Blatt und Jason Barzini prügelten sich, Louis Lapierre trieb mit dem Gesicht nach unten im Wasser und spielte toter Mann und Kelly Tracy stürzte sich vom Sprungbrett und versuchte eine Arschbombe zu machen, die groß genug war, um die Jenti nass zu spritzen. Milton Falbo stand am Sprungbrett und schlug die Hände aneinander wie ein Seehund und Pete Pyrek hing am Beckenrand herum und rief den Jenti zu, das Wasser sei herrlich.

Ich hatte nicht das Gefühl, dass wir gegen St. Biddulph wirklich toll abschneiden würden.

Einer der Schiedsrichter pfiff das Spiel an und warf den Ball zur Beckenmitte. Die Jungs von St. Biddulph schwammen sofort darauf zu. Einer von ihnen ließ ihn zu uns herüberfliegen. Er kam genau neben Lapierre auf.

Lapierre starrte den Ball an, als wäre der soeben aus dem Weltraum aufgetaucht.

»Was is ’n das für ’n Ding?«, fragte er.

Die anderen versammelten sich um den Ball und schüttelten die Köpfe.

»Weiß nicht, hab so was noch nie in meinem Leben zu Gesicht bekommen«, sagte Kelly Tracy.

»Blatt, nimm den Ball und schmeiß ihn zurück!«, brüllte Underskinker.

»Was? Dieses Ding da?«, brüllte Brian zurück. Dann wandte er sich an uns und zuckte mit den Achseln. »Er sagt, es ist ein Ball.«

»Er sollte es wissen, schließlich ist er der Trainer«, erwiderte Milton Falbo.

»Er möchte, dass du ihn den Jungs dort drüben zurückgibst«, meinte Pete Pyrek.

»Muss wohl ihrer sein«, sagte Brian. Er nahm den Ball, stieg aus dem Becken und ging zur anderen Seite hinüber.

»Hat den irgendwer verloren?«, fragte er die Jungs von St. Biddulph.

»Mach schon, Blatt, zurück ins Wasser!«, grölte Underskinker. Er sah aus, als würde er Brian am liebsten eine reinhauen.

»Oh, okay«, erwiderte Brian. Er ließ sich auf der Seite von St. Biddulph ins Wasser platschen.

»Nich *das* Wasser!«, tobte Underskinker. »Das Wasser dort *drüben*! *Das* is euer Wasser!«

»Sieht aber genauso aus wie hier, Trainer«, meinte Brian. Aber er stieg aus dem Becken und auf unserer Seite wieder herein.

Der Ball kam zurück und klatschte genau neben Milton Falbo aufs Wasser.

»He, das ist ein gefährliches Spiel!«, sagte der.

»Ja, das hätte ihn umbringen können«, brüllte Kelly Tracy.

»Ich schau, dass ich von hier wegkomme«, sagte Pete Pyrek. Er tauchte und kam auf der Seite von St. Biddulph wieder hoch. »Kann ich bei euch mitspielen?«, fragte er.

»Pyrek, komm sofort in dieses Wasser zurück. Das dort is euer Wasser!«, schrie Underskinker.

»Aber sie schmeißen Dinge nach uns, Trainer«, erwiderte Kelly Tracy.

»Bitte, lasst mich in eurer Mannschaft sein«, sagte Pete Pyrek. »Seht mal, ich hab auch eine Mütze.« Und er drehte seine Badekappe mit der weißen Seite nach außen.

»He, schaut mal! Meine ist innen auch weiß«, meinte Brian Blatt.

»Meine ebenfalls«, sagte Milton Falbo.

»Und meine«, ergänzte Kelly Tracy.

»Mensch – meine auch!«, rief Louis Lapierre.

Jason Barzini sagte nichts. Er drehte bloß seine Kappe um. Dann tauchten sie, auf ein Zeichen von Brian hin, alle unter und schwammen zu den Jungs von St. Biddulph hinüber.

Die Schiedsrichter pfiffen und das Spiel wurde abgebrochen. Die Schiedsrichter und Trainer steckten die Köpfe zusammen. Sie wussten, dass sie etwas unternehmen mussten – aber was? Sie unterhielten sich flüsternd, aber ich hörte, wie Underskinker immer wieder »auf kein Fall«, »Penalty« und »persönliches Foul« sagte. Und natürlich »Flaschen«.

Nach ein paar Minuten verhängten die Schiedsrichter schließlich persönliche Fouls über alle Pfähler außer mir. Die restliche Mannschaft stieg aus dem Wasser und steuerte auf die Reservebank zu, wo die Jenti saßen.

»He, entschuldigt mal, aber jetzt sind wir mit Sitzen dran«, sagte Brian Blatt zu Justin.

»Ja, Ersatzspieler ins Wasser«, meinte Pete Pyrek.

Die ganze Reservebank außer Justin sah Gregor an. Der saß da und blickte starr geradeaus. Pyrek und Blatt brüllten weiter: »Ersatzspieler ins Wasser, Ersatzspieler ins Wasser«, bis Gregor sich schließlich zu Ilie umdrehte und sagte: »Hast du irgendwas gehört?«

»Aber ja«, meinte Ilie. »Ich glaube, es sind zwei Wiesenlerchen. Der Frühling steht vor der Tür.«

»Wiesenlerchen«, sagte Gregor und schloss die Augen. »Hübscher kleiner Laut«, fügte er dann lächelnd hinzu.

Alle Jenti außer Justin schlossen die Augen und lächelten mit ihm. Justin sah bloß nach wie vor das Schwimmbecken und mich an.

Es waren lange fünfunddreißig Sekunden. Die Heiligen schlugen den Ball untereinander ein paarmal hin und her und schossen ihn dann über meinen Kopf. Ich warf ihn zurück. Sie warfen ihn auf die andere Seite und ich schwamm hin, um ihn zu kriegen. Und warf ihn hinüber. Und wieder kam er zu mir zurück. Und wieder schoss ich ihn hinüber. Und so ging es weiter und ich wurde immer wütender und verlegener, während die fünfunddreißig Sekunden vorbeigingen.

Als der Penalty vorüber war, gab es wieder einen Pfiff und die Pfähler kamen ins Wasser zurück. Der Ball stieg hoch und kam dann langsam genau auf mich zu. Ich machte eine Faust und schlug ihn über die Linie zurück.

Sofort ging jede einzelne Pfeife los.

»Penalty. Fünfunddreißig Sekunden.«

»Ich? Was hab ich gemacht?«, brüllte ich die Punktrichter an.

»Du hast den Ball geschmettert, Stoker«, sagte Jason Barzini.

»Nun, verflucht noch mal, das hat mir keiner gesagt!«, ging ich in die Luft.

Noch mehr Pfiffe.

»Penalty. Fünfunddreißig Sekunden.«

Brian schüttelte den Kopf. »Gotteslästerung, Mann. Ich bin schockiert.«

Ich stieg aus dem Wasser und setzte mich neben Justin.

»Spinnen hier eigentlich alle?«, fragte ich ihn.

»Mehr oder weniger, schätze ich«, war seine Antwort.

Inzwischen brüllten alle anderen Pfähler: »Gotteslästerung, Gotteslästerung. Wir wollen niemanden in der Mannschaft haben, der Gott lästert!« Sie spritzten herum und hielten sich die Ohren zu. »Mensch, das hat uns jetzt wirklich verletzt, aber echt!«

Dann musste jemand ein Zeichen gegeben haben, denn auf einmal tauchten alle und kamen auf der Seite von St. Biddulph wieder hoch.

»He, wir möchten noch immer in eurer Mannschaft sein«, sagte Pete Pyrek.

»Ja. Ihr würdet Gott nicht lästern, oder?«, meinte Kelly Tracy.

»Sei nicht blöd, Tracy«, sagte Brian Blatt. »Die Jungs hier gehen auf eine Schule für Heilige.«

»Ach ja, stimmt«, erwiderte Tracy. »Hab's vergessen.«

Sollten die Heiligen dankbar für die neuen Mannschaftsmitglieder gewesen sein, so zeigten sie es jedenfalls nicht. Sie warfen nach wie vor nervöse Blicke zu den Jenti auf ihrer Reservebank hinüber. Die Pfähler um sich herum schienen sie nicht einmal zu bemerken.

Underskinker schlurfte inzwischen am Beckenrand auf und ab und kreischte: »Das is nich das Wasser von euch Flaschen! Das dort *drüben* is das Wasser von euch Flaschen!«

»Wir mögen dieses Wasser aber nicht«, schrie Louis Lapierre zurück. »Da ist Gotteslästerung drin!«

Dann waren meine siebzig Sekunden vorbei und ich kehrte in die Gotteslästerung – ich meine: ins Wasser – zurück.

Wieder kam der Ball geradewegs auf mich zu. Ich schlug ihn zurück. Wieder kam er auf demselben Weg zu mir geflogen. Nach ein paar weiteren Ballabgaben von dieser Sorte kapierte ich, was die Typen von St. Biddulph da trieben. Sie warfen mir den Ball zu und versuchten das Ganze wie ein echtes Spiel aussehen zu lassen.

Was die Pfähler angeht, so jubelten sie jedes Mal, wenn der Ball in ihre Richtung flog, hielten sich aber von ihm fern. Die Jungs von St. Biddulph spielten um sie herum, als wären sie überhaupt nicht vorhanden.

Ich wurde inzwischen wirklich vernichtend geschlagen, weil ich zu schwimmen und jedes Mal den Ball zurückzuschlagen versuchte. Ich war beinahe dankbar, als Jason Barzini plötzlich zum Leben erwachte, den Ball schlug, bevor ihn ein Spieler von St. Biddulph erwischen konnte, und ihn in das Netz hinter mir hüpfen ließ.

Sofort gingen die Fähnchen in die Höhe und die

Schiedsrichter erklärten das Spiel für beendet. Es stand eins zu null für St. Biddulph.

Alle außer mir stiegen aus dem Wasser. Ich schwamm in eine der Ecken des Schwimmbads und hielt mich dort schwer atmend, wütend und verwirrt fest. Was zum Teufel …? Sollten diese so genannten Erwachsenen nicht dafür sorgen, dass die Regeln, die sie aufgestellt hatten, auch beachtet wurden? Sogar ich wusste, dass nicht einmal die Hälfte des Spiels vorüber war!

Aber jetzt spazierten alle hier herum, machten sich auf den Weg Richtung Dusche. Underskinker und der Trainer von St. Biddulph schüttelten sich die Hände, und die Punkt- und Schiedsrichter packten ihre Fähnchen und ihr Zeug zusammen, als hätten sie nicht gerade an einem Beschiss teilgenommen.

Dann sah ich zur Zuschauertribüne hinüber und entdeckte Horvath und Charon; Horvath mit einem zynischen Grinsen im Gesicht und einen angewidert dreinschauenden Charon, falls Timberwölfe angewidert dreinschauen können.

Die Jenti saßen einfach weiterhin auf ihrer Reservebank. Sie warteten, dass der Gadjo rauskam, ehe sie in den Umkleideraum gingen. Nun, ich war noch nicht zum Gehen bereit. Ich wollte etwas tun, um meine negativen Gefühle loszuwerden. Also begann ich trotz meiner Müdigkeit langsam zu schwimmen, hörte auf in der Ecke zu hängen und ließ mich vom Wasser tragen. Ich schloss die Augen.

Ich machte sie wieder auf, als mein Kopf an den Beckenrand stieß. Es erinnerte mich daran, dass ich diese blöde Kappe aufhatte. Ich nahm sie ab.

Die Heiligen eilten bereits zu ihrem Bus und die Pfähler kamen nach und nach aus dem Umkleideraum und klopften sich dabei gegenseitig auf den Hintern oder schlugen sich ab.

Auf ein Zeichen von Gregor hin standen alle Jenti auf und gingen Richtung Umkleideraum. Alle außer Justin, der zu mir herüberkam.

»Nun, das war also dein erstes Spiel«, sagte er.

»Was ist das mit euch und dem Wasser?«, fragte ich. »Ich meine, ihr badet doch, oder?«

»Lass uns wohin gehen, wo es trockener ist. Dann erzähl ich's dir«, erwiderte Justin.

Er trat ein paar Schritte zurück, als ich aus dem Becken stieg. Als ich mich genügend abgeschüttelt hatte, gingen wir gemeinsam in den Umkleideraum.

Die Jenti zogen sich gerade an und machten, dass sie so schnell wie möglich fortkamen.

Gregor musterte mich. »Das Wasser ist der einzige Ort, an dem du sicher bist«, sagte er.

»Er ist gezeichnet«, erinnerte ihn Justin.

»Ich habe mit dir geredet«, sagte Gregor.

Er knöpfte sein Hemd zu und streifte uns beim Vorbeigehen mit seinen ultrabreiten Schultern.

Ich fuhr mir mit den Fingern durchs Haar, um ein bisschen Wasser zusammenzukriegen, und schnippte es auf seine Wange.

»Tolles Spiel, Gregor«, sagte ich, als er es wegwischte, als wäre es Gift. »Ich freu mich schon aufs nächste.«

Dann zog ich meine nasse Badehose aus. »Na gut, Zeit, meine Hose auszuwringen.«

Gregor wich zurück und ging.

»Wer braucht schon Knoblauch und Kreuze?«, sagte ich ohne nachzudenken. Dann sah ich Justin an. »Oh, Mann. Ich hoffe, das war jetzt nicht irgendwie beleidigend.«

»Mach dir deswegen keine Sorgen«, sagte Justin. »Trotzdem, nur damit du es weißt – meine Mutter trägt ein Kreuz und kocht mit Knoblauch. Aber pass auf, wo du diese Badehose auswringst!«

»Okay, jetzt erzähl mir aber, wie das mit euch und dem Wasser ist«, sagte ich und trocknete mich mit einem Handtuch ab.

Justin seufzte: »Niemand weiß wirklich, wie es funktioniert. Und unsere Ärzte und Biochemiker versuchen schon seit langem, es zu verstehen. Aber es hat etwas mit unserer Fähigkeit zu tun, die Gestalt zu verändern. Wasser, zu viel davon, kann uns auflösen. Wir wachsen mit Geschichten darüber auf, ja nicht in die Nähe von Wasser zu kommen, und man bringt uns bei, wie man Katzenwäsche macht und was man alles tun kann, um den Kontakt mit Wasser möglichst zu vermeiden. Wir alle wachsen mit der Angst vor Wasser auf.«

»Aber du kannst die Gestalt nicht ändern«, sagte ich. »Vielleicht wäre es für dich sicher.«

»Es wäre keine gute Idee, das herausfinden zu wollen«, antwortete Justin. »Obwohl ich zugeben muss, dass es so aussieht, als könnte man in diesem Becken eine Menge Spaß haben.«

Ich dachte an all die Segelflosser, die in Justins Zimmer umherschwammen. »Aber musst du nie einen Arm in eins deiner Aquarien stecken? Die Wasserbecken sauber machen?«

»Klar«, sagte Justin. »Und ich trage dabei Gummihandschuhe. Im Übrigen gehen wir nicht sofort drauf, wenn wir damit in Berührung kommen. Wir sind schließlich nicht aus Zucker. Aber wenn wir in einen Teich fallen oder etwas in der Art und nicht schleunigst wieder herauskommen, dann fangen wir irgendwie an, uns ... aufzulösen. In fließendem Wasser geht es noch schneller. Daher stammen auch all diese Geschichten, dass wir keine Flüsse überqueren oder nur in mit Erde gefüllten Särgen übers Meer fahren können.«

Als wir die Schwimmhalle verließen, erwarteten uns die Pfähler. Brian Blatt drängte sich zwischen mich und Justin. »Entschuldige uns«, sagte er. »Wir würden mit dem Typ da gern ein Wörtchen reden.«

Er pflanzte sich vor Justin auf, während Jason Barzini mich am Mantel packte und mein Gesicht an seins heranzog. Die restliche Mannschaft bildete einen Kreis um uns herum.

»Du hast heute echt niedlich ausgesehen«, sagte er. »Echt niedlich, wie du da ganz allein gespielt hast. Na gut, wenn du das noch mal probierst, wirst du dir wehtun.«

»Was versucht ihr Flaschen eigentlich zu beweisen?«, sagte ich und klang auf einmal wie Underskinker. »Dass ihr Spiele verlieren könnt? Das kann jeder. Warum versucht ihr es nicht wenigstens?«

»Hör gut zu, diese Vampis kriegen, was sie von uns wollen«, antwortete Barzini. »Wir sorgen dafür, dass ihre Schule bestehen bleibt. Es kommen Vampis aus der ganzen Welt, um hier zur Schule zu gehen. Und wir, wir wirklichen Menschen, zahlen dafür Steuern. Und der einzige Grund, warum sie uns überhaupt reinlassen, ist der, dass sie dadurch die Schule offen halten können. Es ist ein Beschiss, dass wir hier sind. Verhalt dich entsprechend, wie wir auch.«

»He, Barzini, die Jenti zahlen auch Steuern. Je darüber nachgedacht?«, sagte ich. »Ihre Steuern ermöglichen es dir, hier zu sein.«

»Halt's Maul«, erwiderte Barzini und gab mir einen Stoß.

Das Eis war glatt und ich fiel hin. Die anderen Pfähler kicherten.

Ich hakte einen meiner Stiefel unter Barzinis Bein und warf ihn auf den Rücken.

Dann stand ich auf, während er mich mit Schimpfwörtern überschüttete.

»Wenn es euch Typen hier nicht gefällt, warum versucht ihr es nicht mit einer normalen Schule?«, sagte ich. »Ich wette, es gibt ein paar freie Kindergartenplätze.«

Sie versuchten nicht mich aufzuhalten, als ich zu Justin zurückging.

»Wiedersehn«, sagte ich zu Brian.

»Du bist so gut wie tot«, rief Jason Barzini meinem Rücken nach.

Die Illyriade

Der Januar ging vorüber. Wir hatten noch zwei Spiele und sie ähnelten stark dem ersten. Der Einzige, der wenigstens versuchte es richtig zu machen, war ich, und wir spielten nur so lange, bis die andere Mannschaft einen Treffer erzielte. Auf der Reservebank hinter uns saßen immer andere Jenti. Egal wie viele der Pfähler Penaltys bekamen, sie wurden nie eingetauscht und niemandem schien es aufzufallen.

Ich war noch immer ein bisschen besorgt wegen dem, was die Pfähler mir vielleicht antun würden, aber alles, was sie nach jenem Tag im Schnee tatsächlich taten, war, nicht mehr mit mir zu reden. Da sie das nie wirklich getan hatten, war das keine große Sache. Barzini hatte wohl bloß ein großes Mundwerk.

Ein bisschen größere Sorgen machte ich mir wegen Gregor und seinem Haufen. Es gab Tage, an denen ich das Gefühl hatte, sie würden mich jedes Mal, wenn ich mich umdrehte, vom anderen Ende des Speisesaals oder von einem oberen Treppenabsatz aus beobachten. Vielleicht schauten sie bloß nach, ob ich nach wie vor gezeichnet war. Aber auch mit ihnen gab es keine Zusammenstöße.

Ich bekam weiterhin unmögliche Hausaufgaben. Und gefälschte Einsen, die ich aber ignorierte. Ich machte es mir zur Gewohnheit, nach der Schule zu Justin nach Hause zu gehen, um an dem ganzen Zeug zu arbeiten. Ich würde nicht sagen, dass ich es toll machte, aber mit Justins Hilfe machte ich es besser. Manchmal kapierte ich sogar fast, was die Aufgabe war. Ich saß wirklich gerne in diesem kleinen Zimmer im zweiten Stock, wo Justin für uns eine Art Büro eingerichtet hatte, mit Büchern, Regalen, einem Computerterminal und dem ganzen Kram, den er brauchte, um zu Hause zu arbeiten. Es gab dort sogar einen riesigen alten Schreibtisch, Partnerschreibtisch genannt, an dem wir uns gegenübersaßen und arbeiteten, während von unten Klaviermusik zu uns heraufdrang.

Es war voll in diesem kleinen Raum, aber irgendwie schafften wir es, auch für Ileana einen Platz zu finden, wenn sie vorbeischaute, was sie so ein-, zweimal die Woche tat.

Am besten waren die Freitage, wenn wir schließlich alle unten in Illyrien landeten. Palmyra wuchs und die Straße nach Neu Florenz war fertig. Justin stellte um Drei Hügel herum noch mehr Vororte hin. Und Ileana erzählte uns, dass es bei der letzten Auseinandersetzung zwischen Anaxander und Vasco darum gegangen war, ob ein Theaterstück drei oder fünf Akte haben sollte.

»Wann bekomme ich das Epos zu Gesicht, das du über Illyrien schreibst?«, fragte sie mich bei jedem Spiel.

»Wenn es fertig ist«, gab ich immer zur Antwort. »Aber es fehlt mir an Ideen.«

Daraufhin sagte sie so etwas wie: »Wie kann es irgendjemandem an Ideen fehlen? Illyrien ist dort, wo Ideen ihren Anfang nehmen«, und dann erzählte sie mir noch eine Geschichte über eine ihrer Figuren, während Justin und ich Fragen stellten oder Vorschläge machten. Ich weiß nicht, ob Chaucer auch so vorgegangen ist, aber bei mir funktionierte es.

Ich war froh über dieses Epos. Es war etwas, wofür ich Justin nicht brauchte. Es fehlte mir nicht einmal wirklich an Ideen; ich mochte bloß die von Ileana lieber als meine eigenen. Aber ich verwendete beide. An Abenden oder Sonntagen setzte ich mich einfach hin und fing an zu schreiben und die Blätter stapelten sich.

Es sah so aus, als hätte ich gute Chancen, vielleicht sogar mehr als dreihundert zusammenzukriegen. Ich dachte daran, wie es sein würde, sie Shadwell auszuhändigen. Würde meine die umfangreichste Arbeit der ganzen Klasse sein? Was würde er sagen, wenn sie es wäre? Was würde ich ihm sagen?

Ich hoffe, es wird Ihnen gefallen, Mr Shadwell. Es ist ein wenig Chaucerisch. Oder: *Ich fürchte, ich bin ein bisschen über die dreihundert Seiten hinausgegangen.*

Aber noch besser als das war es für mich, mir Ileanas Reaktion vorzustellen. Das war meine wirkliche Hoffnung – dass sie es lesen und erkennen würde, wie viel sie mir bedeutete.

Ich würde nicht sagen, ich war total in Ileana verliebt. Nicht wirklich. Ich wollte bloß jede Minute mit ihr verbringen. Und ich begann zu glauben, es ging ihr genauso. Nicht dass sie diesbezüglich irgendwas gesagt hätte. Es waren nur ein paar Kleinigkeiten; zum Beispiel, dass sie Illyrien nie umarrangierte und wir uns so immer gegenüberstanden oder sie mir manchmal gestattete meine Tasse Kakao so hinzustellen, dass sie zufällig ihre berührte. Wenn das Epos beendet war, so dachte ich, würden die Dinge anders liegen.

Dann kam der vierzehnte Februar.

Der vierzehnte Februar sollte gemeinsam mit anderen großen Katastrophen in die Geschichte eingehen – wie dem großen Erdbeben von San Francisco (achtzehnter April), dem Absturz der *Hindenburg* (sechster Mai) und dem Großbrand von Chicago (achter Oktober). Am vierzehnten Februar ist Valentinstag. Es war jener Tag, an dem ich Ileana einen Teil meines Epos vorlas.

Es war nicht meine Idee. Ich wollte warten, bis es fertig war. Aber eines Freitagnachmittags in Illyrien unterhielten wir drei uns über Shadwells Unterricht und eins führte zum anderen. Justin erzählte von dem Buch über Segelflosser, an dem er schrieb. Ileana arbeitete an einem Roman und erzählte ebenfalls davon.

Dann sagte sie: »Und wie geht es deinem Epos?«

»Ich hab etwa zweihundert Blätter«, erwiderte ich. Manche waren sogar beidseitig beschrieben. »Ich hab elf Geschichten fertig und fange gerade mit der zwölften an.«

»Ich würde gern ein paar davon hören«, meinte sie.

Sie hatte so was in der Art auch schon früher gesagt, aber an diesem Tag trug ich zufällig einen Teil davon bei mir.

Ich hatte es zum Abtippen in die Schule mitgebracht, weil mein eigener Computer verrückt spielte.

»Es ist noch nicht fertig«, sagte ich.

»Bitte«, sagte sie. »Ich erzähle dir jetzt schon seit Wochen Geschichten dafür. Dürfen wir nicht hören, was du gemacht hast?«

Es ist Valentinstag. Das Mädchen, das ich liebe, möchte etwas hören, was ich geschrieben habe und das von Liebe handelt.

Justin war auch da, aber er war kein Problem. Er würde wahrscheinlich sowieso da sein, wann auch immer ich es vorlas. Ich entschied, dass ich besser tat, was sie wollte. Außerdem war es vielleicht – na, ihr wisst schon –, vielleicht war es an der Zeit.

Also ging ich es holen.

Auf meinem Weg die Treppe hinauf fiel mir ein, dass

ich eine Kleinigkeit vergessen hatte. Ich konnte es nicht glauben – in meinem Epos stand noch immer Ileanas Name.

Schnell! Welcher Name hat den gleichen Rhythmus wie Ileana, klingt aber anders?

Den ganzen Weg nach oben versuchte ich einen zu finden, schaffte es aber nicht. Auf dem Weg wieder nach unten fielen mir überhaupt keine Namen mehr ein. Stellt euch das mal vor – nicht imstande zu sein, an Jane, Kathy oder Jennifer zu denken! Aber ich konnte einfach nicht. Panische Angst machte einen kompletten Idioten aus mir.

Wieder zurück im Kellergeschoss nahm ich meine Blätter, stellte mich neben meiner Stadt auf und sagte: »Das ist der Ort, wo meine Heldin die Helden bittet ihr eine Geschichte zu erzählen, die nicht von jemand anderem handelt. Sie soll von etwas handeln, was ihnen beiden wirklich zugestoßen ist.«

Ileana ließ sich im Schneidersitz nieder und beugte sich, das Kinn auf eine Hand gestützt, zu mir herüber. Justin saß auf einer Kiste und lehnte sich an der Wand an.

Einen Namen, einen Namen, ich brauch unbedingt einen Namen!

Und dann tauchte einer auf – so schlecht, dass es sich um den einzigen handeln musste, der in dieser Situation noch schlimmer war als Ileanas Name. Aber es war der einzige, der mir einfiel. Buffy.

Es gab kein Entrinnen. Also fing ich an.

»Also dreht Vasco sich um zu Anaxander,
Der lächelt wie ein Salamander,

Und spricht zu ihm:
›Eine andre Geschichte lass jetzt vom Stapel,
Von meinen Taten soll sie künden
Und Wahrheit soll darin sich finden,
Ich werd für dich danach dasselbe tun.‹
Und Anaxander spricht:
›So soll es sein.‹
Und wendt sich nun an … Buffy:
›Mein Freund ist recht heroisch, so auf seine Art,
Doch würd er nie dir zu erzählen wagen,
Was dir zu künden ich jetzt vorhab.‹«

Ileana saß bloß da und hatte ein winziges Lächeln im Gesicht. Ich fuhr fort.

»Eines Tages vernahm Vasco die Mär von einem,
Der ein Räuber war mit goldnem Schwerte,
Das irgendeinem toten König er geraubt,
Der lang zuvor dies Ding hat in 'ner Schlacht verlor'n.
Und Vasco wünscht des Königs Nachfahrn es zurückzugeben,
Die den Verlust noch immer bitterlich beklagten.
Und wollten, dass zurückgebracht es werd um jeden Preis.
Also beschloss Vasco auf eine Pilgerfahrt sich zu begeben,
Um der Räuberhöhle ansichtig zu werden.
Als Ablasskrämer verkleidt er sich,
Um unbemerkt zu fangen ihn,
Und ritt wohl an die hundert Tage,
Bis an den weit entfernten Ort er kam,

Wo die Räuber in ihrer Höhle hausten.
Und dann gab unser Vasco ihnen Geld,
Um für sein Lager diese Nacht zu zahl'n.
Er wusste, dass ihn zu töten sie wohl trachten würden
Und dass ein Kampf wohl unvermeidlich wär.«

Jetzt lächelte Ileana nicht mehr. Sie runzelte die Stirn. Die Hand unterm Kinn lag nun über ihrem Mund.

»Als die Räuber in dieser Nacht zu seinem Bette schlichen,
Tat Vasco so, als würde süßer Schlummer ihn umfangen,
Doch als der Größte von den Räubern seinen Knüppel hob
Um einzuschlagen ihm den Schädel,
Rollt' Vasco flink geschickt zur Seite,
Warf seine Decke über des Räubers Kopf
Und erstickte ihn, bis der tot zu Boden fiel.
Doch der Räuberhauptmann stürmte los mit mächt'gem Gebrüll
Und trampelte Vasco fast platt, bei seiner Größ ein Leichtes,
Und zwanzig andre Räuber schlossen sich ihm an.
Kein' Pfifferling mehr wert schien Vascos Zukunft,
Doch ließ den Knüppel er herniedersausen auf des Räuberhauptmanns Schädel
Und all die räuberischen Pläne lösten auf sich in Schall und Rauch.
Auf die Knie sank da der Räuberhauptmann
Und stieß hervor: ›Vasco, Ihr habt mich ruiniert!‹

›Unser Hauptmann stirbt‹, schrien da die andren Räuber
Und wandten sich zur Flucht.
Doch mit dem Rücken zum Feind keine Verteid'gung möglich war,
Die Furcht vor Vasco hatt' ihren gesunden Menschenverstand zerstört.
Mit Knüppel und des toten Königs Schwert
Streckt er die Räuber in der Höhle nieder
Und macht sich auf den Weg nach Haus.«

Ich wollte gerade sagen: »Es wird länger, wenn es fertig ist«, als Ileana mich unterbrach.

Sie lachte. Sie lachte und lachte. Sie rollte auf den Rücken und trampelte mit den Füßen auf dem Boden herum und lachte immer weiter.

Justin lächelte mich an. »Ziemlich gut«, kicherte er. »Ich hab's erst gar nicht kapiert.«

»Ich auch nicht«, sagte Ileana und schnappte nach Luft. »Einen Augenblick lang habe ich gedacht, du würdest dich über sie lustig machen, und begann wütend zu werden. Aber dann habe ich begriffen, dass du dich *mit* ihnen lustig machst. Das ist absolut wunderbar – dass Vasco zuerst seinen Freund auffordert, die Prinzessin mit einer albernen Geschichte zu amüsieren, und Anaxander diese dann in derart unbeholfenen Worten erzählt.«

»Ich mag den Teil, wo Vasco plötzlich wieder ein zweiter Arm wächst, damit er den Räuber ersticken kann«, sagte Justin.

O Gott! Ich hatte vergessen, dass diese Typen ja nur einen Arm hatten.

»Gibt es noch mehr davon?«, fragte Ileana.

»Äh ... nein«, antwortete ich und fühlte mich, als würde mir der Boden unter den Füßen wegbrechen.

»Schade«, sagte Ileana. »Ich hab mir Vasco und Anaxander nie als Leute mit Humor vorgestellt. Aber natürlich sind sie das. Du schenkst Illyrien etwas Neues – Ironie.«

Ich spürte, wie mein Gesicht heiß wurde. Sie hielt es für witzig. Aber es war nicht witzig gemeint; es war ein Epos. Doch wenn sie es für witzig hielt, wenn Justin es für witzig hielt ... Ich blickte wieder auf meine Blätter.

»Ich bin mir nicht ganz sicher, ob Shadwell Ironie in seinem Unterricht vorgesehen hat«, sagte ich und versuchte meine Stimme fest klingen zu lassen.

»Es ist so, als würde man etwas auf die eine Art sagen und etwas anderes meinen«, sagte Justin. »Als Witz oder um sarkastisch zu sein.«

Ironie? Es sollte nicht ironisch sein. Ich hatte gedacht, es wäre gut. Und noch schlimmer – mein ganzes Epos war so. Das ganze unmögliche Unterfangen, es an der Vlad Dracul schaffen zu wollen, traf mich auf einmal wie ein Blitz und ich hatte das Gefühl, in einen tiefen Brunnen zu stürzen.

Dann stand Ileana auf und kam zu mir herüber.

»Es war schwer für dich, uns das vorzulesen, das sehe ich«, sagte sie. »Danke.«

Und sie umarmte mich kurz.

O Mann.

Wisst ihr, wie es sich anfühlt, herauszufinden, dass etwas, worauf man stolz war, bloß ein Stück Scheiße ist? Und dann auch noch irrtümlich dafür gelobt zu werden? Und zu wissen, das Mädchen, dem man damit imponieren wollte, hält es für einen Witz und ist aus dem falschen Grund beeindruckt? Wenn nicht, hoffe ich, ihr werdet es nie herausfinden.

»Ich hoffe, du bringst nächstes Mal eine der ernsten Passagen mit«, sagte Ileana.

»Nun«, erwiderte ich, »da bin ich mir nicht sicher.«

Ileana und Justin haben sich wohl gefragt, warum ich den restlichen Nachmittag so still war.

Was schenkt man einem Vampir, der schon alles hat?

Am Montag nach der Epos-Katastrophe saß ich mit Justin im Speisesaal. Draußen war es einmal mehr trostlos und grau, was perfekt zu meiner Stimmung passte.

Das Schlimmste daran, Ileana mein nutzloses Epos vorgelesen zu haben, war, dass sie mich nun für Goldstaub hielt. Ich war mir sicher: Hätte ich sie gefragt, ob sie mit mir ausgeht, sie hätte Ja gesagt. Aber wie konnte ich das, wo ich doch wusste, dass sie Ja sagen würde, weil sie glaubte, ich schriebe ein tolles – na ja, ein gutes – Epos über ihren Lieblingsort?

Ileana setzte sich.

»Ich bin böse auf dich«, sagte sie.

»Hä? Was hab ich angestellt?«

»Ich hab dir in Mathematik einen Zettel zugeschoben, einen perfekten Zettel, die erste Gadje-Sache, die ich je in meinem Leben getan habe, und du hast es nicht einmal bemerkt«, sagte sie.

»Tut mir Leid«, gab ich zurück. »Mir geht ziemlich viel durch den Kopf.«

Zum Beispiel, was passiert, wenn du herausfindest, dass ich nicht dichten kann. Dass ich dabei nicht einmal gut von schlecht unterscheiden kann. Dass der Spaß auf deine Kosten geht, weil du denkst, ich kann es, und auf meine, weil ich das auch geglaubt habe.

»Das ist in Ordnung.« Ileana lachte. »Ich hab hier noch einen.«

Sie zog ein kleines goldenes Kuvert aus ihrer Tasche.

»Soll ich es jetzt öffnen?«, fragte ich.

»Wenn du magst«, gab sie zur Antwort.

Es war eine helle rechteckige Karte drin, die mit einer kunstvollen Schrift bedeckt war:

Ileana Antonescu bittet um das Vergnügen Ihrer Anwesenheit anlässlich der Feier ihres fünfzehnten Geburtstags am Samstag, dem siebten März, um vierzehn Uhr.
Abendkleidung erbeten

Darunter standen ihre Adresse und Telefonnummer sowie die Buchstaben u. A. w. g.

»Toll«, sagte ich. »Ich komme.«

»Ich freue mich schon darauf«, erwiderte Ileana und lächelte mich an. »Wie geht's übrigens dem Epos?«

»Oh, es geht«, antwortete ich und wechselte das Thema.

Jetzt hatte ich zwei Sorgen – was Ileana wohl denken

würde, wenn sie herausfand, was für ein Haufen Tubifexwürmer mein Epos in Wirklichkeit war, und was ich ihr zum Geburtstag schenken sollte.

Justin war absolut keine Hilfe, als ich ihn danach fragte.

»Das ist leicht.« Er lächelte mich an. »Schenk ihr einfach eine der Geschichten aus deinem Epos. Es ist das Beste, was du ihr geben kannst. Ich wette, es wird ihr Lieblingsgeschenk sein.«

»Äh«, erwiderte ich. »Was schenkst du ihr?«

»Weiß nicht«, sagte er. »Es wird eine Kleinigkeit sein müssen.«

»Na gut, was mag sie?«, fragte ich. »Jeder hat was, was er besonders mag.«

Justin nickte. »Davon gibt's bei ihr eine Menge«, stimmte er zu. »Aber das meiste davon ist nichts, was man wirklich kaufen kann. Sie mag die Sterne. Wolken, die großen, bauschigen. Eichen. Einmal hat sie mir erzählt, dass sie das Kreischen von Möwen lieber mag als Musik. Und sie liebt Musik sehr.«

»Vielleicht könnte ich ihr ein paar CDs schenken«, meinte ich.

»Vielleicht.« Justin zuckte mit den Achseln. »Aber du hast mich gefragt, was sie von dir gern hätte, und ich hab's dir gesagt.«

Mein Dad war hilfreich wie immer.

»Bargeld«, sagte er. »Da sie Antonescus Tochter ist, wird jede Summe, die über ein Fünfcentstück hinausgeht, sie zusammenbrechen und vor Freude weinen lassen.«

Mom versuchte es wenigstens.

»Bücher beweisen immer ein hohes Maß an Achtung«, meinte sie. »Sie zeigen, dass ein Mann eine Frau wegen ihres Geistes schätzt.«

»Das ist cool«, sagte ich. »Abgesehen davon dass Ileana wahrscheinlich eine komplette Bibliothek ausgelesen hat. Es ist unglaublich, was sie alles kennt.«

»Mit einem guten Lyrikband kann man kaum was falsch machen«, meinte Mom.

Schon wieder Lyrik. Warum waren die Leute eigentlich so übermäßig an Dichtung interessiert? Okay – warum hingen *Frauen* so daran? Aber ich nahm an, dass Mom wahrscheinlich Recht hatte. Jedenfalls hatte ich überhaupt keine eigenen Ideen.

Am nächsten Wochenende ging ich in die größte Buchhandlung in der Umgebung. Es gab zwei große Buchläden in New Sodom. Der eine gehörte zu einer dieser großen Ketten. Ziemlich viele Leute gingen dort ein und aus und auf dem Parkplatz stand ein Haufen Autos. Normale Autos. Im nächsten Block gab es ein großes altmodisches steinernes Gebäude mit einem Schaufenster, das so dunkel war, dass man kaum durchschauen konnte. Darauf stand in Blattgold: AURARIS AUSGEZEICHNETE EDITIONEN. ALLES, WAS DES LESERS HERZ BEGEHRT.

Es brauchte nicht die exotischen alten Wagen vor dem Laden, um mir zu sagen, welcher Buchladen für wen war.

Ich wusste, dass ich in den Laden der Buchhandelskette gehen sollte. Und wenn ich etwas für jemand anderen einkaufen hätte wollen, wäre ich wahrscheinlich auch dorthin gegangen. Aber ich brauchte etwas für Ileana. Ich ging zu Aurari.

Es gab zwei Stockwerke. Das obere war eine Galerie, die in etwa vier Metern Höhe um den ganzen Raum herumführte, und man konnte sehen, wie die Kunden dort oben im schwachen, prächtigen Schein altmodischer Lampen in den bis zur Decke reichenden Bücherregalen schmökerten. Im unteren Stockwerk war es sogar noch dunkler und in der Mitte standen riesige Ledersessel.

In einer Ecke im Erdgeschoss gab es an die neun Millionen Lyrikbände, von Anonymus bis Yeats. Für mich sahen sie alle gleich aus – dünn und teuer. Ich verbrachte eine Stunde damit, sie durchzusehen, und sie klangen für mich auch alle gleich. Ich hatte absolut keine Ahnung.

Schließlich wandte ich mich mit Grausen ab und begann mir den Rest des Ladens anzusehen. Es gab neben den Büchern auch noch eine Menge anderes Zeug. Da waren Globen, Leselampen, Bücherstützen und sogar in Goldpapier eingewickelte Bonbons.

Auf einem Tisch in der Nähe des Ausgangs fand ich einen Stapel von Büchern mit Ledereinbänden, in die kunstvolle Muster eingebrannt waren. Sie hatten sogar kleine Verschlüsse zum Abschließen. Eines davon gefiel mir sehr. Es war rot und mit Blättern bedeckt.

Ich schlug es auf. Die Seiten waren leer.

Hm. Zumindest hat sie das noch nicht gelesen.

Ich warf einen Blick auf den Preis. Als mein Herz wieder zu schlagen anfing, fragte ich mich, wie man für ein Buch ohne Text bloß so viel verlangen konnte. Ich zählte mein Geld. Wenn es mir nichts ausmachte, die nächste Woche pleite zu sein, konnte ich es für sie kaufen.

»Kann ich Ihnen vielleicht irgendwie behilflich sein?«, sagte eine Stimme hinter mir.

Ich drehte mich um und sah einen Jenti mit randloser Brille und in schwarzem Anzug.

»Nur das«, sagte ich.

»Sehr gut«, meinte der Jenti. Und ich wusste, er meinte damit: »Es ist sehr gut, dass Sie jetzt gehen.«

Dann blickte ich auf und sah, dass alle Kunden vom zweiten Stock auf mich herunterstarrten. Dafür ignorierten mich die im Erdgeschoss komplett.

»Meines Wissens nach gibt es im nächsten Block einen ziemlich annehmbaren Buchladen«, sagte der Jenti-Verkäufer, als er mir das Wechselgeld aus einer kleinen Holzkiste reichte. »Ich würde Ihnen empfehlen, Ihre Einkäufe in Zukunft dort zu tätigen.«

»Vielen Dank«, sagte ich und verließ den Laden.

Auf dem Heimweg dachte ich an Ileana und was sie in dieses Buch schreiben würde. Vielleicht würde sie ihre eigenen Gedichte verfassen. Vielleicht würde sie es als Tagebuch benutzen. Vielleicht würde ein Haufen Zeug über mich drinstehen.

Aber irgendetwas fühlte sich nicht richtig an. Es war so, als würde das Buch noch etwas brauchen, bevor ich es ihr gab. Etwas, was von mir kommen musste.

Das ergab überhaupt keinen Sinn.

Auf meinem Heimweg gab es eine Brücke, die über einen kleinen Bach führte. Ich lehnte mich ans Geländer und blickte nach unten. Der Bach war zum Großteil noch zugefroren, aber in der Mitte floss ein winziges Rinnsal wie eine Ader voller Blut.

Ich erinnerte mich an Justin und den Tag, an dem wir

uns kennen gelernt hatten. Was für eine Angst er vor diesem schnell dahinfließenden Wasser gehabt hatte. Das erweckte in mir das Bedürfnis, hinunterzugehen und meine Hand in den Bach zu tauchen. Ich konnte vielleicht nicht so gut denken wie ein Jenti, ich würde vielleicht nie so viel wissen, aber es gab ein paar Dinge, die ich konnte und von ihnen keiner.

Ich passte sehr gut auf Ileanas Buch auf, als ich die Uferböschung hinunterrutschte und mich am Rand der Eisfläche niederkauerte.

Das Wasser sah glücklich aus, sich so schnell bewegen zu können. Wenn ich darüber nachdenke, war es das wahrscheinlich auch. Anders als ich hatte es ein Ziel. Es würde in einen Fluss münden, das Meer finden und, wer weiß, vielleicht zur rechten Zeit vom Atlantik in den Pazifik fließen und an die Küste Kaliforniens gespült werden. Und ich würde hier sein.

Ich tauchte meine Hand ins Wasser und ließ sie dort, bis sie sich taub anfühlte. Als ich meine Finger nicht mehr spüren konnte, ging ich ein Stück bachabwärts.

Der Bach machte eine Biegung, stürzte etwa einen Meter nach unten und bildete einen winzigen Wasserfall. Der Teich am Fuß des Wasserfalls war zugefroren, aber die Stelle, an der das herabfallende Wasser auftraf, war noch immer eisfrei. Die Wolken spiegelten sich darin und zappelten, wenn das Wasser sich kräuselte.

Wolken. Ileana mag Wolken.

Unten am Bach wehte eine kalte Brise und das starre tote Schilf bewegte sich. Etwas dort flatterte sachte. Ein paar Möwenfedern.

Ich hob eine vom gefrorenen Boden auf.

Und sie mag Möwen.

Jetzt wusste ich, was dem Buch fehlte. Ich musste mir etwas einfallen lassen, wie ich es mit den Dingen füllen konnte, die Ileana liebte. Ein Buch mit Wolken und Möwen und allem anderen, von dem Justin gesagt hatte, dass sie es mochte. Ich wusste noch nicht, wie ich das angehen sollte, aber ein Anfang war gemacht. Ich hielt ihn in meinen eisigen Fingern.

Wie packt man Wolken in ein Buch? Ich löste es folgendermaßen: Ich borgte mir Dads Kamera aus, ging in den Hinterhof und verschoss einen Film.

Ich brauchte den ganzen Vormittag dafür; ich wartete auf ein paar Wolken, die halbwegs interessant aussahen, und machte dann drei, vier Fotos, während sie vorüberzogen. Ich bin kein Fotograf, aber sogar ich weiß, man kann sich nicht darauf verlassen, dass ein Foto ausreicht.

Dann spazierte ich durch die Gegend und hielt Ausschau nach Eichen. Als ich fündig wurde, räumte ich den Schnee weg und suchte nach goldbraunen Blättern. Schließlich hatte ich genug für eine ordentliche Buchseite zusammen. Ich klebte sie auf eine Seite in der Buchmitte und fixierte sie noch zusätzlich mit Haarspray.

Die Möwenfedern ordnete ich gleich am Anfang des Buches so an, dass sie aussahen wie ein Flügelpaar.

Als ich die Fotos vom Entwickeln abholte, nahm ich die besten und schnitt sie so zurecht, dass sie auf eine Seite zwischen den beiden anderen passten, und klebte sie ein. Auf keinem war die Art Wolke drauf, die Justin als Ileanas Lieblingssorte bezeichnet hatte, aber wenn man sie alle zusammennahm, sahen sie ziemlich gut aus.

Was die Sterne betraf, war ich mit meiner Weisheit aber am Ende. Bilder würden nicht funktionieren. Erstens war es die ganze Zeit bewölkt. Zweitens wusste ich, dass man Sterne nicht wirklich fotografieren konnte. Dad hatte es einmal versucht, als er seine Kamera bekam, und es waren bloß undeutliche kleine Lichtpunkte herausgekommen. Ich dachte daran, Papiersterne zu verwenden, aber das sah mir dann doch zu sehr nach vierter Klasse aus.

Dann überlegte ich, ob ich ihr vielleicht etwas von dem geben könnte, woraus Sterne gemacht sind, so wie Diamanten aus Kohle bestehen. Also fragte ich Ms Vukovitch.

»Sterne bestehen natürlich in erster Linie aus Wasserstoff«, sagte sie zu mir. »Aber man kann in ihnen Spuren aller Elemente finden.«

Na toll. Eine kleine Tüte Wasserstoff auf die letzte Seite ihres Buches geheftet – Ileana würde das bestimmt großartig finden.

Ihr Geburtstag rückte immer näher und ich kam nicht weiter.

Am Montag vor ihrer Party saß ich im Wohnzimmer und sah fern. Mom war ausgegangen und Dad war noch nicht zu Hause, also zappte ich mich durch die Kanäle, was beide hassten und mir nie erlaubten. Sie kauften mir auch keinen eigenen Fernseher, was das Problem gelöst hätte.

Als ich jedenfalls so durch die Programme zappte, kam mir auch eine dieser Werbungen für Astro-Hotlines unter, und da waren sie, über der 800er-Telefonnummer – Sterne.

Sterne. Übersinnlich. Astrologie.

Ich rief Justin an.

»Hallo, Justin, ist Ileana hier in New Sodom auf die Welt gekommen?«, fragte ich.

»Klar.«

»Und hat sie wirklich am siebten Geburtstag?«

»Nö, am sechsten«, antwortete er.

»Weißt du, zu welcher Uhrzeit?«

»Es muss ziemlich spät gewesen sein. Sie hat mir einmal erzählt, dass ihr Vater die Hebammen aufwecken musste. Aber warum fragst du?«

»Ich versuche ihr die Sterne zu schenken«, erwiderte ich. »Ich erklär's dir später. Danke, Justin.«

Ich holte mir das Telefonbuch – und wisst ihr was? In den gelben Seiten gibt es eine ganze Liste von Astrologen.

Ich sah mir die Inserate an und rief schließlich die Astrologin an, die am nettesten aussah. Sie hieß Allison Antares.

Ich erzählte ihr von Ileanas Buch und dass Sterne das Einzige von ihren Lieblingsdingen war, das in diesem Buch noch fehlte. Und dass ich mir gedacht hatte, ein astrologisches Diagramm von ihrer Geburtszeit wäre eine Möglichkeit, sie ihr zu schenken.

Das gefiel Allison Antares so gut, dass sie lachte und sagte, sie sei entzückt mir zu helfen. Sie verlangte nicht mal was dafür.

»Keine Deutung, natürlich. Dafür müsste ich was verrechnen. Aber ich werde gerne ein Geburtsdiagramm als

Geschenk beisteuern. Sie muss sich glücklich schätzen, dass es in ihrem Leben einen so einfühlsamen Jungen gibt.«

»Äh … genau«, stimmte ich zu und spürte, wie mein Gesicht heiß wurde.

Ein paar Tage später war das Diagramm in der Post. Es war ein wunderschönes Rad, das mit diesen schicken Zeichen bedeckt war, die Astrologen verwenden. Oben stand in geschwungener Schrift *Geburtsdiagramm für Ileana Antonescu*. Ich klebte es auf die letzte Seite von Ileanas Buch und war bereit für die Party.

Leicht heroisch

Endlich war es Samstag. Um Punkt zwei Uhr setzte mich mein Vater vor dem Haus der Antonescus ab. Ich sah es zum ersten Mal. Es war riesig, so ähnlich wie das Weiße Haus, nur größer. Die ganze Vorderseite entlang standen Säulen und es gab ein langes abfallendes Rasenstück, das jetzt aber nur aus totem Gras und Matsch bestand. Der Weg, der zum Haus hinaufführte, war breit genug für einen Lastwagen.

Aus allen Richtungen kamen Jenti-Kids herbei. Die Straße war voller schicker altmodischer Autos, die Jenti-Kids ausspuckten. Alle sahen mich durch ihre dunklen Brillen hindurch an, als fragten sie sich, wer das Schwein im Hof freigelassen hatte.

Ich hing beim Tor herum – natürlich hatte Ileanas

Haus Tore – und hoffte, dass Justin auftauchte und wir gemeinsam hineingehen konnten. Die Jenti gingen an mir vorbei, warfen mir ihren Entlaufenes-Schwein-Blick zu und gingen schweigend weiter. Aus dem Inneren des Hauses drang Musik zu mir nach draußen. Violinen, die irgendwas Klassisches spielten.

Gregor traf mit seiner Clique ein. Als sie mich sahen, gab er ihnen ein Zeichen, dass sie warten sollten, und kam zu mir her.

»Was machst du hier?«, knurrte er. »Du kannst nicht eingeladen sein!«

Ich sagte nichts. Ich musterte ihn nur von oben bis unten, als hätte seine Mutter ihn komisch angezogen.

»Zeig mir deine Einladung«, verlangte er.

»Zeig mir deine. Oder bist du hier, um beim Servieren zu helfen?«

Gregor baute sich vor mir auf. »Gadjo, was auch immer Ileana sagt – du gehörst nicht hierher. Wenn du dieses Haus betrittst, dann werde ich – gezeichnet oder nicht – einen Weg finden, mich zu rächen.«

Ich streckte meine Hand aus und musterte meine Nägel. »Schau dir das an. Der glatte Horror«, sagte ich.

Gregor hielt mir seine geballte Faust unter die Nase und drohte mir. Dann drehte er sich um und ging zu seinen Freunden zurück. Sie marschierten am Tor vorbei zum Haus.

Ich stand da, während die Reihen der Jenti sich langsam lichteten und die Straße sich leerte. Soweit ich es beurteilen konnte, waren keine anderen Gadje eingeladen worden. Und wenn doch, dann waren sie nicht aufgetaucht. Und noch immer kein Zeichen von Justin.

Es ging ein kalter Wind, der mich schließlich hineintrieb.

Kennt ihr diese Filme, wo die verrückte Familie in dem alten Haus einen zweieinhalb Meter großen Butler hat, der wie Frankensteins Monster aussieht? Der Butler der Antonescus war bloß etwas über zwei Meter groß und sah aus wie Dracula.

»Willkommen, junger Herr. Ich bin Ignatz. Darf ich vielleicht Ihren Namen erfahren?« Er schnurrte irgendwie – falls Tiger schnurren.

»Cody Elliot«, sagte ich.

Während wir uns unterhielten, nahm mir einer mein Geschenk ab und ein zweiter half mir aus dem Mantel.

»Ah, Master Elliot. Es gibt besondere Instruktionen Sie betreffend. Dies ist Ihr erster Besuch bei den Antonescus, nicht wahr? Szasz, geleiten Sie Master Elliot zum Ballsaal.«

Natürlich hatte Ileanas Haus einen Ballsaal. Er befand sich vermutlich genau über dem überdachten Polospielfeld.

Szasz, der tatsächlich wie Frankensteins Monster aussah, führte mich durch eine lange Halle und zu einer Art Hof – ich weiß, Häuser haben keine Höfe, aber das war eben einer – und eine geschwungene Treppe hinauf. Ich hatte noch nie zuvor eine geschwungene Treppe gesehen, aber hier war sie, wie in Moms und Dads alten Filmen. Sie schwang sich in einem langen, anmutigen Bogen nach oben, als wollte sie fliegen, und hörte im zweiten Stockwerk auf. Dort standen Doppelflügeltüren offen, durch die die Musik kam.

Als ich den Ballsaal betrat, drehten sich sämtliche

Jenti um und sahen mich an. Dann wandten sie mir den Rücken zu. Einen Augenblick lang stand ich einfach da, wagte nicht weiterzugehen und wusste nicht, was ich tun sollte.

Dann glitt Ileana mit ausgestreckter Hand durch die Menge hindurch auf mich zu. Sie trug ein wunderschönes weißes Kleid und eine dunkelrote Rose über dem Herzen.

»Bist du also doch noch gekommen«, sagte sie. »Ich habe auf dich gewartet.«

»Ich hab draußen gewartet«, erklärte ich. »Ich wollte gemeinsam mit Justin hier auftauchen.«

»Er kann nicht kommen. Er ist krank«, sagte Ileana und machte ein langes Gesicht. »Es ist gut, dass du hereingekommen bist.«

»Was hat er?«, fragte ich.

»Das hat er nicht gesagt«, antwortete sie traurig. »Komm, ich muss dich ein paar Leuten vorstellen.« Dann ergriff sie meinen Arm und führte mich zu ihren Eltern. »Papa, du erinnerst dich sicher noch an Cody Elliot. Mama, das ist der Junge, der Justin an jenem Tag zu Hilfe geeilt ist.«

»Es freut mich sehr, dich wieder zu sehen«, sagte Mr Antonescu und schüttelte mir die Hand. »Ich habe von Ileana sehr viel Gutes über deine schriftstellerische Tätigkeit gehört.«

Warum musste er damit anfangen?

Mrs Antonescu lächelte. Sie sah aus wie Ileana, klein und sehr schön.

»Ah, der junge Held«, sagte sie mit starkem Jenti-Akzent.

»Und wie findest du Vlad Dracul?«, fragte mich Mr Antonescu.

»Oh, äh – anders«, antwortete ich. »Sehr anders.«

»Ja, das ist sie wohl.« Mr Antonescu lächelte. »Aber ich frage mich, ob es dir dort gefällt.«

Ich hätte irgendwas Höfliches antworten können, aber Mr Antonescu sah nicht aus, als ließe er sich von Höflichkeiten täuschen.

»Es gibt kein Gesetz, dass Schule einem gefallen muss«, sagte ich. »Ich mag Ileana und Justin und die Schwimmhalle, wenn ich allein dort bin. Auf den Rest kann ich verzichten.«

Mr Antonescu wandte sich an Ileana. »Eine gute, ehrliche Antwort«, sagte er. »Es ist, vor allem in meinem Beruf, erfrischend, so etwas zu hören. Ich danke dir.«

Ich hatte das Gefühl, bei irgendeiner Art Test durchgefallen zu sein.

»Komm«, sagte Ileana, »ich zeige dir deinen Platz.«

An einem Ende des Raums waren lange Tische aufgestellt. Ich sah, dass vor jedem Gedeck eine kleine Tischkarte stand. Am anderen Ende des Saals war ein Tisch im rechten Winkel zu den anderen Tischen gedreht. Er befand sich auf einem Podium und es gab nur auf einer Seite Stühle, sodass sie allen anderen im Raum gegenüberstanden.

»Das da ist deiner«, sagte Ileana.

Mein Platz war genau neben ihrem.

»Jetzt muss ich dich ein paar Freunden von mir vorstellen«, meinte Ileana.

Wir gingen auf zwei Mädchen zu.

»Marie und Erzsébet, das ist Cody Elliot«, sagte sie.

»Cody, das sind Marie und Erzsébet Haraszthy. Sie sitzen ebenfalls an unserem Tisch.«

»Wie geht's?«, schnurrten beide.

»Darf ich mich bitte entschuldigen?«, sagte Ileana. »Ich muss noch ein paar andere Leute begrüßen.«

Wir drei standen da und lächelten, wie Leute eben lächeln, wenn sie nicht wissen, was sie sonst tun sollen. Um genau zu sein – sie lächelten auf mich herab. Marie, die Kleinere, war einen halben Kopf größer als ich. Erzsébet war noch größer.

»Ihr geht also auch an die Vlad?«, fragte ich Erzsébets Schulter.

»Vlad?«, fragte sie vorsichtig, als wäre sie nicht daran gewöhnt, Englisch zu sprechen. »Nein, nein. Wir sind nicht aus den Vereinigten Staaten!«

»Wir sind echte Transsylvanier«, sagte Marie und lächelte mich dabei an, als wäre ich das bestaussehende Sandwich, das ihr je unter die Augen gekommen war.

»Obwohl unsere Familien natürlich schon seit vielen Jahren in Paris leben«, fuhr Erzsébet fort. »Das war wegen der Kommunisten in Ungarn und Rumänien nötig. Nun bleiben wir, weil – nun, weil es eben Paris ist.«

»Aber wir verbringen einen Teil des Jahren im – entschuldige, *auf dem* – Land unserer Vorfahren«, sagte Marie. »Es ist wichtig, dass man sich eine Verbindung zu seinen Ursprüngen bewahrt, findest du nicht auch?«

»O doch«, antwortete ich. »Ich bin aus Kalifornien und vermisse es sehr.«

»Ein Gadjo aus Kalifornien«, sagte Erzsébet. »So etwas habe ich noch nie getroffen.«

Marie legte die Hand auf meinen Arm.

»Du musst uns erzählen, wie du unsere Ileana kennen gelernt hast«, sagte sie.

Ich würde diesen Mädchen bestimmt nichts über Illyrien erzählen. Sie verhielten sich so, als würden sie auf die siebenunddreißig zugehen und nicht wie die Fünfzehnjährigen, die sie waren. Ich meine – blasiert.

»Wir sind Klassenkameraden«, gab ich zur Antwort. »Ileana, Justin – kennt ihr übrigens Justin Warrener? – und ich. Wir hängen oft gemeinsam ab.«

»Aha. Ihr hängt also ab«, sagte Erzsébet, als hätte ich etwas Witziges gesagt und sie kämpfe gerade gegen ein Lachen an.

»Abhängen muss sehr nett sein«, meinte Marie. »Wir haben zu Hause keine Gelegenheit dazu.«

»In Europa sind wir immer mit irgendetwas beschäftigt«, sagte Erzsébet. »Man erwartet das so von uns.«

»Sie halten uns an der Vlad auch ganz schön auf Trab«, sagte ich.

»Aber ihr findet trotzdem Zeit zum Abhängen«, meinte Marie.

»Nach der Schule«, gab ich zurück.

Marie und Erzsébet warfen sich dieses gewisse rätselhafte Lächeln zu, bei dem Jungs sich wie Kröten vorkommen. Dann richteten sie ihre schönen, strahlenden Augen auf mich, als wäre ich ein Witz, den sie nicht so recht verstanden.

»Und, bleibt ihr lange hier?«, fragte ich in dem Versuch, die Stille mit etwas zu füllen.

»Nein. Wir kehren sehr bald nach Europa zurück«, sagte Erzsébet. »Wir sind nur gekommen, weil Ileanas Geburtstag so überaus wichtig ist.«

»Kommt ihr jedes Jahr zu ihrem Geburtstag her?«, fragte ich.

»Wohl kaum«, antwortete Marie. »Du musst wissen, dass der fünfzehnte Geburtstag bei uns von überaus großer Bedeutung ist.«

»Hab noch nie davon gehört«, erwiderte ich.

»Du hast wohl die Rose bemerkt, die sie trägt«, sagte Erzsébet. »Das bedeutet, dass sie jetzt eine Frau ist.«

»Sie ist in keinerlei Hinsicht mehr ein kleines Mädchen«, sagte Marie.

»In Europa würde sie bereits wissen, wer ihr zukünftiger Ehemann ist«, sagte Erzsébet. »Aber hier ...« Sie wedelte mit der einen Hand, als würde sie etwas verscheuchen.

»Hierzulande werden nicht einmal die Jenti so reif, wie sie sollten«, meinte Marie. »Und das ist bedauerlich, wenn man bedenkt, wer sie ist –«

»Aber es steht uns nicht zu, das zu kritisieren«, unterbrach sie Erzsébet.

»Nein, gewiss nicht«, bekräftigte Marie.

»In Amerika liegen die Dinge eben anders«, sagte Erzsébet. »In Europa wäre es undenkbar, an einem Festtag wie diesem einen Gadjo in unserer Mitte zu haben.« Und wieder lächelte sie mich an.

Dieses Lächeln machte mich verrückt.

»Ja«, sagte ich. »Ihr wisst ja, wie Amerika ist. Wir lassen jeden herein. Sogar Vampire. Und jetzt entschuldigt mich bitte.« Ich lächelte zurück und ging.

Reizende Leute auf dieser Party. Wo war Justin bloß, wenn ich ihn brauchte?

Dad hatte mir sein Mobiltelefon mitgegeben, damit

ich ihn anrufen konnte, wenn ich abgeholt werden wollte. Ich ging auf den Flur hinaus und wählte Justins Nummer.

»Hallo?« Ich erkannte Mrs Warreners schöne Stimme.

»Hallo, Mrs Warrener, hier ist Cody Elliot«, sagte ich. »Ich wollte nur fragen, wie es Justin geht.«

»Justin wird in ein, zwei Tagen wieder auf dem Damm sein«, antwortete sie und hörte sich traurig an. Sie zögerte. »Es ist nur so, dass unser Blutvorrat diesen Monat etwas zu früh zu Ende gegangen ist. Ich glaube nicht, dass Justin dir je davon erzählt hat, aber er braucht etwas mehr als die durchschnittliche Menge, und diesen Monat – er musste aufbrauchen, was wir noch hatten.«

Ich hörte ein Schluchzen und wie sie es zu unterdrücken versuchte.

»Und wie geht es Ihnen, Mrs Warrener?«, fragte ich.

»Oh, mir geht es ziemlich gut, danke. Ich brauche ein paar Tage nicht zu – zu trinken. Bis dahin wird wieder etwas Geld im Haus sein.«

»Kann ich bitte mit Justin reden?«, fragte ich.

»Einen Augenblick.«

»Hallo«, flüsterte Justin.

»He, Mann! Ich bin auf Ileanas Party und alle hier schauen mich an, als stünde ich auf der Speisekarte«, sagte ich. »Ich kenn hier niemanden außer Ileana und Gregor und seiner Gang. Hilfe!«

»Ich kann nicht kommen, das weißt du ja«, sagte er bitter. »Meine Mutter hat dir erklärt warum.«

»Aber wenn du etwas – etwas Menschensaft bekämst, könntest du es dann hierher schaffen?«

Justin seufzte. »Es ist der einzige Ort, an dem ich gern wäre.«

»Warum sage ich Ileana dann nicht einfach, sie soll dir eine Gallone rüberschicken? Sie müssen es hier fässerweise haben!«

Am anderen Ende der Leitung herrschte langes, langes Schweigen.

Schließlich sagte Justin: »Das kann ich nicht. Ich kann nicht darum bitten.«

»Und warum nicht? Gibt es bei euch Typen irgendeine Art Gesetz gegen das Teilen?«

»Nein«, sagte Justin nach einem Moment. »Es ist kein Jenti-Ding. Es ist ein altes New-England-Ding. Es hat mit mir zu tun. Wir ... Ich ... ich kann sie einfach nicht darum bitten, das ist alles.«

In meinem Kopf verfluchte ich Justin und seinen verdammten Stolz gründlich. Ich hätte beinahe »Dann also okay« gesagt und aufgelegt. Aber dann sah ich mich in diesem Speisesaal voller Erzsébets und Maries sitzen und sagte stattdessen: »Mach dich fertig. Ich komm zu dir rüber.«

»Bleib auf der Party«, flüsterte Justin. »Ileana möchte dich dort haben.«

»Sie möchte dich hier haben«, sagte ich. »Also komm ich zu dir rüber und bring dir was zu trinken. Das ist ein Befehl und keine Bitte.«

Mann, klang ich heroisch. Bedeutend heroischer, als ich mich fühlte.

»Nein! Du bist mein Freund. Und Ileana hat dich gezeichnet.« Ich hörte, wie das Telefon komische kleine Klopfgeräusche von sich gab. Justin hatte es fallen lassen.

»Ich werde sie nett darum bitten«, sagte ich. »Ich möchte, dass du auf und bereit für die Party bist, wenn ich vor deiner Tür stehe.«

Ich konnte nicht glauben, was ich da machte. In meinem Kopf drehte sich alles vor Angst. Aber ich brauchte Justin ebenso sehr wie er mich.

Ich ging wieder in den Saal zurück und fand Ileana.

»Ich weiß jetzt, was mit Justin los ist«, sagte ich. »Ich kann ihn hierher schaffen, aber ich brauche deine Erlaubnis für etwas.«

»Wofür?«

»Du musst mir erlauben, ihm ... einen Drink aus deinem Privatvorrat zu geben«, sagte ich.

Ileanas goldene Augen wurden groß. Dann lächelte sie wie die aufgehende Sonne.

Ich muss verliebt sein. Sogar ihre Eckzähne sehen niedlich aus.

»Das würdest du für ihn tun? Du würdest meinen Freund zu mir bringen?«, sagte sie und legte mir die Hand auf den Arm.

»Wenn du es mir erlaubst. Und wenn jemand mich hinbringt«, antwortete ich.

Sie sagte etwas auf Vampirisch zu mir, von dem ich kein Wort verstand, aber ich mochte die Art, wie sie es sagte – sehr sogar. Dann redete sie mit einem der Diener.

Er führte mich rasch durchs Haus, in den Küchentrakt hinunter und dann hinaus in eine beheizte Garage von der Größe eines Flugzeughangars. Aus dem Nichts tauchte eine Chauffeur auf und öffnete die Tür einer Limousine für mich.

»Sie wissen, wohin wir fahren?«, fragte ich ihn.

»Sehr wohl, Sir«, antwortete er und schlug die Hacken zusammen.

In zwanzig Minuten waren wir bei Justin.

»Können Sie bitte warten?«, bat ich.

»Selbstverständlich, Sir, solange es dauert. Ich stehe zu Ihren Diensten.«

Ich ging zur Tür und klopfte an. Ich wollte irgendetwas Witziges sagen, um meine Nervosität zu überspielen, aber als ich Mrs Warreners Gesicht sah, konnte ich nicht.

»Er wartet auf dich«, sagte sie.

Justin saß auf einem Stuhl und hatte seinen Smoking halb an. Das Jackett hing an der Tür und sein Ärmel war hochgekrempelt. Er versuchte bei meinem Eintreten den Kopf zu heben, aber er schaffte es nicht.

Auf einem kleinen Tisch neben ihm waren Schläuche und Nadeln sowie ein Stuhl für mich.

Ich zog meine Jacke aus, setzte mich und rollte den Ärmel hoch.

»Ich hoffe, du weißt, dass ich dich mag«, sagte ich. »Ich hasse Nadeln.«

»Es gibt immer noch die gute altmodische Art, wenn dir das lieber ist«, keuchte er.

»Nadel«, gab ich zurück.

Mrs Warrener reinigte meinen Arm mit Alkohol und stach die Nadel hinein, als gäbe sie mir einen Kuss. Sie drückte mir so ein Gummizeug zum Festhalten in die Hand und sagte mir, ich solle den Druck meiner Faust konstant halten.

Das klingt jetzt wie eine große Sache, aber ich spürte

überhaupt nichts, wirklich. Abgesehen von dem Schwindelgefühl und der Angst, die ich mir selbst zu verdanken hatte.

Aber für Justin bedeutete es etwas. Er keuchte wie ein Ertrinkender, der wieder zum Leben erwacht. Er warf den Kopf zurück und ich sah seine Vampirzähne. Eines seiner Beine zitterte. Dann, als mein Blut in ihm zu zirkulieren begann, wurden die Vampirzähne immer kürzer und sein Bein hörte zu zittern auf.

Eigentlich war es ziemlich bedrohlich. Kein Wunder, dass die Jenti diesen Ruf haben.

Nach ein paar Minuten schüttelte Justin den Kopf, als wäre er k. o. gegangen und käme wieder zu Bewusstsein. Dann lächelte er mich an.

»Das war schon zum zweiten Mal das Netteste, was jemals jemand für mich getan hat«, sagte er.

»Du kannst dich revanchieren, indem du mit mir auf diese verdammte Party gehst«, erwiderte ich. »Die Limousine wartet.«

Mrs Warrener räumte die Nadeln und das ganze Zeugs weg und ich rollte meinen Ärmel wieder hinunter.

»Ruh dich lieber noch ein bisschen aus, Cody«, sagte sie. »Du bist vielleicht ein bisschen benommen. Ich hol dir ein paar Schokoladenkekse.«

»Mir geht's gut«, sagte ich, stand auf und kippte, die Beine in der Luft, nach hinten.

Sie legten mich auf ein Sofa und Justin und Mrs Warrener setzten sich neben mich. Sie sah besorgt aus und er lächelte.

»Okay, ich denke, ich nehme die Kekse«, sagte ich.

Ich setzte mich auf und nach etwa einer halben Packung ging's mir besser.

»Übrigens«, meinte Justin, »hat Ileana was gesagt, als du ihr erzählt hast, was du für mich tun willst?«

»Ja, etwas auf Jentisch. Frag mich nicht was.«

»Ich schätze, ich weiß es.« Und er wiederholte es.

»Ja, das war's«, sagte ich. »Wieso hast du das gewusst?«

»Es ist bloß etwas, was ich von ihr aufgeschnappt habe, als wir Kinder waren«, antwortete er. »Es ist ein Segen: ›Flieg geradewegs und sicher nach Hause.‹ Auf geht's, wir wollen feiern!«

Alles Gute zum Geburtstag, Prinzessin!

Als wir zum Auto gingen, öffnete der Chauffeur die Tür, verbeugte sich und schlug wieder die Hacken zusammen.

»Der Typ ist aber voll bei der Sache«, sagte ich, als wir es uns auf dem Rücksitz bequem machten.

»Das sollte er auch«, erwiderte Justin. »Du bist schließlich wer.«

Wir kamen in den Ballsaal, gerade bevor das Dessert serviert wurde. Als wir in der Tür standen, müssen mehr als zweihundert Leute den Kopf gehoben und uns angestarrt haben. Während wir die Treppe hochgingen, waren Musik und Gesprächsfetzen zu hören gewesen, doch jetzt herrschte Totenstille.

»Oje, wir sind spät dran«, wisperte ich.

Mr Antonescu erhob sich von seinem Platz und kam zu uns herüber.

»Wie geht es euch, Jungs?«, fragte er. »Seid ihr beide in Ordnung?«

»Jetzt schon«, antwortete Justin.

»Klar«, sagte ich.

Mr Antonescu führte uns zu dem Tisch an der Spitze. Ileana saß in der Mitte, neben sich Gregor und einen Platz weiter ihre Mutter. Die beiden Stühle auf ihrer anderen Seite waren leer.

»Na toll, wir werden mit Gregor essen«, flüsterte ich.

»Ja natürlich, sie konnte ihn schlecht woanders hinsetzen«, erwiderte Justin. »Er ist ihr Cousin.«

Als wir den Raum durchquerten, stand Ileana auf. Sie sagte ein paar Worte auf Jentisch und alle anderen erhoben sich ebenfalls – sogar Gregor, der als Letzter aufstand und aussah wie ein Hofhund an der Kette. Mr Antonescu rückte unsere Stühle für uns zurecht. Noch immer fiel im ganzen Raum kein einziges Wort.

Justin und ich standen vor einem ganzen Saal voller Jenti, die uns anstarrten und, dem Ausdruck auf ihren Gesichtern nach zu schließen, genauso wenig kapierten wie ich, was da eigentlich vor sich ging.

Dann flüsterte Ileana: »Bitte setzen Sie sich, Sir«, und mir wurde bewusst, dass ich damit gemeint war.

Also nahm ich Platz und sie ebenfalls und der ganze Saal setzte sich.

»Justin, geht's dir gut?«, fragte Ileana.

Justins Antwort war ein Grinsen und ein Zeichen, das er mit zwei Fingern machte. Er krümmte sie und machte damit eine kleine zuschnappende Abwärtsbewegung.

Ileana hielt sich ihre Serviette vors Gesicht und lachte leise hinein. Ihre Schultern zuckten.

»Was ist so witzig?«, wollte ich wissen.

»Nichts«, sagte Justin. »Ich hab ihr nur gesagt, wie gut's mir geht.«

»Und wie gut geht es dir?«, fragte ich. »Was war das für eine Handbewegung, die du da gemacht hast? Warum sind alle aufgestanden?«

»Diese Handbewegung ist eine bei uns gebräuchliche Geste«, erwiderte Ileana und versuchte die Luft anzuhalten, um das Lachen zu unterdrücken. »Sie bedeutet heutzutage so viel wie ›okay‹. Aber vor langer Zeit hat sie ›Es war ein Festmahl‹ bedeutet.«

»Entzückend«, gab ich zurück.

»Und sie sind alle aufgestanden, weil sie an einem Tag wie diesem in meiner Gegenwart nicht sitzen bleiben können. Und ich bin aufgestanden, weil ich dich ehren wollte, ritterlicher Dichter von Illyrien.«

Unter dem Tisch ergriff sie meine Hand und drückte sie.

»Oh. Okay. He«, sagte ich. Ich spürte, wie ich rot wurde.

Sie nickte den Musikern zu und die begannen wieder zu spielen. Die Desserts wurden hereingebracht und schwungvoll vor uns abgestellt. Als die Hauben von den Tellern gehoben wurden, sah ich, dass Justin und ich je zwei bekommen hatten. Die anderen nicht.

»Esst«, sagte Ileana. »Ihr müsst euren Blutzuckerspiegel wiederherstellen. Es ist wenig genug.«

Wie immer bei Jenti-Nahrung wusste ich nicht, was ich da eigentlich aß, aber noch nie hatte ich etwas so Köstliches geschmeckt.

Während ich aß, flüsterte Ileana: »Ich habe davon gehört, was du zu Erzsébet und Marie gesagt hast. Das war ziemlich witzig, aber sehr unhöflich. Ich wette, es hat ihnen noch nie in ihrem Leben jemand ins Gesicht gesagt, dass sie Vampire sind.«

Dann sagte Gregor etwas zu ihr und sie wandte sich ihm zu um zu antworten.

»Kennst du Marie und Erzsébet?«, fragte ich Justin. »Himmel!«

»Nein, aber ich wette, ich kenne die Sorte, von der du da sprichst«, antwortete er. »Echter alter transsylvanischer Adel, nicht wahr?«

»Wir sind echte Transsylvanier«, sagte ich und versuchte ihren Akzent nachzumachen. »Sie haben mir das Gefühl gegeben, Ungeziefer zu sein.«

Justin lachte.

»Diese Sorte hält auch von amerikanischen Jenti nicht viel«, meinte er. »Mach dir wegen denen keine Sorgen. Ich glaube, sie sind ziemlich eifersüchtig auf das, was wir hier haben.«

»Und ich kann verstehen warum«, sagte ich und blickte mich im Saal um. »Das hier muss ein Vermögen wert sein.«

»Das habe ich nicht gemeint«, sagte Justin. »Die meisten dieser Leute haben einen Haufen Geld. Ich dachte an die Freiheit.«

»Freiheit gibt's auch in Europa.«

»Nicht so wie bei uns hier«, erwiderte er. »Ich spreche

von der Freiheit, zu sein, was du willst. Mit deinem Leben zu machen, was du willst. Vielleicht denkst du, dass die Jenti in New Sodom im Vergleich zu den Gadje nicht viel davon haben. Vielleicht stimmt das auch. Aber wenn man zum Vergleich die alten Traditionen hernimmt, haben wir es ganz schön weit gebracht. Und in Europa sind sie zurückgeblieben.«

»Marie hat gesagt, in Europa würde Ileana bereits wissen, wer ihr Ehemann wird«, sagte ich.

»Sie würde weit mehr als das wissen«, erwiderte Justin. »Aber sie wäre auch in Europa ein besonderer Fall.«

»Zum Kuckuck, sie wäre überall ein besonderer Fall«, gab ich zurück.

»Ja, aber du weißt schon, was ich meine«, sagte Justin.

Ich wollte ihn gerade fragen, *was* er eigentlich meinte, aber Ileana läutete mit einer kleinen Kristallglocke, die vor ihr stand, und der ganze Raum war von diesem zarten Klang erfüllt.

Die Musik verstummte und jeder sah zu ihr hin.

Sie erhob sich.

»Meine Freunde, verzeiht mir, wenn ich Englisch spreche und nicht in der Zunge unserer Vorfahren«, begann sie. »Aber es sind heute einige unter uns, die unsere Muttersprache nicht beherrschen, und ich möchte sie von dem, was ich zu sagen habe, nicht ausschließen. Und ich bin auch Amerikanerin. Das ist die Sprache, die ich jeden Tag verwende. Und ich liebe die Schönheit des Englischen sehr.«

An den Tischen gab es einen kleinen Aufruhr. Es klang wie das Rascheln von Lederschwingen.

Ileana fuhr fort: »Ich möchte Ihnen allen dafür danken, dass Sie mich an diesem Tag mit Ihrer Anwesenheit ehren. Der fünfzehnte Geburtstag eines Mädchens ist bei uns einer der wichtigsten Tage in seinem Leben. Ihn mit so vielen teilen zu können, die meiner Familie und mir so viel bedeuten, ist ein einzigartiges Erlebnis.«

Sie wandte sich an ihren Vater, der am Kopfende des ersten Tisches zu ihrer Rechten saß.

»Als Erstes möchte ich meinem Vater danken, der meine Mutter so sehr liebte und mit ihr zusammenkam, um mir das Leben zu schenken. Und ich danke meiner Mutter, die mich von der Dunkelheit ins Licht brachte.« Sie verneigte sich leicht vor ihrer Mutter, die lächelte.

»Ich möchte all den Onkeln und Tanten und Cousins, Cousinen und Freunden aus dem Ausland danken, die mich den alten Traditionen näher gebracht und ihre Süße gelehrt haben. Aber ich möchte auch jenen, mit denen ich mich angefreundet habe und die anders sind als wir, dafür danken, dass sie mich die Süße des Neuen gelehrt haben.«

Wieder war das Rascheln zu vernehmen. Ich glaube nicht, dass ihnen gefiel, was sie da zu hören bekamen.

»Wir sind ein großartiges Volk«, sagte Ileana. »Nichts hat uns je besiegt oder zerstört. Wir sind so stark wie die Steine in unserer Mutter Erde. Und weil wir das sind, können wir es uns leisten, weniger Angst zu haben. Die Welt hat sich verändert und verändert sich noch. Ich glaube, wir sind zu einer neuen Art Größe aufgerufen, einer Zeit, wo Jenti und Gadje einander nicht mehr fürchten werden.«

Ich bin mir nicht sicher, aber ich glaube, dass Gregor an dieser Stelle knurrte.

Ileana sagte nur noch eins. »Ich glaube, diese Zeit ist jetzt gekommen.«

Sie läutete wieder mit der kleinen Glocke und setzte sich. Die Musik begann wieder zu spielen.

Leise, sodass nur ich ihn hören konnte, pfiff Justin die ersten Noten der amerikanischen Nationalhymne *The Star-Spangled Banner* und fügte »O Mann!« hinzu, als könnte er gar nicht glauben, was er eben gehört hatte.

»Was?«, flüsterte ich.

»Später«, war seine Antwort.

»Jetzt«, sagte ich, aber in dem Moment wurden die Geschenke hereingebracht.

Es waren hunderte, aufgehäuft auf Karren von der Größe eines Pick-ups.

Sie wurden eins nach dem anderen von Szasz ausgepackt, während Ignatz die Karten vorlas, auf denen stand, von wem welches Geschenk war.

Es war die Art von Geschenken, wie jedes Mädchen sie zu seinem fünfzehnten Geburtstag bekommt. Antiker Schmuck, Skulpturen, Gemälde, ein paar staatliche Landzuteilungen, die Übertragungsurkunde für eine Diamantenmine in Südafrika – so das übliche Zeug eben.

Immer wenn ein Geschenk verkündet wurde, applaudierten die Jenti.

Sie klatschten unisono, fingen langsam an und steigerten sich zu einer derartigen Geschwindigkeit, dass sie den Takt nicht mehr halten konnten und der Rhythmus sich in einer Welle von Begeisterung auflöste.

Nach jedem Geschenk sagte Ileana etwas zu dem Überbringer.

All das nahm eine Weile in Anspruch, was mir ausreichend Zeit gab, mein Geschenk mit den anderen zu vergleichen. Ich fühlte, wie ich innerlich immer kleiner wurde. Und immer verwirrter. Wieso verehrten diese Leute Ileana so? Was war mir entgangen?

Etwa in der Mitte dieser Veranstaltung wickelte Szasz das Geschenk von Cody Elliot aus. Ignatz hielt es in die Höhe und rief: »Das Geschenk von Master Cody Elliot. Ein Buch mit dem Titel ...« Er hielt inne, blätterte es durch und setzte fort: »Ein Buch mit leeren Seiten mit ... in dem auf einigen Seiten Dinge aufgeklebt sind?«

Gregor lachte. Ein paar andere Leute kicherten.

»Zeigen Sie es mir«, befahl Ileana, und ich meine: befehlen.

Ignatz brachte es ihr hinauf.

Ileana blätterte die Seiten vorsichtig um. »Eine Seite mit Wolken«, sagte sie. »Eine Seite mit wunderschönen Federn von meinem Lieblingsvogel. Goldene Eichenblätter. Und hier, auf der letzten Seite, die Sterne. Meine eigenen Sterne. Ja. Und die restlichen Seiten für mich, um sie mit den Tagen meines Lebens zu füllen.« Sie wandte sich an mich: »Danke, Freund. Du bist immer so großzügig zu mir.«

Sie legte das Buch neben sich auf den Tisch und setzte sich.

Ileanas Mutter fing zu klatschen an, doch diesmal schlossen sich nur ein paar wenige Leute an und der Applaus erstarb beinahe so rasch, wie er angefangen hatte. Szasz hielt das nächste Geschenk hoch.

Endlich war dieses ganze fürchterliche Spektakel vorbei. Die Karren wurden weggerollt, die Tische hinausgetragen und das Orchester begann wieder zu spielen. Jetzt machten sie wilde Zigeunermusik und die Jenti, die perfekten, beherrschten Jenti, begannen zu tanzen.

Es war unglaublich. Sie tanzten und sprangen im Saal umher wie eine Meute wild gewordener Hunde. Ich hatte nicht einmal gewusst, dass Leute sich derart verbiegen konnten – geschweige denn in Abendkleidung. Und zwar vollkommen kontrolliert. Niemand stieß auch nur ein einziges Mal mit einem anderen zusammen oder vergaß auch nur einen einzigen Schritt.

Und mit wem tanzte Ileana? Mit Gregor. Er hob sie hoch und wirbelte sie herum, als wäre sie aus Zuckerwatte. Ileana bewegte sich mit ihm, als wäre sie sein verlängerter Arm. Und niemand versuchte ihn aufzuhalten.

Ich hasste es.

»Für einen Cousin tanzt er ziemlich eng mit ihr«, sagte ich an einer Stelle zu Justin.

»Es gibt solche Cousins und solche«, erwiderte Justin.

»Und was genau bedeutet das?«

»Eine Menge Leute erwarten, dass sie heiraten«, sagte Justin.

»Was? Aber sie sind miteinander verwandt!«

»Viele Leute heiraten Leute, mit denen sie verwandt sind«, meinte Justin. »Ich wette, du hast keine Ahnung, dass mehr als die Hälfte aller Präsidenten mit wenigstens einem anderen Präsidenten verwandt waren.«

»Gregor wird nicht Präsident werden«, schnauzte ich ihn an.

»Nein, aber Ileana wird eines Tages so eine Art Königin sein«, sagte Justin.

»Ach, jetzt mach aber mal halblang!«

Justin sah mich irgendwie komisch an. »Du weißt es nicht, oder? Sie hat es dir nie erzählt.« Er schüttelte den Kopf. »Das hätte sie aber tun sollen. Ich frage mich, warum sie es nicht getan hat.«

»Wovon redest du eigentlich?«

»Die Jenti haben sozusagen ihr eigenes Königshaus«, sagte Justin. »Ileana steht ziemlich weit oben. Ihre Mutter ist die Jenti-Königin eines großen Teils von Europa. Und auch von hier.«

»Das hier ist Amerika, sie ist Amerikanerin«, sagte ich im besten Patrick-Henry-Stil. »Wir haben dieses ganze Zeug vor langer Zeit hinter uns gelassen.«

»Klar. Aber einiges davon folgt uns wie ein Schatten. Ich glaube nicht, dass Ileana es besonders mag. Doch es gibt nicht sehr viel, was sie dagegen tun kann.«

»Sie wird also Gregor heiraten, nur weil ein paar Leute glauben, dass sie eine Königin ist? Was hat er für einen Rang?«, sagte ich und wurde immer wütender.

»Er steht auch ziemlich weit oben.«

»Was ist er? Der König?«

»Die Jenti haben keine Könige, nur Königinnen«, antwortete Justin. »Aber er ist hoch genug oben, um sie heiraten zu können.«

»Das ist Scheiße. Ich verschwinde von hier.«

»Es zeugt von schlechten Manieren, wenn man vor der Mutter aufbricht«, sagte Justin.

»Na und? Ich bin bloß ein blöder Gadjo. Mich will sowieso niemand hier haben.«

Justin legte mir die Hand auf den Ärmel. »Sie will es. Geh nicht weg ohne es ihr zu sagen.«

Ich schüttelte ihn ab.

»Ich hab die Schnauze voll! Ich verschwinde jetzt.«

Aber Justin packte mich wieder mit der ganzen Kraft des Vampirs, der er war, am Ärmel. »Renn jetzt nicht davon ohne ihr eine Chance zu geben, sich von dir zu verabschieden. Du begreifst nicht alles, was hier abläuft.«

»Ich begreife genug«, sagte ich.

»Nein, das glaube ich nicht«, gab Justin zurück. »Du bist wahrscheinlich der erste Gadjo, der je zu einem fünfzehnten Geburtstag eingeladen wurde. Du bist auf jeden Fall der erste, der je eingeladen wurde am Ehrentisch Platz zu nehmen. Und du hast Recht – niemand sonst will dich hier haben. Nicht ihre Eltern, keiner ihrer Verwandten. Und du kannst dir wohl ziemlich gut vorstellen, was Gregor davon hält. Kapierst du, wovon ich rede?«

»Nein, und lass mich jetzt endlich los, verdammt noch mal!«

»Warum sollte sie das tun?«

Ich schwieg.

»So, wart hier einen Augenblick«, sagte Justin. »Bitte, Cody. Ich möchte dir nicht die Beine brechen müssen.«

Also saß ich da und kochte vor mich hin, während Justin zwischen den Tänzern verschwand. Ich wartete lange – zumindest kam es mir lange vor – und wurde es schließlich müde. Wenn Justin mir die Beine brechen wollte, musste er mich zuerst erwischen.

In diesem Moment spürte ich eine Hand auf meiner Schulter.

»Bitte kommen Sie mit mir mit, Sir«, sagte Ignatz.

»Ich bin am Gehen«, gab ich zurück.

»Ich möchte Sie nicht aufhalten, Sir, aber Ihre Gastgeber haben ausdrücklich nach Ihnen gefragt. Bitte folgen Sie mir.«

Von einem über zwei Meter großen Vampir nett gebeten zu werden macht irgendwie jeden Vorschlag zu einem guten Vorschlag. Also ging ich mit ihm den Gang entlang in ein kleines Zimmer, das von Schatten und einem schwachen, warmen Licht erfüllt war. Dort warteten Mr Antonescu mit seiner Frau und Ileana.

Als ich eintrat, machte Mrs Antonescu einen Knicks vor mir. Mr Antonescu verbeugte sich.

»Wenn wir richtig verstanden haben, möchtest du das Fest gerne verlassen«, sagte Mr Antonescu. »Cody, verzeih uns bitte, dass wir dir nicht richtig gedankt haben, als du mit Justin zurückgekommen bist. Es schien uns das Beste zu sein, Ileanas fünfzehnten Geburtstag nicht zu unterbrechen. Vielleicht war das falsch von uns. Es ist nicht immer leicht, zu wissen, was das Richtige ist, nicht einmal nach jahrelanger Übung.«

»Das ist es nicht«, sagte ich. »Ich – ich muss bloß nach Hause, das ist alles. Ich hätte nicht gewollt, dass Sie Ileanas Party unterbrechen.«

»Ich möchte jetzt etwas Unpassendes tun«, sagte Mrs Antonescu und gab mir einen Kuss auf die Wange. »Du hast ein tapferes Herz und bist voller Großmut.«

»Es gibt bei den Jenti Legenden über Gadje wie dich«, sagte Mr Antonescu. »Aber ich bin zuvor noch nie einem begegnet.«

»Ich habe bloß ein bisschen Blut hergegeben.«

»Ja, du hast es hergegeben. Du hast es hergegeben, ohne zu handeln oder auch nur darum gebeten worden zu sein«, sagte Mrs Antonescu. »Das ist alles.«

»Du läufst Gefahr, für uns ein Held zu werden«, meinte Mr Antonescu.

»Nein«, sagte ich. »Ich meine, bitte erzählen Sie es niemandem. Es war keine große Sache.«

»Mutter, Vater, darf ich meinen Freund einen Moment allein sprechen?«, bat Ileana.

Ihre Eltern sahen sich an. »Aber nur kurz, mein Schatz. Du hast Gäste«, sagte Mr Antonescu.

»Ja, Papa«, erwiderte sie.

Ileana stand im Halbdunkel da und sah wie die Königin aus, die sie war. Mir fiel absolut nichts ein, was ich hätte sagen können.

Schließlich sagte sie etwas. »Danke.«

»Gern geschehen.«

»Du weißt, Justin ist mein ältester Freund. Du hast ihn zu mir gebracht. Das war großmütig von dir.«

»Großmut ist nur ein weiterer Gratisservice, den wir anbieten.«

»Bitte«, sagte sie, »ich weiß, dass du geistreich bist, aber bitte nicht jetzt. Es gibt da etwas, was ich dir sagen muss.«

»Wenn es was mit Gregor zu tun hat – das weiß ich bereits.«

»Das weißt du nicht. Nicht einmal Justin tut das. Niemand außer mir weiß davon. Ich werde Gregor nicht heiraten. Wenn ich jemals heirate, dann jemanden, den ich gerne heiraten möchte. Ich werde nur jemanden heiraten, den ich liebe.«

»Oh. Okay. Gut«, war alles, was ich herausbrachte.

Sie sah mich an, als wartete sie darauf, dass ich noch etwas sagte.

»Gute Nacht«, sagte sie schließlich. »Ich muss auf meine Party zurück.«

Sie ging an mir vorbei, und als sie das tat, strichen ihre Lippen über meine Wange. Ich drehte mich zu ihr um und versuchte sie festzuhalten, aber irgendwie verlor ich das Gleichgewicht und küsste schließlich die Luft, obwohl ich auf ihr Gesicht gezielt hatte.

»Mein Dichter«, flüsterte sie.

Dann schlüpfte sie hinaus und ich hörte, wie die Tür hinter ihr ins Schloss fiel.

Die große Limousine war so ruhig wie ein Friedhof um Mitternacht. Sie hatte auf mich gewartet. Ignatz hatte mich zur Tür begleitet und mir beim Einsteigen sogar einen Regenschirm über den Kopf gehalten. Es hatte zu regnen begonnen und die Autofenster waren mit einer silbrigen Schicht überzogen. Der Kopf des Chauffeurs auf der anderen Seite der Trennscheibe war jetzt das einzige andere Menschliche auf der Welt. Was ich damit sagen will: Es war echt privat.

Es gab mir Zeit, mir selbst zu sagen, was für ein Volltrottel ich gewesen war. Konnte nicht mal ein Mädchen küssen, das von mir geküsst werden wollte. Aber ich hatte in mehr als einer Hinsicht das Gleichgewicht verloren. Und das galt nach wie vor. Meine kühnste Hoffnung war gewesen, dass Ileana vielleicht bald einmal mit mir ins Kino gehen würde. Und jetzt hatte ich herausgefunden, dass sie so was wie eine Königin in Ausbildung war und ans Heiraten dachte. Hallo, wir sind fünfzehn!

Lasst mich wenigstens zuerst mein erstes Jahr am College fertig machen!

Und dann war da auch wieder dieser verdammte Dichterscheiß.

Und ich liebte Ileana – aber wie sehr? Und liebte sie mich? Oder verstand ich ihre Freundschaft und ihre Dankbarkeit dafür, dass ich Justin geholfen hatte, falsch?

Ich bekam das Gefühl, dass auf einmal der Ernst des Lebens begonnen hatte. Bis ich zu Hause war, hatte ich mich ziemlich in meinen Gedanken verheddert.

Als ich hineinkam, sahen sich Mom und Dad wieder mal einen ihrer alten Filme an.

»Wie war's, mein Schatz?«, fragte Mom, griff nach der Fernbedienung und fror das Bild ein.

»Okay«, war meine Antwort.

»Wer hat dich nach Hause gebracht?«, fragte Dad.

»Ileanas Chauffeur«, sagte ich.

»Ho, ho, *ho*«, meinte Dad. »Wollten sie dir damit eine Ehre erweisen oder dich vorzeitig loswerden?«

»Mich vorzeitig loswerden«, antwortete ich. »Ich hab in die Bowle gekotzt, nachdem wir Flaschendrehen gespielt hatten.«

»Ich hab nur gefragt«, sagte Dad.

»Du hast einen Witz gemacht«, gab ich zurück, »und ich hab mit einem gekontert.«

»Touché, Jack«, sagte Mom.

»Können wir also davon ausgehen, dass du dich amüsiert hast?«, fragte Dad.

»Denkwürdig«, sagte ich. »Es war denkwürdig.«

»Denkwürdig ist gut«, meinte Mom.

Das Bild auf dem Fernsehschirm zeigte irgendeinen Typen, der das Mädchen küsste, in das er verliebt war. Er sah so aus, als hätte er nie in seinem Leben ein Paar Lippen verfehlt. Er hatte es leicht. Musste bloß einen Blick auf die letzte Seite des Drehbuchs werfen um zu sehen, wie die Sache ausging.

»Ihr könnt euren Film weiterschauen. Ich geh ins Bett«, sagte ich.

Mr Horvath zitiert ein Gedicht

Als die Limousine mich am Montagmorgen abholen kam, salutierte der Chauffeur und bestand darauf, meine Bücher zu tragen. Die anderen Kids im Wagen rückten für mich zusammen. Einer von ihnen machte mit der Espressomaschine einen doppelten Mokka und bot ihn mir an. Und sie wechselten kein einziges Wort auf Jentisch, bis wir bei der Schule ankamen.

Sobald ich den Campus betrat, spürte ich, dass etwas sich verändert hatte. Gangauf, gangab nickten Jenti mir im Vorübergehen zu. Ein paar wirklich Freimütige sagten sogar »Guten Morgen«. Bei einem Jenti war das so wie ein Klaps auf den Rücken.

Als ich die Matheklasse betrat, kam Mr Mach zu meinem Pult und sagte: »Wissen Sie was, Elliot? Sie machen Fortschritte. Angesichts dessen überlege ich Ihre Arbeiten zu benoten. Was denken Sie darüber?«

»Ich denke, es ist an der Zeit.«

Mr Mach nickte. »Sie haben Recht, das ist es.«

Als ich zum Englisch-Unterricht ging, passte Shadwell mich an der Tür ab.

»Ah, Elliot, wie geht's dem Epos?«

Ich schüttelte den Kopf.

»Schreibblockade?«, fragte er.

»Nein, ich bin einfach ein lausiger Schriftsteller«, gab ich zu.

»Nun, lass es mich wissen, wenn ich dir behilflich sein kann«, sagte er. »Das Epos ist weiß Gott nicht die einzige Form von Literatur. Du hast vielleicht andere Talente, derer du dir gar nicht bewusst bist. Natürlich, die Zeit drängt. Aber wenn es irgendwas gibt, was ich tun kann ...« Er verbeugte sich leicht vor mir.

In Sozialkunde nahm Mr Gibbon mich beiseite.

»Ich habe in Ihrer Arbeit einen beachtlichen Fortschritt festgestellt, Elliot«, sagte er. »Aber Ihr Verständnis für die Finessen dieses Fachs lässt etwas zu wünschen übrig.«

»Das tut mir Leid, Mr Gibbon«, sagte ich. »Ich mag Sozialkunde, aber ich kann die Namen all der Leute, die in den Zweiten Prager Fenstersturz im Jahr 1619 verwickelt waren, einfach nicht auseinander halten.«

»1618, um genau zu sein«, sagte Mr Gibbon. »Aber ich würde es bedauern, Sie durchfallen zu lassen. Vielleicht könnten wir uns eine Arbeit über irgendein Spezialthema überlegen, das für Sie von besonderem Interesse ist und das Sie mir dann präsentieren könnten. Es würde in Ihre Gesamtnote mit einbezogen werden.«

»Sie meinen eine echte Forschungsarbeit? Für eine echte Note?«

»Ganz genau, Elliot.«

»Bin dabei«, sagte ich. »Aber an welches Thema haben Sie dabei gedacht?«

»Oh, vielleicht etwas, was die Geschichte der Jenti in Amerika betrifft«, sagte er und blickte zur Decke. »Etliche von uns haben Wirkung gezeigt, wissen Sie. Benedict Arnold. Aaron Burr. Jefferson Davis. Eine ganze Reihe anderer. Ich schlage Ihnen vor, Whittakers *Das stille Erbe* zu Rate zu ziehen, das Standardwerk zu diesem Thema. Und bringen Sie mir bis Ende der Woche Ihren Vorschlag.«

Ms Vukovitch sprach mich nach dem Unterricht an.

»Was machst du in deinen Freistunden am Montag und am Mittwoch?«

»Nichts Besonderes«, antwortete ich.

»Ich möchte, dass du sie bei mir verbringst. Nur wir beide. Ich werde dich privat unterrichten, bis du wie Leonardo oder Einstein denkst – oder sogar wie ich. Einverstanden?«

»Ja, Ma'am«, sagte ich.

»Ich freu mich darauf, Gadjo-Boy«, meinte sie und warf mir ein Lächeln wie ein Kuss zu.

Jetzt hatte ich also, was ich wollte. Sie würden mich wie einen Jenti benoten. Ich würde härter arbeiten müssen denn je. Ich konnte gar nicht glauben, wie gut sich das anfühlte.

Ich hätte mir denken können, dass ich in Mr Horvaths Büro beordert werden würde.

»Master Cody«, sagte er und sah mich über seine Fingerspitzen hinweg an. »Master Cody.« Er hielt inne, als wisse er nicht, was er als Nächstes sagen solle. Seine

Zunge schnellte hinein und heraus. »Es sieht so aus, als wären Sie der Held der Stunde.«

»Ich weiß nicht, was Sie meinen, Sir«, gab ich zurück.

»Welche Bescheidenheit! Und das von einem Gadjo.«

Ich nehme an, er dürfte jenen Tag vergessen haben, an dem er mir gesagt hatte, dass dieser Ausdruck hier niemals verwendet wurde.

Er stand auf und ging zum Feuer. Als er sich wieder zu mir umdrehte, lag sein Gesicht im Schatten. Ich glaube, das war Absicht.

»Sie haben etwas Nobles getan, Master Cody«, sagte er und hörte sich dabei an, als würde er diese Worte hassen. »Aber unsere Traditionen sind nicht die Ihren. Und es gibt Komplikationen, von denen Sie keine Ahnung haben. Niemand kann Ihnen einen Vorwurf daraus machen, nicht zu wissen, was Ihnen nicht gesagt wurde. Also werde ich es Ihnen jetzt sagen und ich erwarte von Ihnen, dass Sie in Zukunft diesem Wissen gemäß handeln. Die Beziehungen zur Gemeinde in New Sodom sind sehr delikat. Es liegt in unser aller Verantwortung, Jenti ebenso wie Gadje, sie im Gleichgewicht zu halten, sodass jeder Einzelne davon profitiert. Wir brauchen einander. Aber wir können weder der andere werden noch dies zu tun wünschen.« Er machte eine Pause. »Aber ich sehe schon, dass ich Sie nicht überzeuge.«

»Das liegt wahrscheinlich daran, dass ich keine Ahnung habe, wovon Sie reden«, sagte ich.

»Aha«, meinte er. »Danke. Dann werde ich direkter sein. Ich möchte keine weiteren Gajdo-Heldentaten. Ich möchte keine … Verbrüderung zwischen Ihnen und Ihren Jenti-Klassenkameraden. Kein weiteres Niederreißen gesunder Schranken. Das gefährdet die delikaten Beziehungen, von denen ich zuvor gesprochen habe. Begreifen Sie das?«

»Sie möchten also, dass ich wie Blatt, Barzini und Falbo werde?«

»Junge Männer, deren Familien seit Generationen in unserer Gemeinde sind. Die wissen, wie die Dinge laufen und wie vorteilhaft das ist. Ich würde Ihnen empfehlen, sich von ihnen leiten zu lassen«, sagte Horvath.

»Das ist der Punkt, den ich nicht kapiere«, erwiderte ich. »Ich glaube, das, worüber Sie reden, findet nicht in der Schule statt. Wie kommen Sie dazu, mir zu sagen, was ich in meiner Freizeit zu tun habe?«

»Ich bekleide in dieser Gemeinde eine Position, die hoch genug ist, um das Ganze zu sehen«, sagte Horvath. »Ich bin mir – im Gegensatz zu Ihnen – bewusst, wie kompliziert die Netze sind, die alles verbinden. Ich möchte nicht abtun, was Sie für Mr Warrener getan haben. An sich war das eine noble Tat. Aber es hat Auswirkungen auf die vielen verschiedenen Fäden, die uns als Volk zusammenhalten und unsere Gemeinschaft mit unseren Nachbarn verbinden. Überdies waren Sie, was Ihre Anwesenheit auf Ms Antonescus Party anlangt, äußerst schlecht beraten.«

»Moment mal!«, sagte ich und sprang von meinem Sessel hoch wie mein Dad, wenn er vor Gericht einen Einwand erhebt. »Wer glauben Sie eigentlich, wer Sie sind mir vorzuschreiben, wohin ich gehen darf und wohin nicht? Ich war eingeladen, um Himmels willen!«

»Sie missverstehen mich«, sagte Horvath ruhig. »Setzen Sie sich wieder. Es steht mir gewiss nicht zu, den Antonescus zu sagen, wen und wen nicht sie bei sich zu Hause empfangen dürfen –«

»Stimmt genau«, sagte ich.

»Hüte deine Zunge. Wir befinden uns jetzt nicht in deinem Gadje-Umkleideraum, Junge«, fuhr Horvath mich an. »Und ich hab dir bereits gesagt, du sollst dich setzen!«

Ich setzte mich. Dann überkreuzte ich die Beine und formte mit meinen Fingern einen kleinen Tempel, so wie Horvath es gerne machte.

»Es steht mir nicht zu, den Antonescus zu sagen, wen sie einladen dürfen«, fuhr er fort. »Aber offen gesagt hat Ihre Anwesenheit in ihrem Zuhause am Samstag andere tief gekränkt; andere, die beinahe so einflussreich sind wie sie.«

»›Andere‹ heißt Gregor Dimitru, nicht wahr?«

Horvath machte weiter, als hätte er mich nicht gehört, also hatte ich ins Schwarze getroffen.

»Die Einladung der Antonescus war zwar großzügig, jedoch eine Fehleinschätzung«, sagte er, »und wenn Sie hier aufgewachsen wären, dann hätten Sie es besser gewusst und die Einladung nicht angenommen. Ich möchte Ihnen ein paar Worte von einem Ihrer wunderbaren alten New-England-Dichter mitgeben. Ich hoffe, Sie haben schon einmal von Robert Frost gehört?«

Ich nickte.

»In ›Mauern ausbessern‹ sagt er uns: ›Gute Zäune machen gute Nachbarn‹«, meinte Horvath.

Ich kannte das Gedicht. Es stand in Shadwells Lehrbuch.

»Ist das nicht jenes Gedicht, in dem es auch heißt: ›Da ist etwas, das mag die Mauern nicht‹?«, fragte ich.

Horvath starrte mich wütend an.

»Mr Horvath«, begann ich und versuchte meine Stimme davon abzuhalten, vor Zorn und Angst zu zittern. »Als ich hierher kam, haben Sie mir gesagt, dass mir ein paar Dinge an dieser Schule am Anfang vielleicht merkwürdig vorkommen würden. Sie haben gesagt, ich könne zu Ihnen kommen und um Erklärungen bitten. Nun, wie Sie ja ständig betonen, ich bin nicht von hier. Wie es scheint, benehme ich mich hin und wieder auf eine Art und Weise, die Ihnen fremd erscheint, und ich erkläre das wohl besser. Zuallererst: Ich freunde mich mit Leuten an, die ich mag. Zweitens: Es passt mir nicht, mir von Ihnen sagen zu lassen, was ich zu tun und zu lassen habe, wenn ich nicht auf dem Campus bin. Und drittens: Ich habe noch ein paar Überraschungen auf Lager. Hilft Ihnen das weiter?«

»Verlassen Sie mein Büro«, knurrte Horvath.

Was ich tat.

Worte und Schweigen

Danach brauchte ich niemanden, der mir sagte, dass Horvath es jetzt auf mich abgesehen hatte. Justin tat es trotzdem.

Wir waren in der Schwimmhalle. Es war später Nachmittag. Seit Ileanas fünfzehntem Geburtstag hatte Justin sich dort mit mir getroffen, falls wir nicht zum Lernen zu ihm nach Hause gingen. Er kam, wenn die anderen Gadje gerade abhauten, und sah mir eine Weile beim Herumplanschen zu, als versuche er herauszukriegen, wie ich es machte. Es war komisch – er hasste Wasser genauso wie jeder Jenti, aber es schien auch eine gewisse Faszination auf ihn auszuüben. Das hatte ich bei keinem von den anderen bemerkt. Heute kauerte er sogar auf dem Sprungbrett. Als ich ihn entdeckte, tauchte ich unter und schwamm zu ihm hinüber. Langsam kam ich neben ihm hoch, um ihn nicht voll zu spritzen.

»He, Mann! Du machst besser, dass du von dem Ding da runterkommst. Sprungbretter können für Jenti gesundheitsgefährdend sein.«

»Ich wollte nur wissen, wie es sich anfühlt, von Wasser umgeben zu sein«, meinte er.

»Und, wie fühlt es sich an?«, fragte ich ihn.

»Irgendwie trocken, wenn man es auf diese Weise macht«, sagte er. Er lächelte, dann hörte er auf. »Weißt du, dass Horvath versucht einen Gadjo-Jungen zu finden um dich zu ersetzen?«

»Nein«, sagte ich. »Wer hat dir das erzählt?«

»Ich kenne jemanden, der nach der Schule freiwillig in seinem Büro aushilft. Sie hat gehört, wie er in der ganzen Stadt herumtelefoniert hat, um irgendeinen Gadjo zu finden, der bereit ist hierher zu kommen, damit er dich rauswerfen kann.«

»Mich rauswerfen? Weshalb?«

»Er ist der Direktor. Er kann sich was aus den Fingern saugen«, sagte Justin. »Dieses Mädchen wollte jedenfalls, dass du es weißt.«

»Danke, dass du's mir ausgerichtet hast!«, schnauzte ich ihn an und trat mit dem Fuß so stark gegen die Beckenwand, dass ich ihn fast voll spritzte. »Verdammter Horvath! Jetzt hat er endlich einen Gadjo, der wirklich hier zur Schule gehen will, und dann versucht er ihn loszuwerden!«

»Auf die Lehrer ist er auch wütend«, fügte Justin hinzu. »Er will, dass sie aufhören dir echte Noten zu geben, aber sie werden nicht klein beigeben. Was ich damit sagen will – mach dir nicht allzu viele Sorgen. Er kann dich nicht loswerden, solange er niemanden hat, der dich ersetzt, und das wird nicht einfach sein. Die alteingesessenen Familien haben Angst, ihre Kids an die Vlad zu schicken. Und sie blicken auf jeden herab, der es tut. Die meisten Gadje, die zu uns kommen, sind überall sonst rausgeflogen.«

Ich stützte meinen Kopf wieder am Beckenrand ab und ließ ihn von einer Seite auf die andere rollen. Das hatte mir gerade noch gefehlt. Selbst mit all der Hilfe, die ich von Justin, Ileana und Ms Vukovitch bekam, hatte ich jede Menge Probleme. Es war nicht so, dass ich nichts lernte; ich lernte einen Haufen. Aber je mehr ich lernte, desto weniger wusste ich. Ich bekam eine Vier plus in Mathe, eine Vier in Sozialkunde, eine Drei in Turnen wie alle anderen auch. Eine Vier in Physik und eine Eins in Wasserball. In Englisch bekamen wir unsere Noten erst am Ende des Schuljahres, aber ich wusste, wie meine aussehen würde. Das Einzige, was ich abzugeben hatte, war mein lausiges, halb fertiges Epos.

Aber meine größte Sorge war Ileana. Alle waren anders zu mir, seit ich Justin am Tag ihres fünfzehnten Geburtstags auftanken hatte lassen, aber niemand mehr als sie. An der Oberfläche war alles unverändert. Hausaufgaben, Illyrien. Gemeinsames Mittagessen in der Schule. Manchmal befolgten wir das alte Gadje-Ritual und hingen nach der Schule gemeinsam ab. Aber das Schweigen, das sich zwischen uns ausgebreitet hatte, war noch immer da. Es war kein leeres Schweigen. Sie wartete, dass ich ihr etwas sagte. Das wusste ich. Und ich glaube, ich wusste auch, was es war. Ich wusste bloß nicht, ob ich bereit war es auszusprechen.

Ich fühlte mich wie ein Seemann, der zum ersten Mal und bei Nacht an die Küste Illyriens kommt und sich fragt, was passieren wird, wenn er den Fuß an Land setzt.

Freitags, wenn wir in Justins Keller hinuntergingen, saß Ileana, die Arme um die Beine geschlungen, da, während Justin einen neuen Hafen für Drei Hügel anlegte und ich eine Bibliothek neben dem Rathaus in Palmyra errichtete.

»Ms Shadwell kann sie leiten«, sagte ich. »Wir werden einen Flügel für die gesammelten Werke von Anaxander und Vasco schaffen, gleich neben dem von *Dracula*. Es wird natürlich ein ziemlich großer Flügel sein. Deine Dichter werden noch ein paar Bücher schreiben müssen um ihn zu füllen.«

Ileana sagte: »Sie können ihre alten Lieder nicht mehr singen. Und sie warten darauf, die neuen zu hören.«

»Oh«, sagte ich.

»Ach«, seufzte sie.

Am Wochenende hatten Mom und Dad eine ungewöhnliche Idee: Sie beschlossen ins Kino zu gehen.

»Falls du dich für etwa zwei Stunden von deinen schulischen Verpflichtungen losreißen kannst, würden wir uns freuen, wenn du mitkommst«, sagte Dad.

Ich versuchte, nicht über letzten Freitag nachzudenken, und mit dem Lernen klappte es auch nicht, also sagte ich: »Klar.«

Wir fuhren in die Stadt.

»Hier geht's aber nicht zum Multiplex«, sagte ich. »Das ist weiter hinten, in der Nähe der Autobahn.«

»In der guten alten Zeit, ehe die Zivilisation ihren durch Filmtheater mit zwanzig Sälen und Styroporwänden verkörperten Gipfel erreichte, waren Kinos im Stadtzentrum und hatten bloß einen Saal«, sagte Dad. »Und zu so einem Ort gehen wir jetzt.«

»Das Loring-Theater ist das, was man ein Programmkino nennt«, erklärte Mom. »Sie zeigen dort Filme, die man nirgendwo sonst sehen kann.«

»Wir wollen schon seit Monaten gehen«, sagte Dad. »Aber ich hatte so verdammt viel zu tun. Ich habe eigentlich noch immer verdammt viel zu tun, aber deine Mutter und ich werden diesen Film nicht versäumen.«

»Welcher ist es denn?«

»*Die Schöne und das Biest*«, antwortete Dad.

»Und was ist daran so toll?«, fragte ich. »Den haben wir gesehen, als ich klein war.«

»Ich rede vom *echten Die Schöne und das Biest*«, erwiderte Dad.

»Von Jean Cocteau«, ergänzte Mom. »Ein Klassiker des französischen Films.«

Als wir beim Loring-Theater ankamen, wusste ich, dass es ein Jenti-Ort war. Es hatte diesen altmodischen, seriösen Look, wie sie ihn lieben, und alle Autos davor sahen jentimäßig aus. Alt, dunkel und besonders.

Als Dad zum Kartenschalter ging, sah die junge Frau dort aus, als hätte jemand gerade einen toten Fisch vor ihr abgelegt. Dann entdeckte sie mich.

»Einen Moment, Sir«, sagte sie und verschwand irgendwo im Hintergrund.

Einen Augenblick später kam ein Jenti im Smoking nach draußen. »Master Elliot mit Familie, ich bin Mr Chernak«, sagte er. »Ich habe die Ehre, Geschäftsführer dieses Etablissements zu sein. Bitte hereinzukommen.«

»Wir müssen unsere Karten kaufen«, sagte Dad.

»Ich glaube, dies ist Ihr erster Besuch?«, fragte Mr Chernak. »Bitte seien Sie meine Gäste.« Er wies mit einer schwungvollen Geste auf die Saaltüren.

Wir folgten ihm in den Saal. Er führte uns zu Plätzen beim Mittelgang und fragte: »Darf ich Ihnen eine Erfrischung anbieten? Wir haben alle üblichen Getränke und Süßigkeiten sowie eine breit gefächerte Auswahl an Kaffees.«

»Danke, nichts«, sagte Dad und blickte verwirrt drein.

Mr Chernak wirkte, als hätte man ihm einen Messerstich versetzt. »Nichts?«, keuchte er. »Sir, unser doppelter Café au lait ist die perfekte Ergänzung zu diesem Film. Ich bitte Sie inständig, ihn zu versuchen.«

»Ja bitte«, sagte Mom. Sie hatte Angst, seine Gefühle zu verletzen. »Könnten wir vielleicht drei haben?«

Mr Chernak verschwand und kam genau in dem Moment mit drei großen Kaffees mit weißen Milchschaumhäubchen zurück, als der Vorhang – hier gab es einen Vorhang! – hochging.

»Willkommen«, sagte er. »Bitte genießen Sie die Vorstellung.«

»Warum habe ich das Gefühl, gerade von Vlad Dracul zum Ritter geschlagen worden zu sein?«, fragte Dad. »Und woher kennt er unseren Namen?«

»Schhhhh«, sagte Mom.

Also sahen wir den echten *Die Schöne und das Biest*. Es ist ein sehr guter Film, den ich nur empfehlen kann. Allerdings nicht, wenn ihr versucht nicht über die Liebe nachzudenken.

* * *

Der Montag fing ganz normal an. Bis ich Ileana sah. Sie war jetzt alles, woran ich denken konnte. Tatsächlich dachte ich so viel an sie, dass ich kaum mit ihr reden konnte. Und sie hörte genau hin, ob ich sagen würde, was sie von mir hören wollte.

Das Mittagessen, bei dem sie, Justin und ich uns den Tisch mit Brian Blatt teilten, war eine ziemliche Erleichterung. Wir sagten nie etwas, bis er mit der Fütterung fertig war und verschwand, was bei ihm aber nie lange dauerte. Als er aufstand, tat es mir zum allerersten Mal Leid, dass er ging. Aber ich sagte noch immer nichts und Ileana auch nicht.

Justin schon. »Heute ist es wärmer.«

Da fiel ein Schatten über unseren Tisch und wir blickten auf. Es war Gregor. Er verbeugte sich leicht vor Ileana und sprach mit ihr auf Jentisch.

Sie antwortete ihm mit einem einzigen Wort. Dann sagte sie: »Du kannst hier Englisch reden, Gregor. Jeder an diesem Tisch tut das.«

»Was ich zu sagen habe, ist nicht für jedermanns Ohren bestimmt«, gab er zurück.

»Dann ist es das auch nicht für meine«, sagte Ileana zu ihm.

»Darf ich Platz nehmen, Prinzessin?«, fragte er.

»Du darfst, wenn du dich korrekt verhältst«, antwortete Ileana.

Gregor rückte den freien Stuhl vom Tisch weg und ließ sich drauffallen. Er seufzte wie eine Dampflok und pflanzte die Fäuste auf den Tisch. Dann wandte er sich an Justin.

»Ich möchte mich entschuldigen«, begann er. »Wegen der Sache am Bach.«

Justin starrte sein Essen an. »Ich weiß, ich sollte jetzt ›Ist schon okay‹ sagen«, meinte er schließlich. »Aber das kann ich nicht. Es ist nicht okay. Einen von uns ins Wasser werfen zu wollen – das grenzt an Mord.«

»Es war nicht so viel Wasser drin«, sagte Gregor.

»Das stimmt«, gab Justin zu. »Aber ich hatte dir nichts getan.«

»Hättest du das, würde ich dir jetzt keine Entschuldigung anbieten«, erwiderte Gregor. »Aber ich hatte einigen Grund anzunehmen, dass du mir etwas getan hattest. Es gibt für mein Handeln also eine Erklärung, auch wenn ich im Unrecht war.«

»Okay, und wie lautet die Erklärung?«, fragte Justin.

»Wie schon erwähnt – was ich zu sagen habe, ist nicht für jedermanns Ohren bestimmt.«

Gregor sah irgendwie komisch aus. Als würde er rot werden.

Plötzlich begriff ich, was er zu sagen versuchte. Er hatte gedacht, dass zwischen Justin und Ileana irgendwas laufen könnte, und das hatte ihn zu seiner Aktion veranlasst.

»Alles, was du mir zu sagen hast, kannst du auch vor meinen Freunden sagen«, begann Justin. »Ansonsten möchte ich es nicht hören.«

»Also nimmst du meine Entschuldigung nicht an?«, fragte Gregor.

»Das kann ich nicht«, sagte Justin. »Tut mir Leid.«

Gregor stand auf. Er war wütend.

»Dann ziehe ich sie zurück«, sagte er. Und fügte etwas auf Vampirisch hinzu. Was auch immer es war, es ließ Ileana weiß im Gesicht werden.

Gregor ging.

»Was hat er gesagt?«, fragte ich.

»Nur Blödsinn«, antwortete Justin.

»Es war kein Blödsinn, es war etwas Gemeines«, sagte Ileana zu mir. »Eine Art Drohung. Und eine Beleidigung. Er hat zu Justin gesagt: ›Möge dein letzter Vampirzahn in deinem Kopf verfaulen.‹ Das ist für uns die allerschlimmste Beleidigung.«

»Du brauchst ihm den Rest nicht zu erzählen«, sagte Justin.

»Ich denke, das muss ich doch«, erwiderte Ileana. »Er hat angedeutet, dass du und Justin intim befreundet seid.«

Ich spürte, wie die Wut heiß in mir hochstieg. Justin krümmte sich, als hätte Gregor ihm einen Schlag in die Magengrube verpasst.

Nun, Justin hatte mich Brian Blatt gegenüber verteidigt und ich würde dasselbe für ihn tun. Ich stand auf.

»He, Gregor!«, brüllte ich. »Ich hab gehört, deine Mama ist so fett, dass sie Plätze in ihrem Schatten verkauft!«

Gregor drehte sich um. Im Speisesaal wurde es ganz still.

»Ja«, machte ich weiter. »Ich hab gehört, deine Mutter ist echt fett. Wenn sie am Morgen einkaufen geht und eine neue geblümte Unterhose anhat, ist die beim Nachhausekommen so ausgeleiert, dass sogar sie zweimal Platz drinhat.«

Er machte einen Schritt auf mich zu. Dann hielt er inne. Ein paar Kids hinter ihm lachten.

»He, Gregor, weißt du was?«, fügte ich hinzu. »Deine Mama ist so fett, dass man, wenn sie von zu Hause wegläuft, einen Kran braucht, um sie wieder zurückzuschaffen.« Darüber lachte praktisch der ganze Saal.

Gregor wirbelte herum. Darüber brach dann der restliche Saal in Gelächter aus.

Als er sich wieder zu mir umdrehte, wusste ich, dass ich ihn jetzt hatte. Tränen stiegen ihm in die Augen. Er hob die Fäuste. Sein bleiches Gesicht lief knallrot an. Er zog die Lippen zurück und ich konnte seine Vampirzähne sehen. Aber er ging nicht auf mich los. Er stand bloß da und zitterte vor Wut, während das Gelächter allmählich erstarb.

»Das ist bloß, was ich gehört habe.« Ich zuckte mit den Achseln.

Gregor stapfte aus dem Speisesaal. Eine letzte Woge von Gelächter folgte ihm nach draußen.

Justin schüttelte sich vor Lachen und hielt sich die Hände vors Gesicht.

Aber Ileana war stinkwütend. Sie saß da und starrte auf ihren Teller, die Hand um ihre Gabel gekrampft. Ihr Gesicht war so rot wie das von Gregor.

»Warum hast du das getan?«, fuhr sie mich an.

»Wegen dem, was er über mich und Justin gesagt hat natürlich!«

»Was du getan hast, war viel schlimmer.«

»War es nicht.«

»Doch, das war es. Du hast seine Mutter beleidigt, nicht ihn«, sagte sie. »Und du hast dich nur deshalb getraut, weil du weißt, dass du gezeichnet bist und er dich nicht anrühren darf.«

»Das ist eine Lüge«, erwiderte ich, und das war es. Ich war dermaßen wütend gewesen, dass ich das ganze Gezeichneter-Gadjo-Zeug für einen Moment vergessen hatte. »Ich kann nicht glauben, dass du für ihn Partei ergreifst!«

»Ich ergreife für keinen Partei, wie du das nennst«, sagte Ileana. »Aber was du gerade gemacht hast, war wirklich übel.«

»Merk dir eins«, sagte ich. »Niemand, der für einen Freund eintritt, hat Unrecht.«

»Du nennst es vielleicht so, aber das war es nicht«, entgegnete sie. »Kein Jenti hätte je so etwas gesagt. Du solltest dich schämen! So wie ich mich schäme, mit dir zusammenzusitzen.«

»Mich schämen?«, schrie ich. »Na, denk mal nach, Prinzessin: Ich bin kein Jenti! Erinnerst du dich daran?«

Das führte dazu, dass der ganze Saal sich nach uns umdrehte.

»Nein«, sagte Ileana leise. »Das bist du nicht. Und du bist auch nicht der, für den ich dich gehalten habe. Du bist ein Lügner und ein widerliches Gadjo-Schwein und ich möchte nicht mehr mit dir zusammensitzen.«

Sie stand auf, ging durch den ganzen Saal und setzte sich zu ein paar Mädchen.

Ich starrte ihr hinterher und spürte die Jenti-Augen auf uns beiden ruhen. Etwas im Saal veränderte sich. Wurde wieder so wie früher.

»Was zum Teufel stimmt eigentlich nicht mit ihr?«, brummte ich schließlich.

Justin schüttelte den Kopf. »Ileana hat eine Menge Würde«, sagte er. »Und die hast du verletzt, weil du das in ihrer Anwesenheit getan hast.«

»Aha, und was hätte ich tun sollen? Einfach dasitzen und zuhören, wie er dich beleidigt?«

»Ich weiß zu schätzen, was du getan hast«, sagte Justin. »Aber ich bin nicht Ileana.«

»Was hat sie damit gemeint – ich bin nicht der, für den sie mich gehalten hat?«

»Sie meint genau, was sie gesagt hat, denke ich«, war seine Antwort. »Du wirst es schon noch herausfinden.«

»Na schön, ich bin eben bloß ein blöder Gadjo«, sagte ich. »Ich bin sowieso nicht geeignet, mit Prinzessinnen abzuhängen.«

Ich stand vom Tisch auf.

»Wir sehen uns dann in Physik«, sagte Justin.

Ich gab keine Antwort.

Ich ging nicht in den Physik-Unterricht. Wozu auch? Was mich betraf, hätte Ms Vukovitch den Unterricht ebenso gut auf Jentisch abhalten können. Und wenn Justin sich nach der Schule eine Stunde Zeit nahm, um es mir zu erklären – na und? Ich kapierte es noch immer nicht richtig. Wie sollte ich auch – wo mir doch der jahrelange schulische Background fehlte, den jedes Jenti-Kid hatte.

Aber das war es eigentlich nicht, was mir Sorgen machte. Ich wusste schon, dass ich für diese Schule nicht gut genug war. Ich war nicht gut genug für Ileana. Ileana, schön, blitzgescheit und von königlichem Blut, die immer alles richtig machte, weil sie alle Regeln kannte, die an diesem Ort galten. Das würde ich niemals.

Ich dachte wieder an mein Epos und schauderte. In meiner Englischklasse an der Cotton Mather waren wir bis Seite zwölf von *Macbeth* gekommen. Das entsprach in etwa meinem Tempo. Vielleicht sollte ich dorthin zurückkehren und nachsehen, ob sie es mittlerweile bis zum Ende des ersten Akts geschafft hatten. Aber was würde das bringen? Nichts. Ich gehörte auch dort nicht dazu.

Ich ging zum Bach hinunter. Er war jetzt sogar noch schmaler als damals, als Gregor und seine Clique versucht hatten Justin hineinzuwerfen. Ein armseliges Rinnsal lief unter einem schmutzigen Himmel durch den ebenso schmutzigen Schnee. Das Wasser floss rasch dahin ohne irgendwohin zu führen. Es sah verloren aus.

Ich blickte mich um und sah die schönen Gebäude ringsum mit ihren Lichtern, die hinter dem dunkel getönten Glas schwach aufleuchteten, in denen diese eleganten, ruhigen, klugen Fremden damit beschäftigt waren, jene Dinge zu lernen, die sie zu etwas Besserem machten, als ich es war. Und Ileana war ihre verdammte Prinzessin.

Egal wie sehr ich es auch versuchte, ich würde nie gut genug sein.

Bis nach Hause war es ein langer Weg. Ich setzte mich in Bewegung.

Brams

Mom war erstaunt, als ich so früh und zu Fuß nach Hause kam, aber sie nahm mir ab, dass ich mich nicht wohl fühlte.

»Bei diesem ekelhaften Winterwetter überrascht es mich, dass wir nicht alle ständig krank sind«, sagte sie.

»Ich bin eigentlich nicht krank«, meinte ich. »Ich hab mir beim Turnen einen Muskel gezerrt. Ich schätze, in ein, zwei Tagen bin ich wieder in Ordnung.«

Und ich humpelte nach oben, ging in mein Zimmer und saß im Dunkeln da.

Am Abend rief Justin an.

»Ich hab dich heute Nachmittag nicht im Unterricht gesehen«, sagte er. »Hab mich gefragt, ob mit dir alles okay ist?«

»Nein«, antwortete ich.

Es gab eine Pause. Dann sagte Justin: »Kann ich dir irgendwie helfen?«

»Nein«, antwortete ich.
»Sehen wir uns morgen?«
»Nein«, antwortete ich. »Morgen nicht.«
»Oh. Okay. Dann sehen wir uns also am Mittwoch«, meinte Justin.
»Ich weiß es nicht«, erwiderte ich. »Ich weiß nicht, wann ich zurückkomme.« *Oder ob.*
»Na gut«, sage er und machte wieder eine Pause. »Möchtest du Freitag nach der Schule vorbeikommen und Illyrien spielen?«
»Nein«, antwortete ich, »diese Woche nicht.«
Justin seufzte. »Okay«, sagte er. »Man sieht sich.«
»Man sieht sich.«
Es gibt einen Ort in uns, der tiefer als tief und schlimmer als schlimm ist. Wenn man dorthin kommt, wird jede Minute zu Stunden, jede Stunde fühlt sich an wie eine Anstrengung ohne Sinn und alles um dich herum tut dir weh. An diesem Ort war ich jetzt, in meinem eigenen, ganz persönlichen Anti-Illyrien. Und es gab niemanden, dem ich auch nur davon erzählen konnte. Ich saß nur in meinem Zimmer, eingehüllt in meine Scham und meinen Schmerz.
Ich blieb in meinem Zimmer. Als Dad mich fragte, was nicht stimmte, sagte ich: »Nichts.« Als Mom mit mir zum Arzt wollte, sagte ich Nein. Danach ließen sie mich in Ruhe. Ich glaube, sie wussten, dass bei dem, was mit mir nicht stimmte, kein Arzt helfen konnte. Niemand konnte das.
Justin rief sechsmal an. Dreimal am ersten Tag, zweimal am zweiten und einmal am dritten. Meine Mutter nahm die Anrufe entgegen.

Ileana rief nie an.

Am Freitag sagte Dad: »Cody, entweder gehst du heute in die Schule oder ich gehe mit dir ins Krankenhaus.«

»Es wäre Zeitverschwendung«, gab ich zurück.

»Was davon? Die Schule oder das Krankenhaus?«, fragte Dad.

»Beides«, antwortete ich. »Können wir nicht nach Hause zurück?«

Er kam in mein Zimmer und setzte sich auf mein Bett.

»Nein, Cody, so sehr ich es auch möchte – ich glaube, das können wir nicht«, sagte er.

Ich hob den Kopf. »Du meinst, du willst nach Kalifornien zurück?«

»Es ist auch mein Zuhause.« Er seufzte. »Jeden Morgen wenn ich aufstehe und aus dem Fenster blicke und im Hof diesen widerlichen Schnee sehe, würde ich mich am liebsten umbringen.«

»Warum gehen wir dann nicht zurück?«, fragte ich.

»Wegen meiner Karriere«, sagte Dad. »Ich war in Kalifornien in einer Sackgasse angekommen. Du weißt, dass ich bei Billings, Billings und Billings nicht glücklich war, aber du weißt nicht alles über die Gründe. Es war nicht nur deshalb, weil sie mich nicht befördern wollten. Sie erzählten auch anderen Firmen, ich sei nicht so gut, wie ich scheine. Sie verbreiteten Lügen über mich, um alle anderen davon abzuhalten, mich abzuwerben.«

Ich konnte nicht glauben, dass Erwachsene so etwas tun würden. Dann fiel mir Horvath ein.

»Also schrieb ich an ein paar Freunde hier in Massachusetts«, sagte er. »Du weißt ja, dass ich in diesem Bundesstaat Jura studiert habe. Ich bekam ihre Unterstützung und wurde in Massachusetts als Anwalt vor Gericht zugelassen. Du weißt, was das bedeutet?«

»Es bedeutet, dass du die Zulassungsprüfung zum Anwalt nicht machen musstest«, sagte ich.

Dad nickte. »Ein Gefallen, den sie mir erwiesen. Und Leach, Swindol und Twist haben mich *so* aufgenommen.« Er schnippte mit den Fingern. »Jetzt habe ich endlich die Chance, jene Art Anwalt zu sein, der ich sein wollte, als ich mich drei Jahre lang durchs Jurastudium quälte. Und es ist, was auch nicht nebensächlich ist, eine Chance, deiner Mutter und dir eine bedeutend höhere Lebensqualität zu bieten, als wir je zuvor hatten.«

»Von welcher Lebensqualität redest du?«, sagte ich. »Du bist nicht glücklich. Ich bin nicht glücklich. Und Mom bestimmt auch nicht.«

»Ich rede von Dingen wie diesem Haus«, meinte Dad. »Du magst es, nicht wahr?«

»Es ist okay«, gab ich zurück. »Aber jedes Mal wenn du nach draußen gehst, bist du noch immer in Massachusetts.«

»Ich weiß, dass es dir hier nicht gefällt«, sagte Dad. »Aber denk dran: Du musst nicht für immer hier bleiben. Wenn du in etwas mehr als drei Jahren mit der Highschool fertig bist, hast du die Möglichkeit, an ein College irgendwo zu Hause zu gehen. Ich nehme an, deine Noten an der Vlad werden so gut sein wie die aller anderen. Und was deine Mutter und mich betrifft – wir haben einander und ich habe meine Arbeit, die mich, ob du es glaubst oder nicht, sehr befriedigt.

In ein paar Jahren, wenn ich einige wirklich gute Fälle gewinne, kehren wir vielleicht wieder zurück. Vielleicht können wir uns sogar früher zur Ruhe setzen. Es ist unglaublich, wie viel bei Leach, Swindol und Twist zu tun ist.«

Mir wurde zum ersten Mal bewusst, wie verschieden mein Vater und ich waren. Mir wäre ein Leben angefüllt mit Dingen nie wichtig genug, um dafür mich und meine ganze Familie unglücklich zu machen. Und ich war mir ziemlich sicher, dass ich, wenn ich ein Kind hätte, herausfinden würde wollen, was mit ihm nicht stimmt, statt von mir selbst zu reden, wie er es gerade tat. Aber Dad war eben Dad. Er war er und konnte nicht aus seiner Haut heraus. Zumindest mir gegenüber nicht. Das war schlimm. Doch es war bloß eine Katastrophe mehr auf meiner Liste.

»Also, wenn es in der Schule irgendwelche Probleme gibt, kann ich vielleicht helfen«, sagte Dad. »Möchtest du, dass ich mit Horvath rede?«

»Nö«, sagte ich und stand auf. »Ich denke, ich mach mich zum Gehen fertig.«

Also ging mein Körper am Freitag zur Schule. Er saß im Unterricht und ich glaube, er schrieb sogar mit. Er aß zu Mittag und rannte in Turnen herum. Er ignorierte Ileana und sprach ein paarmal mit Justin. Aber ich war nicht dort. Ich weiß nicht, wo ich war.

Schließlich ging ich in die Schwimmhalle. Ich war allein dort, aber was soll's. Ich war überall allein. Ich dachte nicht darüber nach, wo die anderen Pfähler sich aufhielten.

Als ich aus dem Umkleideraum kam, riss es mir den

Boden unter den Füßen weg und als Nächstes versetzte Barzini mir einen Tritt. Er hatte dabei seine Schuhe an.

Während ich versuchte aufzustehen, bemerkte ich, dass Louis Lapierre und Brian Blatt ein Stück durchsichtige Angelschnur in Knöchelhöhe hielten. Natürlich lachten sie.

»Stell dir vor, Stoker«, sagte Barzini. »Horvath hat einen anderen Gadjo gefunden! Meinen Bruder. Er fängt Montag an.«

Er trat mich in die Rippen.

»Wer braucht dich jetzt also noch?«

Als ich hochzukommen versuchte, trat er mich noch einmal.

Blatt und Lapierre packten mich an den Armen.

»Hast wohl gedacht, wir hätten es vergessen, nicht wahr, Stoker?«, sagte Barzini.

Tritt.

»Wir haben dir gesagt, dass du so gut wie tot bist.«

»Du denkst zu viel«, meinte Blatt und lachte noch mehr.

»Los, Barzini«, sagte Lapierre.

Barzini trat mich wieder. Ich keuchte. Ich war sicher, der nächste Tritt würde mir die Rippen brechen. Aber es kam kein nächster Tritt.

Stattdessen hörte ich Barzini aufjaulen und Justins Stimme, die so etwas wie »Weißt du was? Das ist aber nicht nett« sagte.

Dann segelte Barzini irgendwie über meinen Kopf hinweg ins Schwimmbecken, in dessen Mitte kurz darauf ein lauter Platsch zu hören war. Danach folgte Brian Blatt, der ein Geräusch von sich gab, das vielleicht

»Hilfe« bedeuten sollte, aber mehr wie »Hüüüüüüülfp« klang.

Lapierre bettelte und fluchte ein bisschen, als Justin ihn über seinen Kopf hievte. Dann gab es einen weiteren Platsch und alle drei befanden sich in der Mitte des Beckens und beschimpften uns.

Justin stand mit verschränkten Armen am Beckenrand. Vampirstärke. Wenn er sie einsetzen wollte, hatte Justin genauso viel davon wie jeder andere Jenti. Dieser dünne kleine Arm hatte mich an Ileanas fünfzehntem Geburtstag ohne irgendwelche Schwierigkeiten an meinem Platz festgenagelt.

Ich versuchte aufzustehen. Barzini hatte mich übler zugerichtet als Gregor oder Ilie, aber im Großen und Ganzen schien ich in Ordnung zu sein – wenn enorme körperliche Schmerzen und die Unfähigkeit, sich aus eigener Kraft vom Boden zu erheben, als im Großen und Ganzen in Ordnung sein durchgehen können.

Barzini paddelte ans andere Ende des Beckens und begann herauszuklettern.

»Nix da«, sagte Justin. »Nicht solange wir es dir nicht erlauben.«

Barzini verfluchte ihn.

»Du willst mich nicht ernstlich böse machen, oder?«, sagte Justin.

Meiner Meinung nach war er bereits ernstlich böse. Seine Vampirzähne waren zu sehen.

Lapierre begann zu jammern.

»Mach schon, lass uns raus«, sagte er. »Das da ist unsere Schulkleidung.«

Justin schüttelte den Kopf.

»Willst du, dass ich sie rauslasse?«, flüsterte er mir zu.

»Ja, okay«, sagte ich. Der Ausdruck in Justins Augen war sogar noch angsteinflößender als seine Vampirzähne.

»Okay, wir lassen euch raus«, sagte Justin. »Aber wenn ihr je wieder auf Cody losgeht, seid ihr alle ein Haufen Brams. Brams. Wisst ihr, was das bedeutet?«

Ihrem Gesichtsausdruck nach zu urteilen wussten Blatt, Barzini und Lapierre genau, was das bedeutete. Sie kletterten aus dem Becken und rannten zu den Umkleideräumen.

Justin wandte sich mir zu und flüsterte: »So etwas wollte ich schon immer mal sagen.«

»Danke«, erwiderte ich. »Wenn du nicht aufgetaucht wärst, hätten sie mich platt gemacht.«

Justin nickte. »Bist du okay?«, fragte er.

»Ich hab mich schon besser gefühlt«, antwortete ich. »Aber es ist nichts gebrochen.«

»Setzen wir uns einen Moment«, sagte Justin. »Wir wollen diesen Brams eine Chance geben, zu verschwinden.«

Er half mir zu einer Bank zu humpeln.

»Warum bist du eigentlich hier aufgetaucht?«, fragte ich. »Du solltest in der Bibliothek sein.«

»Oh. Ich habe gehört, dass vielleicht etwas in der Art passieren könnte«, sagte er. »Diese Kerle reden ziemlich laut.«

Ich spürte, wie es mir die Kehle zuschnürte.

»Weißt du was?«, sagte ich, als ich mir sicher war, dass ich wieder sprechen konnte. »Du bist der beste Freund, den ich je hatte.«

»Du auch«, erwiderte Justin.

Wir hörten die Außentüren der Schwimmhalle zuknallen. Das graue Licht von den Fenstern hoch über der Zuschauertribüne verblasste und das Wasser im Becken wurde dunkel. Schließlich sagte ich: »Könntest du mir vielleicht helfen nach Hause zu kommen? Vielleicht kannst du ja zum Essen bleiben.«

»Klar«, sagte mein bester Freund.

Mr Horvath unterhält sich mit Charon

Justin half mir zu einem Wagen zu humpeln und fuhr mit mir nach Hause.

Mom bekam einen Anfall, als wir zur Tür hineinkamen. Sie rief Dad an, dass er nach Hause kommen solle, und als er sah, wie ich ausschaute, wollte er die Schule, die Stadtgemeinde, die Familien der restlichen Wasserballmannschaft und den Staat Massachusetts verklagen. Aber nach einer Weile gelang es Justin und mir, die beiden zu besänftigen.

Als sie sich beruhigt hatten, adoptierten Mom und Dad Justin und schenkten ihm ein Auto – okay, nicht wirklich, aber jedenfalls verhielten sie sich so. Ich sagte ihnen die Wahrheit – dass er mich davor bewahrt hatte, noch viel übler zugerichtet zu werden, als ich es ohnehin schon war. Ich erwähnte nichts davon, wie ein so kleiner Kerl wie er das hatte bewerkstelligen können, und sie fragten nicht danach. Es genügte, dass er mein kostbares Ich gerettet hatte. Ihre Lobeshymnen brachten Justin zum Strahlen.

Ich schätze, davon hatte er in seinem Leben nicht viel abbekommen. Als Dad uns an diesem Abend zu Justins Haus zurückbrachte, stellte er sich Mrs Warrener vor und sagte ihr alles, was er Justin bereits gesagt hatte. Mein Freund war so glücklich, dass er fast weinte. Selbst in meinem zusammengeschlagenen Zustand fühlte ich mich besser, weil er so glücklich war.

Das war der angenehme Teil. Das und ein paar Tage herumliegen zu können und von vorn bis hinten bedient zu werden.

* * *

Der unangenehme Teil kam am Montag, als ich wieder zur Vlad ging. Mom und Dad wollten beide, dass ich zu Hause blieb, aber diese Genugtuung würde ich meinen Mannschaftskumpeln nicht gönnen.

Es stellte sich heraus, dass ich mir deswegen keine Sorgen zu machen brauchte.

Kurz vor neun kam Ms Prentiss in die Matheklasse und trug mir auf, mich bei Mr Horvath zu melden.

Justin war bereits dort. Er saß zusammengekrümmt auf dem großen Sofa. Charon lag an seinem üblichen Platz unter dem Tisch. Bei meinem Eintreten blickte er auf.

»Master Cody. Setzen Sie sich«, sagte Horvath. Er klang nicht gerade glücklich.

Ich setzte mich neben Justin. Horvath begann vor uns auf und ab zu gehen.

»Wisst ihr Jungs eigentlich, was ihr dieser Schule angetan habt?«, fragte er schließlich.

Was wir der Schule angetan hatten? Ja: Genau nichts. Worum geht's hier eigentlich?

»Sie sind schuld, dass wir drei unserer besten Wasserballspieler verloren haben«, sagte Horvath, »sowie am Verlust eines neuen Mannschaftsmitglieds.« Jetzt schrie er beinahe. »Ich habe diesen Morgen Telefonanrufe – äußerst unerfreuliche Anrufe übrigens, wie ich hinzufügen sollte – von den Familien von Master Blatt, Master Barzini und Master Lapierre erhalten. Sie alle wechseln die Schule, weil Sie beide sie am Freitagnachmittag brutal und ohne Grund angegriffen haben.«

»Moment mal«, sagte ich. »Sie haben mich überfallen. Alles, was Justin getan hat, war –«

»Schweigen Sie«, fuhr Horvath mich an. »Wegen Ihrer Aktionen hat Vlad Dracul jetzt nicht genug Spieler, um an der nächsten Runde der Wasserballspiele, die in ein paar Tagen stattfindet, teilzunehmen. Wir werden deswegen vom Staat eine Verwarnung erhalten, die dazu führen kann, dass wir unsere Zulassung verlieren, wenn die versäumten Spiele nicht nachgeholt werden können. Die künftige Existenz dieser Schule steht vielleicht auf dem Spiel. Wisst ihr Jungs, wie schwierig es ist, Gadje dazu zu bringen, hierher zu kommen?« Er knurrte etwas auf Jentisch und ich war froh, dass ich es nicht verstand. Dann fuhr er mit ruhigerer Stimme fort: »Hätte Ihr Verweis von dieser Schule die Familien unserer Schüler zum Bleiben bewegen können, wären Sie beide bereits verschwunden.«

Justin schnappte nach Luft.

»Bedauerlicherweise waren sie nicht bereit diese Lösung zu akzeptieren«, fuhr Horvath fort. »Sie haben Angst, dass irgendein anderer Jent… irgendein anderer Schüler sie auf die gleiche grundlose Weise angreifen könnte, wie Master Justin es letzten Freitag getan hat.« Er wandte sich an Justin: »Eine derart offene Aggressivität hätte ich gerade von Ihnen niemals erwartet. Sie sind im Wissen um die Brüchigkeit jener Toleranz aufgewachsen, die New Sodom zu einem Zufluchtsort für – für uns alle macht. So eine Tat hat vielleicht Auswirkungen, die weit über die Grenzen dieses Ortes hinausreichen.«

»Es tut mir Leid, Sir.« Justin senkte den Kopf.

»Leid. Ja. Das sollte ich von Ihnen auch verlangen können, Master Justin«, sagte Horvath. »Von Master Cody ist ja nichts anderes zu erwarten, als dass er sich so aufführt, wie es ihm eben entspricht. Aber Sie. Sie haben Ihr Leben lang gewusst, was von Ihnen erwartet wird.«

»Ich weiß tatsächlich, was von mir erwartet wird, Sir«, sagte Justin.

»Dann werden Sie mit mir übereinstimmen, dass es für Ihr Verhalten keine Entschuldigung gibt. Gut. Denn während ich diesen Gadjo nach wie vor brauche, liegt die Sache bei Ihnen völlig anders. Ich habe daher beschlossen, Sie von der Schule zu verweisen. Es wird Ihnen nie wieder gestattet sein, an die Vlad Dracul zurückzukehren.«

Justin wurde weiß.

»Einen Augenblick«, sagte ich. »Diese drei Typen haben mich überfallen. Barzini hat versucht mich zu Brei zu schlagen, während die beiden anderen mich festhielten. Wollen Sie damit sagen, dass Justin sie hätte machen lassen sollen?«

»Es reicht!«, brüllte Horvath mich an. Er zielte mit dem Finger auf meine Nase. Er hatte sehr lange Finger und die Nägel waren spitz zugefeilt. »Sie werden –«

Aber ich erfuhr nie, was ich tun würde, denn in diesem Augenblick hob Charon den Kopf. Das war alles – er hob den Kopf und sah Horvath an. Aber Horvath hörte auf zu reden. Ich meine – er hörte auf mit mir zu reden. Stattdessen begann er eine einseitige Unterhaltung mit Charon.

»Ihr versteht das nicht«, sagte er zu dem Wolf. »Es ist nicht so einfach, wie sie behaupten.«

Es herrschte Schweigen. Aber es war so, als würde in diesem Schweigen etwas vor sich gehen.

»Ich bin nicht unehrenhaft. Ich schütze die Schule«, sagte Horvath.

Schweigen. Charons große gelbe Augen waren weiterhin auf Horvath geheftet.

»Nein. Das werde ich nicht«, sagte Horvath.

Noch mehr Schweigen und noch mehr Augen.

»Das werde ich nicht tun.«

Etwas in Charons Gesicht veränderte sich. Es sah nicht aus wie eine Drohung, jedenfalls nicht mehr als sonst. Der Ausdruck erinnerte mich an die Art, wie Charon mich bei unserer allerersten Begegnung angesehen hatte. Irgendwie gelangweilt und verächtlich.

Auch Horvath sah es.

»Sehr wohl«, sagte er. Und er wandte sich wieder an mich und Justin. »Es sieht so aus, als ob gewisse Punkte doch für Sie sprächen«, meinte er. »Auf jeden Fall ist niemandem gedient, wenn Sie bestraft werden. Der Schaden ist schon geschehen. Sie können gehen.«

Charons Schwanz schlug auf den Boden und es klang wie das Klopfen eines Hammers.

Horvath erhob sich. Er atmete tief durch und schloss die Augen. »Es könnte sein, dass ich mich in meiner Besorgnis um die Schule ein wenig vorschnell geäußert habe. Wenn das so ist ...«, er schluckte, »entschuldige ich mich.«

Charons Kopf sank wieder zu Boden. Er schloss ein Auge.

Justin ging vor mir hinaus und hielt sich so gerade wie ein Lineal.

Das eine offene Auge von Charon begegnete meinen. Ich tat das Jentimäßigste, was mir einfiel: Ich verbeugte mich.

Das große gelbe Auge schloss sich und öffnete sich dann wieder.

Ich würde nicht schwören, dass es ein Zwinkern war. Aber andererseits kann es nichts anderes gewesen sein.

Der Sprung ins kalte Wasser

Wenn ihr glaubt, Tracy, Falbo und Pyrek vermissten Barzini, Blatt und Lapierre, dann liegt ihr falsch. Es stellte sich heraus, dass die Pfähler sich nicht ausstehen konnten. Sie waren tatsächlich froh, dass die drei weg waren.

»Barzini und die anderen waren die fiesesten Typen in der ganzen Mannschaft, Elliot«, sagte Tracy an diesem Nachmittag zu mir. »Nach dir natürlich.«

»He, Elliot, sorg dafür, dass Tracy auch rausgeschmissen wird«, sagte Falbo. »Er ist echt scheiße.«

Tracy erwiderte, in Wirklichkeit sei Falbo echt scheiße, und sie diskutierten das aus, während ich meine Badehose anzog.

Underskinker kam aus seinem Büro und warf mir einen giftigen Blick zu.

»In meiner Mannschaft erlaub ich keine Prügeleien nich«, sagte er.

»Justin Warrener auch nicht«, gab ich zurück.

»Wer?«

»Das ist der Junge, der die Prügelei beendet hat. Die Prügelei in Ihrer Mannschaft«, sagte ich. »Sie sollten ihn einmal treffen.«

»Hab keine Lust nich, jemals wieder 'nen verdammten Vampir zu treffen«, erwiderte Undersinker.

»Sie ziehen es vor, Jenti genannt zu werden«, sagte ich. »Vampir ist eine Art Beleidigung. Macht sie böse. Sie sollten sich vorsehen, Trainer.«

»Keine Prügeleien in der Mannschaft!«, brüllte Underskinker und zockelte hinter mir her.

»Okay, ihr Flaschen, Folgendes«, sagte er dann. »Wir müss'n noch drei Jungs für diese Mannschaft finden, und zwar innerhalb von 'ner Woche. Ich will, dass ihr rausgeht und sie findet. Sonst ...« Er hielt inne. Ich glaube, er versuchte sich ein Leben ohne seinen Drehstuhl und seine Kiste Bier vorzustellen. »Sonst wird was Schlimmes passiern.«

Er überließ es uns, daraus schlau zu werden, und schlurfte Richtung Büro zurück.

»Himmel, wieso müssen wir das machen?«, beschwerte sich Falbo.

»Weil sie es nicht schaffen«, sagte ich. »Horvath hat es versucht. Vielleicht sogar Underskinker. Aber wen kennen die schon wirklich? Ihr Jungs habt euer ganzes Leben hier verbracht, richtig? Habt ihr keine Freunde? Vielleicht einen Bruder, wie Barzini?«

»Hab keinen Bruder«, sagte Falbo.

»Seine Eltern haben einen Blick auf ihn geworfen und daraufhin jeden weiteren Versuch aufgegeben«, meinte Tracy. »Aber Pyrek hat zwei Brüder.«

»Der eine ist fünf, der andere zwanzig«, sagte Pyrek.

»Und wie steht's dann mit einer Schwester?«, fragte ich. »Ich kenne keine Regel, die besagt, dass Wasserball nicht gemischt gespielt werden kann.«

Tracy warf mir einen angeekelten Blick zu. »Barzini muss dir einen Tritt gegen den Kopf und nicht gegen die Rippen verpasst haben«, sagte er.

»Na ja, unser nächstes Spiel – wenn wir uns dort blicken lassen – ist heute in einer Woche«, erwiderte ich. »Wenn wir nicht genügend Spieler haben, landen wir vielleicht alle wieder an der Cotton Mather.«

»Hausaufgaben«, flüsterte Falbo.

»Echte Noten.« Tracy schüttelte den Kopf.

»Das ist alles deine Schuld, Elliot, du bringst das in Ordnung«, befahl Pyrek.

»Na gut«, sagte Tracy. »Wenn wir bloß noch ein paar Tage des süßen Lebens vor uns haben, dann werde ich sie genießen.«

Er ging, gefolgt von Falbo und Pyrek, zum Umkleideraum.

Ich glitt ins Wasser und versuchte zu schwimmen. Es tat noch immer weh und auf meiner Brust waren mehr Farben zu sehen als auf einer Niederschlagskarte von Brasilien, aber ich dachte, ein bisschen Bewegung würde mir gut tun. Ich hatte Recht. Nach ein paar Minuten wurde ich ein wenig lockerer.

Aber ich blieb nicht lange allein. Sobald die Pfähler verschwunden waren, kam Justin herein.

Ich schwamm zu ihm hinüber.

»Wie fühlst du dich?«, fragte Justin.

»Nicht schlecht dafür, wie schlecht ich mich fühle«, antwortete ich. »Und du?«

»Ich schätze, ich hab immer noch Angst«, sagte Justin.

»Na ja, wir müssen uns wegen dieser Wasserballsache wohl wirklich Sorgen machen«, erwiderte ich. »Glaubst du, sie werden die Schule tatsächlich schließen?«

»Das ist eine komplizierte Sache.« Justin seufzte. »Die Gadje von New Sodom wollen diesen Ort erhalten, weil er uns von ihren Schulen fern hält. Aber sie hassen es, dafür zu bezahlen. Ich kann ihnen daraus keinen Vorwurf machen. Ihre eigenen Kids haben nichts, was auch nur halb so toll wäre. Aber ein Großteil unserer Gelder kommt vom Bundesstaat. Und dem Staat ist es egal, ob es eine Schule für Jenti gibt oder nicht. Bei der staatlichen Behörde sitzen ein paar Leute, die es gerne sehen würden, wenn wir zugesperrt werden.«

»Warum muss bloß immer alles so kompliziert sein?«

»So sind die Dinge eben, das ist alles.«

»Ich nehme nicht an, dass du Gadje-Freunde hast?«

»Nur dich.«

»Wasserball«, sagte ich und stieg aus dem Becken, um mich neben ihn zu setzen. »Eine ganze Schule wegen Wasserball zuzusperren.«

»Nicht nur deswegen«, sagte Justin. »Wasserball wäre bloß der Vorwand.«

Ich bemerkte, dass ich auf Justins Bein tropfte und zuckte zurück.

»Himmel, Justin! Tut mir Leid«, sagte ich.

»Oh, ist ja nur ein bisschen«, erwiderte er und wischte es mit dem Ärmel ab. Er betrachtete das warme grünliche Wasser, wo die letzten kleinen Wellen, die ich gemacht hatte, gerade verschwanden.

»Ich möchte wirklich gern dasselbe wie du machen. Bloß einmal. Nur um zu wissen, wie meine Fische sich fühlen.«

»Und warum tust du's dann nicht?«, fragte ich.

»Bist du verrückt oder glaubst du, ich bin es?«, wollte Justin wissen.

»Keins von beiden«, antwortete ich. »Aber du warst noch nie im Wasser, stimmt's?«

»Natürlich nicht!«

»Und woher willst du dann wissen, was mit dir passieren würde?«, fragte ich.

»Weil es mit allen von uns passiert«, sagte er. »Schon immer. Ich hab's dir erzählt.«

»Justin, hast du je einen anderen Jenti gekannt, der irgendwas mit Schwimmen zu tun haben wollte?«

»Eigentlich nicht.«

»Hast du je einen anderen Jenti gekannt, der Fische gezüchtet hat?«

»Nun, es gibt da ein Mädchen in Sozialkunde, sie heißt Helen Danforth. Sie hat ein Becken mit Guppys.«

»Ich versuch nicht, dich zu irgendwas zu überreden«, sagte ich. »Aber, Justin, du bist in mancher Hinsicht so anders als die restlichen Jenti, dass du vielleicht auch in dieser Hinsicht anders bist.«

Justin gab keine Antwort. Er sah nur das Wasser an und biss sich auf die Lippen. Schließlich sagte er: »Wie tief ist das flache Ende? Einen Meter?«

Ich nickte.

»Wenn ich hineinginge, könnte ich im Notfall wirklich schnell wieder draußen sein«, sagte er. »Und du wärst in der Nähe, oder?«

»Natürlich wäre ich das!«

»Lass uns eine Badehose für mich suchen«, sagte er.

Wir fanden eine Badehose und eine Sporttasche. Ich holte an die vierzig zusätzliche Handtücher, bloß für alle Fälle. Ich hoffte, dass ich nicht so verängstigt aussah, wie ich mich fühlte.

Ich ging zuerst ins Wasser.

»Okay«, sagte ich und täuschte ein Lächeln vor. »Ist nichts dabei. Immer schön einen Schritt nach dem anderen.«

Justin setzte ein Gesicht auf, als stünde er vor einer Wand und überlegte sich, wie er mit dem Kopf durchkäme. Er sah das Becken an und stieg auf der Leiter eine Stufe nach unten. Das Wasser rann über seinen Fuß. Er hielt inne.

»Wie fühlt sich das an?«, fragte ich.

»Nicht schlecht«, entschied er nach einem Augenblick.

Er setzte den zweiten Fuß neben den ersten.

»Ziemlich gut«, sagte er.

Er stieg noch eine Stufe herunter und stand jetzt bis zu den Oberschenkeln im Wasser.

»Wie geht's dir?«, fragte ich. Ich war bereit ihn an den Haaren aus dem Wasser zu zerren.

»Komisch«, meinte er. »Echt komisch.«

Das war's dann also. Ich streckte den Arm aus, um ihn am Nacken zu packen und herauszuziehen, aber bevor ich in erreichte, hatte Justin sich flach ins Wasser geschmissen. Mit einem Platsch verschwand er unter Wasser und schoss von mir weg.

»Justin!«, rief ich. »Justin, nicht! Warte einen Moment! Warte auf mich! Warte!«

Aber Justin hätte mich sowieso nicht gehört.

Wo sein Kopf gewesen war, sah ich einen Wasserpfeil wegschnellen und durchs Schwimmbecken flitzen, schneller, als ich es je bei irgendjemandem gesehen hatte. Dann tauchte er unter dem Sprungbrett auf.

»Juchhu!«

Ihr habt nie in eurem Leben tatsächlich jemanden »Juchhu« rufen hören, stimmt's? Nun, ich auch nicht. Aber genau das rief Justin. Dann sprang er aus dem Wasser. Und als er erst eineinhalb, dann drei Meter in die Luft sprang, sah ich, dass es nicht mehr Justin war.

Aus meinem Freund war ein dunkles stromlinienförmiges Wesen geworden, das mit glattem braunem Fell bedeckt war. Es sah menschlich aus – so wie ein Mensch aussehen würde, der für ein Leben im Wasser bestimmt ist.

Das Wesen erreichte den höchsten Punkt seines

Sprungs, beschrieb einen anmutigen Bogen, platschte ins Wasser und kam auf mich zugeschossen.

»Das ist einfach großartig!«, sagte Justin. »Ich wünschte, ich hätte das schon vor Jahren gemacht. Komm schon!«

Aber ich hatte nicht die geringste Chance, mit ihm mitzuhalten. Er schoss durchs Wasser, hin und her, beschrieb in langen Schwüngen große Bögen, schwamm im Zickzack, sprang, tauchte. Es war, als würde er vom Schwimmbecken Besitz ergreifen.

Ich blieb einfach in der Mitte und rief Dinge wie: »Justin, vielleicht solltest du nicht ...«, »Vielleicht brauchst du ...« und »Es ist dein allererstes Mal«.

Aber er war für das geboren, was er da gerade machte.

Schließlich tauchte er neben mir auf, lächelte und sagte: »Jetzt hast du mich zum dritten Mal gerettet.«

»Was?«

»Zuerst hast du mich vor Gregor gerettet, dann davor, Ileanas Party zu versäumen. Und jetzt hast du mich davor gerettet, niemals herauszufinden, wer ich wirklich bin«, sagte er.

»Weißt du, es wird spät«, erwiderte ich. »Wir trocknen uns besser ab.«

»Ich möchte nie wieder trocken sein.«

»Mach schon. Die Wachleute werden vorbeikommen, um das Schwimmbad zu schließen und Underskinker aufzuwecken.«

»Okay«, sagte Justin zögernd. Er glitt in eine Ecke des Beckens und sprang aus dem Wasser.

Als er sich abtrocknete, wurde er wieder zu dem Justin, den ich kannte. Aber es gab einen Unterschied. Er lächelte und es lag keine Scheu darin. Er war glücklich und er wusste, dass niemand ihm dieses Glück nehmen konnte. Er bewegte sich sogar anders.

Wir zogen uns an und gingen in die frühe Dämmerung hinaus. Der Schnee hatte sich jetzt in die Ecken und an die schattigen Plätze zurückgezogen. Er leuchtete schwach.

»Also«, sagte Justin, als hätte er darüber nachgedacht, »was muss ich tun, um in die Wasserballmannschaft aufgenommen zu werden? Als regulärer Spieler, meine ich.«

Diese Idee war so einfach, dass sie genial war. Und ich war mir sicher, Horvath würde sie hassen. Aber dann kam mir selbst eine Idee, die entweder genauso genial wie die von Justin oder idiotisch war. Ich wusste, wie ich Justin in die Mannschaft bringen und die Zulassung der Schule retten konnte. Und wie ich Horvath davon abhalten würde, sich einzumischen.

Es gab da nur einen möglichen Haken.

»Das hab ich schon gelöst«, sagte ich. »Aber das wird nicht reichen. Wir brauchen noch zwei oder drei andere Spieler. Justin – glaubst du, es gibt hier noch mehr Jenti, die das Gleiche können wie du?

»Könnte sein«, meinte Justin nach ein paar Minuten. »Dieses Mädchen, das ich erwähnt habe, Helen, die mit den Guppys. Und ihr Bruder Carlton. Man sagt, dass er mit drei in ein Planschbecken gefallen ist. Hat seiner Mom einen fürchterlichen Schreck eingejagt.«

»Das wären mit dir dann drei«, sagte ich.

»Mir fallen noch ein paar ein, die infrage kommen könnten«, meinte Justin. »Das Komische daran ist – sie sind alle so wie ich. Irgendwie klein und braunhaarig. Oder fast blond. Und sie haben alle das gleiche Problem wie ich – sie brauchen manchmal zusätzliches Blut. Und keiner von ihnen verwandelt sich. Aber jeder von ihnen macht irgendwas mit Wasser. Und wenn sie nur den Rasensprenger einschalten.«

»Okay«, sagte ich und versuchte an alles gleichzeitig zu denken. »Es ist wichtig, dass Horvath nichts davon erfährt. Das heißt, wir müssen die Probespiele irgendwo anders abhalten. Kennst du irgendwen mit einem eigenem Swimmingpool?«

»Ja, das tue ich tatsächlich«, erwiderte Justin. »Es gibt da einen Jungen, der Thornton Ames heißt. Den könnte ich fragen. Seine Familie hat seit Jahren einen Swimmingpool, nur zum Anschauen. Natürlich benutzen sie ihn nie. Aber sie halten ihn instand und alles. Du weißt schon, um dazuzugehören.«

»Könnten wir ihn diesen Samstag benutzen? Ohne dass Erwachsene dabei sind?«, fragte ich.

»Das wird kompliziert«, sagte Justin. »Aber wir werden sehen.«

Probespiele

Manchmal fügt sich einfach alles zusammen. Es stellte sich heraus, dass Thornton Ames' Eltern an diesem Samstag zu einer Nachmittagsvorstellung nach Boston fuhren, also konnten wir ihren Swimmingpool benutzen. Und Thornton hatte Interesse. Ebenso wie Helen und Carlton Danforth.

Wir trafen uns alle um zwei Uhr nachmittags bei den Ames. Es war ein schöner, windiger Tag und Wasserdampf schwebte in Schleiern über dem Becken. Justin und ich zitterten in unserer Badekleidung, als die drei anderen uns ansahen wie eine Tür, von der sie nicht gewusst hatten, dass es sie gab, und bei der sie nicht sicher waren, ob sie durchgehen wollten.

Genau wie Justin gesagt hatte, waren sie alle der gleiche Typ wie er. Sie waren so klein und sahen so unscheinbar aus, dass man, wenn sie alle drei nebeneinander standen, beim schnellen Hinschauen das Gefühl hatte, es wären nur zwei. Ich fragte mich, ob diese Unscheinbarkeit ein weiterer Schutzmechanismus von Vampiren war – für jene, die nicht wegfliegen oder sich nach Belieben in einen Wolf verwandeln konnten.

»Okay«, sagte Justin. »Ihr wisst alle, worum es hier geht. Cody hat mir gezeigt, wie ich mich in etwas verwandeln kann, das schwimmt. Es ist das großartigste Gefühl, das ich je hatte, und ihr habt wohl auch alle Interesse daran, sonst wärt ihr nicht hier. Nur damit ihr es wisst: Cody und ich sind auf jeden Fall da, um euch – nun, sollte sich herausstellen, dass das Ganze nicht euer Fall ist, werden wir euch helfen.«

Ganz in der Nähe war ein Haufen Handtücher, die Justin und ich von der Vlad mitgebracht hatten. Helen Danforth betrachtete sie mit ernster Miene. Sie sah aufs Wasser. Dann ging sie zu einer Ecke des Swimmingpools, beugte sich hinunter und tauchte den Finger hinein.

»Nett und warm«, meinte sie nachdenklich.

»Zeig uns, wie du es machst, Justin«, sagte Carlton.

Justin ging zum anderen Ende des Swimmingpools und sprang hinein. Fast im selben Moment, als das Wasser über seinem Kopf zusammenschlug, verwandelte er sich in – in was auch immer er da wurde.

Ich hörte ein Aufkeuchen von Helen.

»Oh.« Carlton holte tief Luft.

»Okay«, sagte Justin, als er wieder auftauchte. »Jetzt kommt Cody zu mir rein und wir helfen jedem von euch, der es versuchen möchte.«

Die drei starrten uns bloß an. Wer hätte ihnen daraus einen Vorwurf machen können?

Schließlich sagte Helen: »Nun, ich hab für dieses Badeteil eine Menge Geld ausgegeben. Ich kann es ebenso gut ausprobieren.«

Sie ging ins Haus und kam ein paar Minuten später in einem einteiligen Badeanzug zurück, der ihr fast bis an die Knie reichte.

»Dass bloß niemand zu lachen wagt«, sagte sie.

»Du siehst gut aus«, meinte ich. »Sehr profimäßig. Bereit es zu versuchen?«

»Warum nicht«, sagte Helen. »Hier draußen ist es zu kalt.«

Sie ging ruhig die Stufen des Swimmingpools hinunter, bis ihr das Wasser bis zur Taille reichte.

»Fühlt sich überhaupt nicht anders an«, meinte sie.

»Vielleicht musst du untertauchen«, sagte Justin.

»Ich gehe erst mal so weit rein, dass nur noch mein Kopf rausschaut«, antwortete Helen und genau das tat sie dann auch.

»Ich fühle mich noch immer nicht anders«, sagte sie. Und dann: »Du meine Güte!«

Sie stand. Vom Nacken abwärts war sie mit glattem braunem Fell bedeckt und hatte Schwimmfüße.

Sie schrie und tauchte den Kopf unter Wasser. Als sie wieder hochkam, war ihr Gesicht braun, behaart und lächelte.

»Das fühlt sich wunderschön an«, sagte sie und verfiel in den gleichen Freudentaumel wie Justin beim ersten Mal.

»Sei vorsichtig, Schwesterherz«, sagte Carlton.

»Ach, pah, komm doch selbst rein!«, rief sie ihm zu.

»Ich denke, *ich* werde das«, sagte Thornton. Er zog seine Kleider aus. Darunter hatte er seine Badehose an.

»Muss ich sonst noch was machen?«, fragte er.

»Nein, komm einfach rein«, antwortete Justin.

»Ich glaube, ich werde springen«, sagte Carlton. Und das tat er.

»Carlton, eigentlich solltest du zuerst die Kleider ausziehen«, meinte Justin, als Carlton wieder auftauchte und wie eine Art Seehund in Hemd und Hose aussah.

»Nächstes Mal denk ich dran«, erwiderte Carlton. »Ich fürchte, ich bin ein bisschen aufgeregt.«

»Alle herschauen, bitte«, sagte Thornton und stürzte sich ins Wasser.

Und da war ich also, ein Gadjo mit vier Jenti-Otter-Seehund-Wesen, die alle um mich herum planschten, als wäre das der größte Spaß, den sie je in ihrem Leben gehabt hatten. Was es vermutlich auch war.

Es dauerte fast eine Stunde, bis sie sich wieder beruhigten.

»Was sind das wohl für Wesen, in die wir uns verwandelt haben?«, fragte Thornton schwer atmend. »Mir scheint, wir sollten einen Namen haben.«

»Ich hab nie zuvor gehört, dass einem Jenti so was passiert ist«, sagte Justin.

»Es muss wohl irgendeine neue Fähigkeit sein, die in uns herangewachsen ist«, meinte Carlton. »Vielleicht schlummert sie schon seit Generationen in uns und hat bloß darauf gewartet, dass Cody sie findet. Menschen können sich verändern.«

»Ich hab darüber nachgedacht«, sagte Helen. »Auf den Britischen Inseln gibt es Legenden über Wesen, die die Gestalt von Seehunden oder Menschen annehmen können. Sie werden Selkies genannt. Wir alle hier haben Vorfahren, die von dort stammen. Vielleicht sind wir eine Art britische Spezialität.«

»Selkie. Das ist ein gutes Wort«, sagte ich.

»Es ist so gut wie jedes andere«, meinte Justin. »Wir wollen also Selkies sein!«

»Wir wollen noch ein bisschen schwimmen«, sagte Thornton und sie tobten weiter wie Otter durchs Becken.

Es dauerte noch einmal fast eine Stunde, bis sie sich so weit beruhigt hatten, dass ich sie fragen konnte: »Hat Justin irgendwas von Wasserball erwähnt?«

»Natürlich«, war Helens Antwort.

»Soweit wir verstanden haben, sollen wir Teil der Mannschaft werden«, sagte Carlton.

»Ich muss sagen, das scheint ein Spaß zu werden«, meinte Thornton.

»Ich wette, sie werden alle überrascht sein«, sagte Helen.

»Das sollten sie besser auch«, erwiderte ich. »Vor allem Horvath.«

»Wir werden es ihm bestimmt nicht sagen«, meinte Thornton. »Wir werden uns alle bloß freiwillig für die Ersatzmannschaft melden.«

»Aber warum würde Mr Horvath sich nicht darüber freuen, zu erfahren, dass wir das für die Schule tun können?«, fragte Carlton.

»Ich kann nicht mit Sicherheit behaupten, dass er das nicht tun würde«, antwortete ich. »Ich hab keine Ahnung, was von ihm zu erwarten ist. Aber ich weiß, er mag keine Veränderungen. Also müssen wir ihm und dem Staat etwas präsentieren, was sie nicht ignorieren oder vertuschen können.«

»Bloß für den Fall, dass er es vorzieht, die Schule schließen zu lassen, statt die alten Traditionen über den Haufen zu werfen«, sagte Justin.

»Na schön, hat irgendwer die Spielregeln mitgebracht?«, fragte Helen.

Wir stiegen aus dem Wasser, standen zitternd herum und sahen uns die zwei Seiten Wasserballspielregeln an.

»Scheint ziemlich klar zu sein«, meinte Thornton.

»Ich sehe keine Probleme«, stimmte Carlton ihm zu.

»Nein, wirklich nicht«, sagte Helen. »Ich glaube, wir sind fertig.«

»Na toll«, meinte ich. Ich wollte ins warme Wasser zurück. »Dann schnappt sich jetzt jemand einen Ball und wir trainieren ein bisschen.«

»Wozu?«, fragte Thornton. »Wir wissen, wie man das spielt. Außerdem fürchte ich, ich habe gar keinen Ball. Ich finde, wir sollten noch ein bisschen schwimmen.«

»Aber –«, begann ich und hielt dann den Mund. Was machte es schon für einen Unterschied, ob wir trainierten oder nicht? Die Pfähler hatten vorher noch nie trainiert.

Einer nach dem anderen sprangen die Jenti anmutig ins Wasser und begannen dort Dinge zu tun, die kein Gadjo jemals fertig bringen würde. Ich hatte das Gefühl, dass wir bei unserem nächsten Spiel ziemlich viel besser abschneiden würden als je zuvor.

Justin erzählte mir später, Horvath sei ziemlich überrascht gewesen, als sie alle vier gleichzeitig aufgetaucht seien und sich als freiwillige Ersatzspieler gemeldet hätten.

»Das ist äußerst unüblich«, sagte er. »Normalerweise wird einem Wasserball als Pflicht auferlegt.«

»Na ja, wir möchten tun, was wir können, um zu helfen, Sir«, erklärte Justin ihm. »Vor allem ich. Nach dem, was ich letzte Woche getan habe.«

Horvath sah ihn scharf an, aber er teilte ihnen allen Spinde zu und bestellte einen speziellen Badeanzug in den Mannschaftsfarben für Helen.

Ich erzähle hier nur, wie es sich zugetragen hat und was meine Rolle bei der ganzen Angelegenheit war. Es gibt da nur eine wichtige Sache, die ich ausgelassen habe. Ich habe bis jetzt nicht darüber gesprochen, weil es einfach keine Möglichkeit gibt, es in die Geschehnisse mit reinzubringen, die ich gerade beschreibe. Es war einfach da.

Ileana.

Genauer – das Fehlen von Ileana.

Mein Herz quälte mich jeden Augenblick, ganz

gleich was ich sonst auch tat oder zu tun schien. In Mathe, wo wir nebeneinander saßen, sah ich sie nie auch nur an. Aber das Einzige, woran ich denken konnte, war, sie nicht anzusehen. Und in den Fächern, die wir nicht gemeinsam hatten, hielt ich immer Ausschau nach ihr.

Manchmal stieg mir ihr Duft in die Nase, wenn sie gar nicht in der Nähe war. Das war das Schlimmste und Seltsamste.

Aber mehr als das kann ich euch darüber nicht erzählen. Ich vermisste sie einfach weiterhin, ganz gleich was ich sonst auch tat.

Was vermutlich auch die Sache mit Gregor irgendwie erklärt.

Es war Mittwoch. Und ein wunderschöner Tag. Die Luft war weich wie der Atem eines Kätzchens und das Licht einfach unglaublich. Der kleine Bach, der durch den Campus floss, sang, und die winzig kleinen Frösche, die man Frühlingspfeifer nennt, sangen zurück.

In meiner Freistunde ging ich zum Bach hinunter und hoffte einen dieser kleinen Frösche zu Gesicht zu bekommen. Stattdessen traf ich Gregor. Er stand am Ufer unter einem Baum und blickte aufs Wasser ohne es zu sehen. Er sah weder das Licht noch das neue Grün der Bäume noch die Blumen, die ihre Blütenblätter öffneten. Er sah so aus, wie ich mich fühlte. Das gab mir den Rest.

Ich ging zu ihm hin und sagte: »Es tut mir Leid, Gregor. Was ich gesagt habe, war blöd, und es tut mir wirklich Leid.«

Er drehte sich lange Zeit weder nach mir um noch gab

er mir eine Antwort. Dann sagte er: »Das spielt keine Rolle. Du bist ein Gadjo. Nichts, was du sagst, kann mich verletzen.«

Ich war kurz davor, zu gehen. Und hätte ich mich besser gefühlt, hätte ich das auch getan. Aber ich fühlte mich nicht besser, also sagte ich: »Es war trotzdem falsch von mir. Und es tut mir Leid, dass ich versucht habe dich zu verletzen.«

Er drehte sich noch immer nicht um. Alles, was er sagte, war: »Ich hasse diesen Ort. Ich hasse dich.«

»Komisch«, erwiderte ich. »Ich hasse ihn auch. Und dich vermutlich auch. Ich bin mir nicht sicher.«

»Diese widerwärtigen langen Winter. Diese endlosen Sommer, wo es nachts nie abkühlt. Nur Amerikaner würden freiwillig hier leben.«

»Ich bin Amerikaner und ich würde es nicht.«

»Europa ist wunderschön, vor allem Frankreich«, sagte Gregor.

»Kalifornien«, sagte ich. »Besonders die Gegend südlich von San Francisco. Und die Redwoods an der Küste. Und San Diego. Sogar Los Angeles kann gut aussehen, wenn der Wind den Smog aufs Meer hinaustreibt.«

»Das ist nichts verglichen mit den Bergen Norwegens oder der Stille einer Dorfstraße im Languedoc in der Dämmerung«, erwiderte Gregor.

»Hast du Kalifornien je gesehen?«, fragte ich.

»Das brauche ich nicht«, gab Gregor zurück. »Ich habe wahre Schönheit gesehen.«

»Ich schätze, wir sind wohl beide weit weg von zu Hause.«

Gregor schwieg wieder. Nun, ich hatte versucht mich zu entschuldigen.

»Ich werde dann …«, fing ich an.

»Danke«, sagte Gregor.

»Aber es gibt da noch was. Nur für den Fall, dass es wichtig ist – was auch immer zwischen Ileana und mir war, es ist nicht mehr da.«

Gregor kicherte. Dann sagte er: »Du bist kein schlechter Kerl, Gadjo. Aber du bist entsetzlich blöd.«

»Danke«, gab ich zurück. »Ich mag dich auch.«

Ich wandte mich ab um zurückzugehen.

»Wir können allzu stolz sein«, sagte Gregor. »Wir alle.«

Was auch immer das hieß.

Aber ich war froh, dass ich es getan hatte.

Horvath geriet ins Schleudern. Er hatte das Spiel um eine weitere Woche verschieben können und versuchte außerhalb des Bundesstaats Mannschaftsmitglieder anzuwerben, was – wie ich glaube – gesetzwidrig ist, aber wir sprechen hier schließlich von Horvath. Jedenfalls klappte es nicht.

Es kursierten die ganze Woche über Gerüchte, dass es kein Spiel geben und die Schule eine letzte Verwarnung bekommen würde. Dass sie vielleicht zusperren musste. Ich hörte, wie die Gerüchte im Speisesaal flüsternd die Runde machten. Ein Junge fragte Mr Shadwell sogar, ob sie das Schuljahr beenden dürften. Shadwell sagte irgendwas von hervorragendem Niveau, hundertjähriger Geschichte, Weltruf und keinem Anlass zur Sorge. Aber er sah genauso verängstigt aus wie die Kids.

Carlton, Justin, Helen und Thornton verhielten sich so, als wären sie nicht die Hüter eines Geheimnisses, das diesen Ort retten würde. Ich bewunderte sie wirklich. Wenn man bedenkt, wie schnell etwas unter den Jenti die Runde machte, war es erstaunlich, dass nie etwas darüber zu hören war, was am Tag des nächsten Spiels passieren würde.

Und schließlich kam dieser Tag.

Staatliche Maßstäbe

Am Tag des Spiels hatte Horvath noch immer keinen einzigen neuen Gadjo für seine Mannschaft aufgetrieben. Wenn wir nicht einmal genug Jungs ins Wasser schicken konnten, würden wir von vornherein aufgeben müssen. Zwei feine Stadtpinkel von der staatlichen Schulbehörde waren extra aus Boston angereist in der Hoffnung, Zeugen unseres Untergangs zu werden.

Wir sahen sie den ganzen Tag in den Gängen auf und ab gehen, wie sie sich alles anschauten, uns anschauten. Horvath war bei ihnen und Charon ebenfalls. Die beiden Männer trugen Anzüge und Aktentaschen. Trotzdem sahen sie wie Gorillas aus. Sie bewegten sich auf die gleiche schlingernde Art wie Underskinker und ihre Krawatten schnürten ihre dicken Hälse ein. Egal wie groß und knallhart sie auch waren, sie verhielten sich trotzdem so verängstigt, wie ich mich an meinem ersten Tag gefühlt hatte. Ständig blickten sie über die Schulter zurück, als erwarteten sie von hinten angesprungen zu werden. Und Horvath sah aus, als sollte er erhängt werden.

Ich wollte fast hingehen und ihnen sagen: »Machen Sie sich keine Sorgen. Niemand erteilt dieser Schule eine allerletzte Verwarnung oder sperrt sie zu. Genießen Sie das Spiel.« Aber natürlich tat ich das nicht.

In meiner Freistunde ging ich in die Schwimmhalle und machte mich fertig. Dann warf ich einen kurzen Blick in Underskinkers Büro. Er war nicht dort.

Tracy und Pyrek schneiten herein und ein paar Minuten später auch ein traurig dreinblickender Falbo.

»Nie wieder«, sagte Pyrek betrübt und berührte seinen Spind, als würde er Auf Wiedersehen sagen.

»Nächste Woche gibt's ganz bestimmt Hausaufgaben«, meinte Tracy.

»Es ist nach wie vor deine Schuld, Elliot«, sagte Falbo. »Warum hast du nichts unternommen, wie ich dir gesagt habe?«

»Hab ich«, erwiderte ich.

»Was? Was hast du gemacht?«, wollte Pyrek wissen und wirbelte herum.

»Du packst jetzt besser aus«, meinte Tracy und zeigte mir die Faust.

»In ein paar Minuten wird alles klar sein«, antwortete ich. »Lasst mich nur eines sagen: Wenn die Pfähler beim Start keine vollständige Mannschaft ins Wasser schicken, dann deshalb, weil ihr Clowns nicht reingeht.«

»Was willst du damit sagen«, fragte Tracy. »Wir sind zu Beginn immer im Wasser. Wir bleiben nur nicht drin.«

»Hat irgendjemand Underskinker gesehen?«, fragte ich um das Thema zu wechseln.

»Nö«, antworteten Tracy und Pyrek.

»Wir sollten zusehen, dass wir ihn finden«, sagte ich. »Schließlich haben wir ein Spiel und so.«

Dann hörten wir einen Riesenkrach hinten aus dem Umkleideraum.

Als wir hinkamen, lag Underskinker auf dem Boden, den Kopf an einen Spind gelehnt und die Füße von sich gestreckt. Neben ihm standen drei leere Kisten Old Aroostook und er war gerade mit der vierten beschäftigt gewesen.

»Was macht er hier hinten?«, fragte Falbo.

»Sich verstecken«, erwiderte ich. Ich kniete neben ihm nieder. »He, Trainer, wir haben ein Spiel. Trainer? Wachen Sie auf! Wir haben eine Mannschaft, Trainer. Machen Sie schon, gehen Sie da raus und uns voran, wie Sie's immer tun!«

Aber Underskinker war einfach umgekippt.

»O Mann«, sagte ich. »Hört mal, wir müssen ihn wieder auf die Beine bringen. Wenn diese Staatsbeamten ihn in diesem Zustand sehen, wäre das gar nicht gut. Könnt ihr Jungs ihn wieder zu Bewusstsein bringen? Ich muss zurück und unsere neuen Mannschaftskollegen in Empfang nehmen.«

Pyrek und Tracy zuckten mit den Achseln und begannen Underskinker zu schütteln. Falbo stand bei seinen Füßen und brüllte immer wieder: »Trainer! Stehen Sie auf, Trainer. Trainer!«

Als ich zum Schwimmbecken zurückkam, traf gerade die andere Mannschaft ein. Es waren unsere alten

Freunde von St. Biddulph. Sie marschierten ruhig herein und übernahmen ein paar Spinde. Keiner würdigte mich auch nur eines Blickes.

Ihr Trainer kam zu mir her.

»Wo ist Underskinker?«, fragte er.

»Er ist bei der übrigen Mannschaft«, antwortete ich. »Ich erwarte ihn in ein paar Minuten. Kann ich irgendetwas für Sie tun, Sir?«

»Ja. Du kannst ihm ausrichten, dass Trainer Ryan zwanzig Jahre lang auf diesen Tag gewartet hat. Ich habe gehört, ihr widerlichen Typen könnt jetzt nicht mal mehr so tun, als würdet ihr eine Mannschaft aufstellen. Man wird seinen Arsch an die Luft setzen und diese ganze verdammte Schule zusperren. Und es ist wirklich höchste Zeit!«

Ich neigte den Kopf zur Seite: »Vielleicht sollten Sie ihm das lieber selbst sagen, Sir. Nach dem Spiel.«

»Hörst du mir eigentlich zu, du widerlicher Typ?«, erwiderte Trainer Ryan. »Es wird kein Spiel geben.«

»Sie geben auf, Sir?«, fragte ich. »Denn ich weiß nicht, wo sie gehört haben, dass wir keine erste Garnitur haben, aber die haben wir. Und wir werden fürs Spiel bereit sein, wenn der Pfiff ertönt. Entschuldigen Sie mich, Sir. Meine Mannschaftskollegen kommen.«

Die zwei von Horvath abkommandierten »Ersatzspieler« kamen mit grimmiger Miene in die Schwimmhalle. Hinter ihnen gingen Justin, Helen, Carlton und Thornton.

»Entschuldige, wo ist der Umkleideraum für Damen?«, fragte mich Helen.

Ich brachte sie zum anderen Ende des Schwimmbeckens und ging dann wieder zurück. Ich fragte mich, ob dieser Umkleideraum gerade zum allerersten Mal benutzt wurde.

»Ihr Blutsauger könnt ja nicht mal schwimmen!«, brüllte Ryan. »Wo ist Underskinker?«

Falbo, Tracy und Pyrek kamen kopfschüttelnd aus dem Umkleideraum.

»Er ist völlig weggetreten«, sagte Pyrek.

»Wir haben ihm sogar Wasser über den Kopf geleert«, fügte Tracy hinzu.

»Und wo sind jetzt die Typen, die in unserer Mannschaft spielen sollen?«, wollte Falbo wissen.

Justin kam mit Carlton und Thornton im Schlepptau heraus und setzte sich auf die Reservebank.

»Wenn der Pfiff ertönt, werden sie hier sein«, sagte ich grinsend.

Die Mannschaft von St. Biddulph kam heraus und stellte sich am anderen Beckenende auf. Trainer Ryan ging zur Mittellinie hinüber. Dort stand bereits ein Schiedsrichter.

»Wo ist Trainer Underskinker?«, fragte er. »Wir müssen auslosen, wer auf welcher Seite spielt.« Er hatte ein Fünfundzwanzig-Cent-Stück in der Hand.

»Ich vertrete den Trainer«, sagte ich.

»Ich lose nicht mit einem Kind«, erwiderte Ryan. »Und überhaupt – wo ist eure Mannschaft?«

»Wenn das Losen ein Problem für Sie ist, nehmen wir einfach das tiefe Ende des Beckens«, sagte ich. »Für uns spielt das keine Rolle.«

»Sind Sie damit zufrieden, Trainer Ryan?«, fragte der Schiedsrichter.

»Klar«, antwortete Ryan. »Bloß wird es kein Spiel geben.«

Ich ging zum tiefen Beckenende zurück und sah mich rasch um. Falbo, Pyrek und Tracy standen in einer Ecke. Die Jenti saßen auf ihrer Reservebank. Horvath, Charon und die beiden Anzugträger waren eingetroffen und kletterten auf die Zuschauertribüne. Schiedsrichter und Zeitnehmer waren bereit. Und da kam auch Helen in ihrem neuen Mannschaftsbadeanzug daher.

»Ich habe das Gefühl, alle starren mich an«, sagte sie. »Machen wir, dass wir schnell ins Wasser kommen.«

Ich sah zu Justin hinüber und reckte den Daumen in die Höhe. Er antwortete mit den zwei Fingern, die für »Es war ein Festmahl« standen.

Ein Pfiff ertönte und die Heiligen von St. Biddulph gingen am flachen Ende des Beckens ins Wasser und nahmen ihre Plätze ein.

»Okay, ab ins Wasser!«, brüllte ich.

Pyrek, Tracy, Falbo und ich glitten am tiefen Ende ins Wasser. Justin und Carlton standen auf und schlossen sich Helen an.

»Darf ich vorstellen?«, sagte ich: »Gadje, Jenti. Jenti, Gadje. Okay, Pfähler, wir wollen Ball spielen!«

Helen, Justin und Carlton sprangen über die Köpfe der übrigen Mannschaft hinweg gleichzeitig ins Wasser.

Ich sah, wie Horvath aufsprang und »Nein!« schrie, und auch Charon war auf den Beinen und jaulte. Aber als die Köpfe meiner drei Freunde aus dem Wasser auftauchten, hörte das Jaulen auf. In der Schwimmhalle herrschte Totenstille.

Ich sah wieder zur Zuschauertribüne hinüber. Charon, Horvath und die beiden Anzugträger standen alle mit ihren Händen (beziehungsweise Pfoten) am Geländer da. Sogar der Wolf sah überrascht aus.

Drei schlanke, anmutige, mit dunklem Fell bedeckte Wasserwesen warteten an der Mittellinie.

»Was geht hier vor?«, brüllte Ryan.

Dann pfiff der Schiedsrichter noch einmal und warf den Ball. Justin hob den Arm und knallte den Ball geradewegs ins Tor von St. Biddulph.

Die Fähnchen wurden in die Höhe gehalten und zeigten einen Punkt an.

Der Ball kam zurück und Helen schickte ihn wieder ins Tor.

Jetzt gehörte er uns und ich nahm ihn, feuerte ihn zu Carlton hinüber und sah zu, wie er zum dritten Mal ins Tor flog.

»Wer seid ihr Typen?«, brüllte Tracy.

»Oh, wir gehen hier zur Schule, genau wie ihr«, erwiderte Justin.

»Ich war vor ein paar Jahren mit dir in Englisch«, sagte Helen zu Tracy. »Obwohl du dich kaum daran erinnern wirst. Soweit ich mich entsinnen kann, bist du nur selten zum Unterricht erschienen.«

»O ja«, meinte Pyrek. »Ich hab dich in irgendeinem Schuljahr mal in Sozialkunde gesehen.«

»Ich dachte, ihr Typen könnt nicht schwimmen«, sagte Tracy.

»Manche können es, manche nicht«, erwiderte Justin und zuckte mit den Achseln. »Was meint ihr – beenden wir jetzt die erste Halbzeit?«

Falbo sagte: »Mit Vampis schwimm ich nicht. Ich verschwinde von hier.«

Sobald er das tat, glitt Thornton ins Wasser.

Es war wirklich kein besonders gutes Spiel (doch das waren unsere Spiele ja nie). Aber es war eine andere Art von »nicht besonders gut«, als wir je zuvor gehabt hatten. Die vier Jenti brachten den Ball bei so gut wie jedem Schlag ins Tor von St. Biddulph. Wenn die Jungs von St. Biddulph es einmal schafften, ihn zu uns zurückzuschicken, schnappte ihn sich immer einer der Jenti und schickte ihn mit Raketengeschwindigkeit wieder hinüber. Für die Gadje gab es nicht mehr zu tun als den Jenti den Ball zuzuspielen und ihnen nicht im Weg zu stehen.

Ich beschloss unser Tor zu hüten – nur für den Fall. Als ich mich umdrehte, um zu ihm zurückzuschwimmen, entdeckte ich, dass unsere Reservebank verschwunden war. Unsere unechten Ersatzspieler waren weg. Das kam mir seltsam vor. Sie hatten sonst immer bis zum Ende durchgehalten.

Ein paar Minuten später kamen sie wieder. Sie hatten ihre normale Kleidung an und führten grüppchenweise Freunde auf die Zuschauertribüne.

Die Jenti kamen so in die Schwimmhalle, wie sie auch sonst alles taten – ruhig. Sogar der Klang ihrer Schritte auf den Stufen war gedämpft. Und niemand unterhielt sich. Sie schauten bloß zu.

Jedes Mal wenn ich aufblickte, waren mehr von ihnen da. Zuerst füllten sie die Plätze auf der einen Seite, dann die auf der anderen. Die Nachricht verbreitete sich über den ganzen Campus. Sogar kleine Jenti aus der Grundschule begannen herbeizuströmen und wurden von den Highschool-Kids auf den Schoß genommen. Am Ende der ersten Spielhälfte sah es so aus, als wäre die ganze Schule da.

Justin blickte auf die bis auf den letzten Platz besetzte Zuschauertribüne.

»Irgendwie macht mich das nervös«, sagte er. »Was ist, wenn wir nicht so toll abschneiden?«

»Es steht zweihundertundelf gegen null«, erwiderte ich.

»Ist das gut?«, fragte er.

»Selbst wenn wir jetzt aufhören würden zu spielen, könnten wir nicht mehr verlieren«, war meine Antwort.

»Ehrlich gesagt habe ich es mir schwieriger vorgestellt«, sagte Thornton. »War das wirklich alles?«

»Äh, ja«, sagte ich.

»Ich verstehe nicht, warum die staatlichen Behörden dem Ganzen so viel Bedeutung beimessen.«

»Es geht wohl um eine umfassende Ausbildung«, merkte Helen an.

»Muss wohl so sein«, stimmte Carlton ihr zu.

Ryan tobte inzwischen die Schwimmhalle rauf und runter.

»Underskinker. Wo ist Underskinker! Ich will Underskinker jetzt sofort sehen!«

Und dann tauchte unser Trainer auf. Er kam aus dem Umkleideraum und hielt sich am Türrahmen fest.

Ryan rannte zu ihm hinüber und fuchtelte mit dem Finger vor Underskinkers Gesicht herum.

»Du hast kein Recht, Vampire in deiner Mannschaft einzusetzen«, brüllte er. »Nur Menschen. So steht es in den Spielregeln! Und wenn nicht, dann sollte es das gefälligst. Ich erkläre dieses Spiel für ungültig.«

Ich ging zu ihnen hinüber.

»Heißt das, Sie geben auf?«, fragte ich. »Nebenbei bemerkt – Jenti *sind* Menschen.«

»Wir geben nicht auf, du Flasche!«, tobte Ryan. »Wir spielen bloß nicht. Hast du das kapiert, du Flasche?«

»He!«, sagte Underskinker. »Nenn diese Flasche da nich Flasche! Ich bin hier der Einzige, der seine Flaschen Flaschen nennt!« Dann beugte er sich zu mir herunter. »Wie is der Punktestand?«

»Zweihundertundelf zu null«, antwortete ich. »Es ist Halbzeit.«

Underskinker sah verwirrt aus.

»Ryan, warum willste denn mit so 'nem Vorsprung aufgeben?«

Ryan stieß einen unartikulierten Laut aus.

»Trainer, es ist unser Vorsprung«, erklärte ich. »Wir gewinnen das Spiel.«

»Hä? Wie is 'n das passiert?«, fragte Underskinker.

»Das erzähl ich Ihnen später«, antwortete ich.

»Okay«, stimmte er zu.

»Entschuldigen Sie bitte«, sagte Carlton. »Aber wir fangen an, trocken zu werden. Wir sollten vielleicht ins Wasser zurück.«

»Nichts da! Wir verschwinden von hier.« Ryan stolzierte zu seiner Mannschaft hinüber, ließ seine Pfeife ertönen und winkte mit den Armen. »Macht schon, wir ziehen Leine!«, brüllte er. »Bewegt eure Ärsche!«

»Geben Sie auf, Trainer?«, rief einer der Anzugträger von der Zuschauertribüne herunter.

»Wenn Sie jetzt gehen, müssen Sie aufgeben, Trainer«, sagte der zweite Anzugträger.

»Ja!«, schnauzte Ryan ihn an, riss sich die Baseballkappe vom Kopf und schmiss sie ins Becken.

Als er, gefolgt von seiner Mannschaft, davonschlich, erhoben sich die Jenti. Irgendwo ganz hinten auf der Zuschauertribüne begann jemand zu klatschen. Es war kein amerikanisches Klatschen, sondern ein europäisches; alle fingen langsam an, blieben im Takt, wurden schneller und schneller, bis der Applaus zum Schluss explodierte und es sich anfühlte, als würde der ganze Platz beben.

In der ersten Reihe, in der Nähe von Horvath, stand Gregor. Er schaute grimmig drein wie immer, aber er klatschte sich die Seele aus dem Leib. Genauso wie seine Freunde. Und Horvath.

»He, das ist echt okay«, sagte Pyrek.

»Daran könnte ich mich gewöhnen«, meinte Tracy.

Als Justin, Helen, Carlton und Thornton sich am anderen Ende des Schwimmbeckens aufstellten und sich verbeugten, brachen die Jenti in Jubel aus.

Da kam Justin herüber und holte mich. Er führte mich zu den anderen und hob meinen Arm über meinen Kopf.

Daraufhin setzte ein Sprechchor ein und es war Gregor, der ihn anstimmte: »Gad-*jo*, Gad-*jo*, Gad-*jo*, Gad-*jo*!«

Die ganze Zuschauermenge machte mit.

Um Justin, Carlton, Helen und Thornton herum wimmelte es von Jenti. Es war wie bei dem Tanz auf Ileanas Party. Ihre ganze kühle Distanziertheit war verflogen; wie Panther strömten sie von der Zuschauertribüne herab. Innerhalb einer Minute war jeder der Selkies von einem Kreis großer, dunkler, aufgeregter Bewunderer umgeben.

Ich hörte, wie Helen sagte: »Es war alles Justins Werk, wisst ihr. Und Cody Elliot hat es Justin beigebracht! Eigentlich hat er es uns allen beigebracht.«

»Er ist unser Anführer«, hörte ich Thornton sagen.

»Ich glaube, der korrekte Ausdruck ist *Kapitän*«, sagte Carlton. »Aber ich bin mir nicht sicher. Ich war vorher noch nie in einer Mannschaft.«

Dann drängten sich noch mehr Jenti zwischen uns und ich konnte nicht mehr hören, was sie sagten.

Horvath, Charon und die Anzugträger kamen von der Zuschauertribüne herunter. Horvath war völlig hingerissen von Underskinker, schüttelte ihm die Hand, klopfte ihm auf den Rücken, beglückwünschte ihn.

»Komm schon«, sagte ich zu Justin. »Wir müssen hören, was als Nächstes passiert.«

»Wie Sie sehen können, meine Herren«, sagte Horvath zu den Anzugträgern, »ist die Wasserballmannschaft der Vlad Dracul in Bestform und, wie ich zu behaupten wage, den anderen Mannschaften ebenbürtig. Ich hoffe, Ihr Bericht an die Schulbehörde wird diesen Sachverhalt widerspiegeln.«

»Ich bin mir da nicht so sicher«, sagte Anzugträger Nummer eins. »Es hat ein paar Unregelmäßigkeiten gegeben.«

»Ja«, sagte Anzugträger Nummer zwei. »Was sind das zum Beispiel für Dinger in Ihrer Mannschaft?«

»Kinder, meine Herren! Schüler der Vlad Dracul.

Habe ich Recht, mein Sohn?«, hörte ich die Stimme meines Vaters hinter mir.

Ich fuhr herum. Wo war der denn hergekommen?

»Mein Sohn, sind das deine Mitschüler oder nicht?«, fragte Dad noch einmal.

»Äh … ja«, antwortete ich.

»Auf welche ›Unregelmäßigkeiten‹ könnten Sie sich dann möglicherweise beziehen, meine Herren?«, fragte Dad.

»Man muss ein menschliches Wesen sein um zu spielen«, sagte Anzugträger Nummer zwei.

»Meine Herren, das Gesetz muss erst zu einer endgültigen Definition dessen gelangen, was und was nicht ein menschliches Wesen ist«, sagte Dad. »Auf der anderen Seite sind die Bürgerrechtsgesetze in Bezug auf Diskriminierung und die dafür vorgesehenen Strafen sehr präzise. Erlauben Sie mir mich vorzustellen: Ich bin Jack Elliot, ein hiesiger Anwalt. Ich bin hier, um Ihnen mitzuteilen, dass, sollte die Schulbehörde der Vlad-Dracul-Magnet-Schule wegen der Art und Weise, wie diese Schule die Teilnehmer für ihren Wassersport auswählt, irgendwelche Schwierigkeiten machen, ich diese Schule *pro bono publico* – das heißt *für das Gemeinwohl*, für den Fall, dass Ihnen dieser Terminus nicht geläufig ist – in einer Gemeinschaftsklage im Namen dieser Schüler vertreten werde. Ich kann Ihnen zuversichtlich prophezeien, dass wir gewinnen werden, und der Vergleich, den wir erzielen werden, wird Massachusetts für die nächsten hundert Jahre ruinieren. Und das wollen wir doch nicht, oder?«

»Oho, ein großes Tier von Anwalt«, sagte Anzugträger Nummer eins. »Aber wir haben unseren eigenen Anwalt.«

»Oh, habe ich verabsäumt zu erwähnen, dass ich ein Partner von Leach, Swindel und Twist bin?«, sagte Dad. »Vielleicht haben Sie bereits von uns gehört?«

»Äh, hoppla«, brachte Anzugträger Nummer zwei heraus.

Charon hatte die beiden im Visier.

»Tolles Spiel«, meinte Anzugträger Nummer eins.

»Hab so was noch nie gesehen, Trainer«, sagte Nummer zwei.

Sie sahen noch immer nervös zu Charon und Dad hin, sogar während sie Underskinker die Hand schüttelten.

»In der Tat, Trainer«, sagte Anzugträger Nummer eins, »wir haben da was für Sie.«

Er bückte sich, griff in seine Aktentasche und zog eine hässliche, billig aussehende goldene Plastikstatuette heraus. Unten hatte sie ein kleines Schild, das er mit seinem Taschenmesser wegschnippte. Das Schildchen rutschte über den Boden und Justin hob es auf.

»Bitte sehr, Trainer. Zur Anerkennung«, sagte Anzugträger Nummer eins und überreichte Underskinker die Statuette.

»Wir gehen jetzt besser«, meinte Anzugträger Nummer zwei. »War nett, Sie kennen zu lernen, Trainer. Direktor Horvath, Sie brauchen sich absolut keine Sorgen zu machen.«

»Meine Herren, gestatten Sie mir bitte, Sie von unserem Campus zu geleiten«, erwiderte Horvath.

Und dann machten sich die beiden – eskortiert von Horvath und Charon – auf den Weg.

Underskinker blickte auf seine Statuette hinunter.

»Das is das Schönste, was ich je in meim Leben zu Gesicht gekriegt hab«, sagte er. »Ihr Flaschen … ihr Flaschen …« Er wandte sich ab und kehrte in sein Büro zurück.

»Dad«, sagte ich. »Wieso?«

»Mein Sohn, nur weil ich ein Anwalt bin, macht mich das noch nicht zu einem kompletten Idioten. Du erinnerst dich, dass ich in diesem Bundesstaat die juristische Fakultät besucht habe. Und eine meiner Kommilitoninnen war ein Jenti-Mädchen aus New Sodom. Sie hat mir nicht viel erzählt und ich glaubte nicht, was ich hörte. Aber sogar mir wurde klar, dass hier mehr vor sich ging, als irgendwer offen auszusprechen gewillt war. Ich meine, wie viele Städte haben schon eine Bevölkerung, die aus Riesen mit Sonnenbrillen besteht? Nun, ich war bereit zu tun, was New England am besten kann, und hielt den Mund. Ich dachte, dass die Dinge wirklich gut liefen. Solange ich ganz schnell ganz viel Geld verdiente und du hier zur Schule gingst, war ich zufrieden. Aber als wir an jenem Tag ins Kino gingen und wie königlicher Besuch behandelt wurden – und mir ist klar, dass das deinetwegen war –, wusste ich, da ging irgendwas vor sich. Etwas, worüber ich mehr wissen musste. Ein bisschen was hat mir Antonescu erzählt. Ein bisschen mehr hab ich von selbst herausgefunden. Aber erst heute habe ich angefangen zu begreifen, wie viel Grund ich habe, stolz auf dich zu sein.«

Und er umarmte mich, obwohl ich noch immer nass war.

Nach einem Moment fiel mir etwas ein.

»Dad«, sagte ich. »In einer Woche gibt es Zwischennoten. Ich glaube nicht, dass meine sehr toll sein werden.«

Dad machte einfach mit Umarmen weiter.

Als er fort war, hing ich noch eine kleine Weile herum in der Hoffnung, eine bestimmte Person würde auftauchen, aber sie war nirgends zu sehen. Ich begriff schließlich, dass sie nicht kam und niemals kommen würde, und ging zum Umkleideraum zurück um mich umzuziehen.

Justin folgte mir. Er war jetzt wieder sein altes Selbst, trocken und scheu. Aber auf seinem Gesicht lag ein boshaftes Lächeln.

»Schau mal, was auf dieser Trophäe war, die sie Underskinker gegeben haben«, sagte er und hielt mir das Schildchen hin:

Für Trainer Aloysius Ryan
und die Wasserballmannschaft der
Heiligen von St. Biddulph
in Dankbarkeit
vom Bundesstaat Massachusetts

»Du hast es dem Bundesstaat wirklich total vermasselt«, sagte Justin. »Sie standen schon in den Startlöchern, uns zuzusperren.«

»Ist wohl so«, sagte ich schulterzuckend. Jetzt, wo es vorbei war, schien es keine so große Rolle mehr zu spielen. Ich freute mich noch immer darüber, dass sie die Vald Dracul nicht schließen würden, aber jetzt gab es nicht anderes mehr, worüber ich nachdenken konnte, außer Ileana.

Wir hörten lautes Schnarchen.

»Wir sollten nach Underskinker sehen«, sagte ich.

Wir gingen ins Büro zurück und entdeckten dort unseren Trainer, die Füße auf dem Schreibtisch und einen Ausdruck des Friedens auf dem Gesicht. Die Trophäe hatte er sich wie eine Spielzeugpuppe unter den Arm geklemmt.

Die Königin von Illyrien

Am nächsten Tag war die Schwimmhalle in der Freistunde voller Jenti. All die Kleinen, Stillen, Braunhaarigen oder Blonden, die ohne beachtet zu werden durch die Gänge spazierten, wollten herausfinden, ob sie sich im Wasser in Selkies verwandelten. Ein Schularzt und zwei Krankenschwestern waren anwesend, als sich die Jenti-Kids am flachen Ende des Schwimmbeckens behutsam ins Wasser schoben und langsam ihre Gesichter eintauchten, während Justin und ich uns links und rechts von ihnen bereithielten.

Sie verwandelten sich alle. Sie alle waren beim Schwimmen ein Naturtalent. Von nun an würde die Vlad Dracul keine Gadje mehr finden müssen, um die Existenz eines Wassersportprogramms vorzutäuschen. Ihre Mannschaften würden die besten im ganzen Bundesstaat sein.

Das bedeutete natürlich auch, dass in Zukunft alle zugeben mussten, dass Vampire nichts Folkloristisches waren oder etwas, das Bram Stoker sich ausgedacht hatte. Sie waren einfach eine andere Art Menschen.

Danach schien sich an der Vlad Dracul alles zu ändern. Die Jenti begannen einander anzulächeln, ja, sich sogar zuzuwinken. Und sie hatten nicht mehr ständig ihre Sonnenbrillen auf. Sie brauchten sie in Wirklichkeit nicht viel häufiger als alle anderen.

Leute holten sich plötzlich Rat bei mir, wie man sich »in echter Gadje-Manier danebenbenahm«. Das war interessant.

Als ich ihnen das Schießen mit Papierkugeln beschrieb, machten zwei Kids in einer Physikstunde welche. Dann entwickelten sie ein Katapult, berechneten Flugbahn und Geschwindigkeit und heimsten dafür sogar noch Extrapunkte ein.

Als ich ihnen in Sozialkunde vom Schuleschwänzen erzählte, standen plötzlich alle auf und marschierten sechs Blocks weiter zu einer Eisdiele, wo einer von ihnen verkündete: »Hallo. Wir sollten eigentlich nicht hier sein. Könnten wir bitte Vanilleeistüten zum Mitnehmen haben?«

Obwohl sie das Prinzip nicht richtig verstanden hatten. Sie brachten Mr Gibbon mit.

Gregor wurde sogar in Horvaths Büro zitiert, weil er im Schülerklub einen Ghettoblaster auf volle Lautstärke aufgedreht hatte. (Es war eine Bach-Kantate, aber immerhin!)

»Ich habe experimentiert«, sagte er zu Horvath. »Mir wurde zu verstehen gegeben, dass das jugendliches Gadje-Verhalten ist.«

Horvath bat ihn bloß, dies in Zukunft zu unterlassen.

Eines Tages verwandelte sich die gesamte Football-Mannschaft in Wölfe und ging so zum Unterricht. Dann bestanden sie darauf, dass der Name ihrer Mannschaft in »Werwölfe« umgeändert wurde, und Horvath erlaubte es. Am nächsten Tag hatte er neue Football-Jacken für sie.

Denn auch Horvath veränderte sich.

Er gab bekannt, dass Vlad Dracul vom nächsten Schuljahr an seine Pforten für akademisch begabte Schüler aus den gesamten Vereinigten Staaten öffnen würde – sogar für Gadje. Wenn es genug Nachfrage gab, würde die Schule ein neues Wohnheim bauen, um den Andrang zu bewältigen.

Es wurde auch bekannt gegeben, dass über den Sommer landesweit ein neuer Wassersporttrainer gesucht werde. Trainer Underskinker würde mit Ende des Schuljahres befördert werden und eine von Horvath neu geschaffene Stellung bekleiden: Zutrittsbeauftragter für die Umkleideräume. Damit war eine kräftige Lohnerhöhung verbunden.

Pyrek, Falbo und Tracy wurde mitgeteilt, dass sie den Anforderungen für den Abschluss ein oder zwei Jahre früher als erwartet gerecht geworden seien und ihre Diplome gemeinsam mit der diesjährigen Abschlussklasse erhalten würden. Ihnen wurden volle Sportstipendien für ein riesiges Baptistencollege in Texas angeboten. Ich weiß nicht, ob sie dorthin gingen oder nicht.

Und auch das Stadtzentrum begann sich zu verwandeln. Nicht auf dramatische Weise – wenn man die Geschichte New Sodoms nicht kennt –, aber die Leute fingen zumindest an, gegenseitig ihre Geschäfte zu besuchen. Dass sich etwas geändert hatte, wusste ich zum ersten Mal, als ich im Schaufenster des örtlichen Jeans-Outlets folgendes Schild sah: WIR FÜHREN JETZT EXTRA-EXTRA-TALL. Genau gegenüber davon setzte Auraris Buchhandlung eine durchsichtige Schaufensterscheibe ein.

All das war zwar irgendwie sehr interessant, aber es munterte mich weniger auf, als es normalerweise der Fall gewesen wäre. Denn soweit ich es beurteilen konnte, bemerkte Prinzessin Ileana nichts davon.

Dann kam der letzte Freitag im Mai.

Es war ein wunderschöner Tag. Alles blühte und Wärme lag in der Luft. Der Sommer war so nahe, dass man ihn fast schon berühren konnte.

Ich ging in die Bibliothek und wartete, dass Justin mit seiner Büchereinräumerei fertig wurde. Ich schnappte mir, aus keinem bestimmten Grund, ein Exemplar von *Dracula* und blätterte es durch. Ich hatte das Buch im Winter gelesen und mich seither die ganze Zeit gefragt, warum Stoker alles so falsch dargestellt hatte. Jenti hatten sich mit ihm angefreundet, ihn ins Vertrauen gezogen. Vielleicht in der Hoffnung, er würde ein Buch schreiben, das sie der Welt so zeigte, wie sie wirklich waren – als erster Schritt heraus aus den Schatten. Vielleicht. Aber er hatte all die Dinge, die sie zu etwas Mächtigem und Besonderem machten, genommen und in etwas Böses verwandelt. Warum? Was ergab das für einen Sinn?

Ich fragte mich, ob er bloß neidisch gewesen war.

Als Justin fertig war, kam er herüber und holte mich ab.

»Wiedersehn, Jungs«, brüllte Ms Shadwell hinter uns her. Für eine Bibliothekarin war sie echt laut.

»Komm schon«, sagte Justin. »Ich möchte zum Bach runter.«

Also spazierten wir in der Spätnachmittagssonne über den Campus und zum ersten Mal, seit ich nach Massachusetts gekommen war, hatte ich das Gefühl, irgendwo hinzugehören. Ich würde nicht so weit gehen zu sagen, dass ich es mochte. Aber seit jenem kalten Tag im Januar, als Dad und ich hier vorgefahren waren, hatte sich so viel ereignet, dass ich jetzt Teil dieser Schule war, ob es mir passte oder nicht. Natürlich half es, dass das Schuljahr fast vorbei war und ich erst in drei Monaten wieder hierher zurückkehren würde.

Die Bäume entlang des Baches machten ihn jetzt zu einem Fluss, auf den Schatten fiel. Jedenfalls war es für einen Kalifornier ein »Fluss«. Die grüne Dunkelheit war wunderschön und das Licht, das seinen Weg bis zur Uferböschung fand, war so weich wie – nun, so weich wie Ileanas Lippen auf meiner Wange.

»So ist es besser«, sagte Justin und nahm die dunkle Brille ab, die er an sonnigen Tagen nach wie vor trug, wie die meisten Jenti.

Wir spazierten am Bach entlang, ich den Blick in den Bäumen und Justin die Augen auf den Boden gerichtet um zu sehen, wo wir hintraten, bis wir zu einem großen Felsen kamen. Er war so groß, dass der Bach eine Biegung machen musste um herumzukommen. Oben war er abgeflacht und die Schatten der Bäume warfen Muster auf ihn.

Ganz oben war Ileana.

»Hallo«, sagte sie.

»He«, erwiderte ich und versuchte cool zu klingen. »Wieso hast du keine Klavierstunde?«

»Mrs Warrener hat meine Stunde auf morgen verschoben«, antwortete Ileana. »Was macht ihr dort unten?«

»Weiß nicht.« Justin zuckte mit den Achseln. »Wir hatten einfach Lust, hierher zu kommen.«

»Vielleicht wollt ihr ja zu mir heraufklettern«, sagte Ileana.

Also kletterten wir auf den Felsen, saßen nebeneinander und betrachteten den Bach. Er war jetzt anders als im Januar, als Gregor und seine Gang versucht hatten Justin hineinzuwerfen. Er war breit und schnell und klang glücklich. Durch die Sonnenstrahlen auf seiner Oberfläche sah es so aus, als würde er lächeln.

Justin kroch zur Felskante vor und blickte hinunter.

»Ich frage mich, wie es wohl wäre, darin zu schwimmen«, sagte er.

»Geht nicht. Er ist zu flach«, erwiderte ich.

»Weiter unten wird er tiefer«, gab Justin zurück. »Bis später! Wird nicht lang dauern.«

Und er flitzte den Felsen hinunter und war wie der Blitz verschwunden.

Jetzt war ich mit Ileana allein. Und sie mit mir.

Eine Weile saßen wir einfach nebeneinander da ohne uns anzuschauen.

Schließlich sagte sie: »Ich habe Justin gebeten dich hierher zu bringen.«

»Oh«, sagte ich.

»Ich wollte dir sagen, dass ich mich entschuldige. Ich

hätte wegen Gregor nicht so wütend auf dich sein sollen. Ich hätte wissen sollen, dass du bloß Justin verteidigt hast. Du würdest dich nie hinter einem Mal verstecken, mit dem ich dich gezeichnet habe. Es war falsch von mir, zu denken, du würdest je etwas derart Schändliches tun.«

»Nein, du hast Recht gehabt, ich hab mich danebenbenommen«, entgegnete ich. »Aber ich habe mich bei Gregor entschuldigt.«

»Das habe ich gehört«, erwiderte sie. »Natürlich hast du das.« Sie seufzte und fuhr fort. »Du hast so viel getan, Cody. Du hast Justin immer wieder geholfen und dadurch hast du jetzt allen Jenti geholfen weniger Angst zu haben. Für uns ist Wasser voller Schrecken. Wenn sogar ein paar von uns darin leben können, dann scheint alles möglich zu sein. Ich glaube, du musst der großartigste Gadjo-Freund sein, den die Jenti je hatten. Ich bin es nicht wert, diese Frage zu stellen. Aber ... ist es möglich, dass wir vielleicht wieder Freunde werden?«

Und genau da, auf diesem Felsen, mit dem vorbeifließenden Bach und den Fröschen, die sangen, und den Schatten, die das Licht auf dem allerschönsten Gesicht der Welt kommen und gehen ließen, erlebte ich den bisher wunderbarsten Moment meines Lebens. Er war so vollkommen, dass ich nicht einmal sprechen wollte. Ich wollte mich nicht bewegen. Ich wollte nicht, dass er zu Ende ging.

Aber ich musste etwas tun, um es sie wissen zu lassen. Also küsste ich sie. Und diesmal traf ich nicht daneben.

»Es gibt da etwas, was du besser wissen solltest«, sagte ich. »Das Zeug, das ich dir aus meinem Gedicht vorgelesen habe und das du so witzig gefunden hast – es war nicht witzig gemeint. Besser kann ich es nicht. Ich bin einfach kein Dichter.«

Ileana schüttelte den Kopf. »Dieses Buch, das du mir zum Geburtstag geschenkt hast, war ein Gedicht«, sagte sie. »Ein sehr schönes. Und das gilt auch dafür, dass du zu Justin gegangen bist und ihm dein Blut gegeben hast. Das war es, was Vasco für Anaxander getan hätte.«

Und sie küsste mich zurück.

Wir blieben einfach dort, wir zwei, bis die Sonne uns verließ und der Felsen zu erkalten begann. Dann kam Justin zurück und wir spazierten zwischen den Bäumen hindurch wieder zum Campus.

Ileana und ich hielten uns noch immer an den Händen.

Im Wohnheim und im Schülerklub waren die Lichter an, doch die anderen Gebäude waren dunkel. Ihre hohen, fahlen Dächer hoben sich gegen dieses besondere Licht ab, das noch immer ganz oben am Himmel stand und wie es nur im Frühling zu sehen ist.

Charon kam aus dem Schatten auf uns zu und seine Augen funkelten. Sein Schwanz machte eine Wedelbewegung, die ich noch nie gesehen hatte.

Aber Ileana musste sie kennen, denn sie sagte: »Ja, es geht uns gut, Charon. Wir waren am Bach unten. Jetzt gehen wir nach Hause. Gute Nacht.«

Charon ging ein kleines Stück weg, hielt aber mit uns Schritt.

»Ist er sauer?«, fragte ich.

»Überhaupt nicht«, antwortete Ileana. »Es ist nur so, dass Charons wirkliche Arbeit mit Einbruch der Dunkelheit anfängt, wenn er die ganze Nacht lang den Campus bewacht. Er möchte, dass wir in Sicherheit sind, wenn wir ihn verlassen. Er ist sehr verantwortungsbewusst. Wölfe sind oft so.«

Justin ging ein Stückchen voraus. Absichtlich, darauf hätte ich wetten können. Guter alter Justin. So einen Streich konnte er mir jederzeit wieder spielen.

»Im Augenblick muss das der wunderbarste Platz auf der Welt sein«, sagte ich mit leiser Stimme.

»Wunderbarer als Kalifornien?«, fragte Ileana.

»Wunderbarer als irgendwo.«

Wir standen da und hielten uns eine halbe Ewigkeit in den Armen.

Charon ließ sich ein kleines Stück entfernt nieder. Ich hatte das Gefühl, dass er unsere Privatsphäre beschützte.

»Cody, du musst wissen, nicht alle Jenti sind mit den Veränderungen, die jetzt vor sich gehen, glücklich«, sagte Ileana. »Die Jüngeren ja, aber die Älteren haben Angst. Sie wissen nicht, wo es enden wird.«

»Du meinst zum Beispiel deine Eltern?«, fragte ich.

»Ja«, antwortete Ileana.

»Ich denke, es wird keine Schwierigkeiten geben«, sagte eine tiefe Stimme neben uns.

Ich sah zu Charon hinüber. Alles, was ich jetzt von ihm sehen konnte, waren seine Augen. Und sie stiegen langsam in die Luft. Einen Moment später blickten sie aus fast zweieinhalb Metern auf uns herab. Ich konnte ein ledernes Rauschen hören, das von Flügeln herzurühren schien.

Ileana schnappte nach Luft. »Was macht Ihr hier?«

»Ich passe auf das einzige Kind meiner Lieblingsnachfahrin auf«, sagten die Augen.

Ileana machte einen Knicks.

»Meine Mutter hat mir nicht erzählt, dass Ihr über mich wacht«, sagte sie.

»Nur Horvath weiß es«, antworteten die Augen. »Das war meine Absicht.«

»Ich wünschte, ich hätte es gewusst«, sagte Ileana. »Ich habe das Gefühl, Ihr haltet mich Eures Vertrauens nicht für würdig.«

»Sei nicht töricht, mein Kind«, sagte die Stimme. »Eine Jenti-Prinzessin zu sein ist Last genug. Wenn du gewusst hättest, dass der Gründer deiner Dynastie auf dem Campus lebt, wäre das für dich noch ein Grund mehr gewesen, vor dir selbst auf der Hut zu sein. Das wollte ich nicht.«

»Sie sind also offensichtlich kein kanadischer Timberwolf«, unterbrach ich ihn.

»Nein«, sagte die Stimme. »Das war die Geschichte, die Horvath den anderen erzählen sollte. Mein wahrer Name ist dir bekannt. Ich bin Dracula.«

Ich sagte nichts. Ich blickte nur zu diesen tiefen gelben Augen hinauf. Dann zwinkerte eines davon.

»Cody Elliot. Ich habe dich beobachtet, seit du zu uns gekommen bist. Auf deine ziemlich törichte Weise hast du eine Menge Mut und Großzügigkeit bewiesen. So etwas bewundere ich. Seit Bram Stoker habe ich keinem Gadjo mehr vertraut. Aber dir vertraue ich. Ich vertraue dir das Wertvollste an, das es für mich gibt – meine Ur-Ur-Urenkelin, die nächtliche Rose ihres Volkes. Die alten Traditionen haben uns in einer Welt beschützt, die uns jahrhundertelang fürchtete und hasste. Und das nicht ohne Grund. Aber dies hier ist ein anderes Land. Dinge ändern sich und haben sich geändert. Und du, mein lieber Junge, hast sie in den letzen fünf Monaten mehr verändert, als es in all den vielen Jahren, die seit meiner eigenen Jugend vergangen sind, der Fall war.

Nachfahrin, ich freue mich sehr über diesen Gadjo-Jungen«, fuhr Dracula fort. »Ihr seid beide jung und viel kann noch geschehen. Vielleicht werdet ihr zusammenwachsen, vielleicht werdet ihr euch trennen und eine noch wahrhaftigere Liebe finden. Ich weiß es nicht. Aber du magst ihn behalten, wenn du dies wünschst.«

»Mit allem Respekt, Vorfahre, aber selbst wenn Ihr das Gegenteil gesagt hättet – ich hätte es dennoch getan«, erwiderte Ileana. »Und ich würde Euch nicht gestatten es zu verhindern.«

Dracula lachte, dass der Boden bebte.

»Genau die Antwort, auf die ich gehofft habe! Du bist wirklich von meinem Blute!«

Aus der Dunkelheit heraus fand eine riesige, schwere Hand die meine und ergriff sie.

Ich spürte, wie eine dicke Klaue ein Zeichen in meine Wange ritzte.

»Das wird dir eine Menge Vorträge von Ileanas Eltern ersparen. Was deine eigenen Eltern betrifft, fürchte ich, dass du auf dich allein gestellt bist.«

»Machen Sie sich keine Sorgen«, sagte ich.

»Das tue ich nicht«, erwiderte Dracula. »Und nun, Nachfahrin, heißt es für eine Weile Lebwohl. Jetzt, wo ihr wisst, wer Charon ist, gibt es für mich keinen Grund mehr, diese Gestalt beizubehalten. Und das Schuljahr ist ohnehin beinahe vorbei. Ich werde den Sommer mit alten Freunden in den Karpaten verbringen. Im Herbst werde ich zurückkehren um nachzusehen, wie alles vorangeht. Grüß deine Eltern von mir.«

Es gab einen Luftzug, als er seine Flügel ausbreitete, und ich konnte sie wachsen hören, als er wieder die Gestalt änderte.

»Siebzehn Meter«, verkündete er. »Die alte Fledermaus hat's immer noch drauf!«

Ich spürte einen heftigen Windstoß von oben und dann noch einen und dann sah ich vor dem aufgehenden Mond kurz Flügel aufblitzen.

Schließlich sagte Ileana: »Wir sollten Justin besser einholen.«

Letztes Kapitel

Und das war so ziemlich alles, was bis zu diesem Zeitpunkt passierte. Es war Ileana, die mich auf die Idee brachte, das alles niederzuschreiben und es für meine Englischnote einzureichen. Sie und Justin halfen mir, mich an alles zu erinnern und mit dem Tippen. Sie halfen mir auch sehr mit dem Stil. Aber die Geschichte ist von mir.

Es ist kein Epos und es sind auch keine dreihundert Seiten, nicht mal annähernd; aber ich weiß, Mr Shadwell, dass Sie es benoten werden, als wäre es das Werk eines Jenti.

Cody Elliot

Schlüsselroman? Bildungsroman? Ich bin mir nicht ganz sicher, wie ich diesen Text einordnen soll, aber ich freue mich, ihn mit einer wohlverdienten Jenti-Drei zu benoten.
N. P. Shadwell

Inhaltsverzeichnis

Gestrandet in New Sodom 5
Vlad-Dracul-Magnet-Schule 13
Wie man in die Wasserball-Mannschaft aufgenommen wird ohne es darauf anzulegen 22
Wie man zu einem gezeichneten Gadjo* wird ohne es zu beabsichtigen 41
Zuckersüße Vampirträume 53
Ms Shadwell verwandelt sich wieder zurück 65
Illyrien im Keller 84
Noten für Gadje 97
Spielregeln 109
Die Illyriade 123
Was schenkt man einem Vampir, der schon alles hat? 133
Leicht heroisch 143
Alles Gute zum Geburtstag, Prinzessin! 156
Mr Horvath zitiert ein Gedicht 171
Worte und Schweigen 177
Brams 190
Mr Horvath unterhält sich mit Charon 198
Der Sprung ins kalte Wasser 203
Probespiele 212
Staatliche Maßstäbe 222
Die Königin von Illyrien 238
Letztes Kapitel 250

Quellenangabe zu den »Canterbury-Erzählungen« von Geoffrey Chaucer:

Geoffrey Chaucer: Die Canterbury-Erzählungen. Übertragen und herausgegeben von Martin Lehnert. Insel-Verlag Anton Kippenberg, Leipzig 1981.